WITHDRAWN

Verbum ⊞ NARRATIVA

LA SEDUCCIÓN DE HERNÁN CORTÉS

JOSÉ LUIS PONCE DE LEÓN

La seducción de Hernán Cortés
NOVELA

EDITORIAL  Verbum

© José Luis Ponce de León, 2000
© Editorial Verbum, S.L. 2000
Eguilaz, 6-2° Dcha. 28010 Madrid
Apartado Postal 10.084. 28080 Madrid
Teléf.: 91-446 88 41 - Telefax: 91-594 45 59
E-mail: verbum@globalnet.es
I.S.B.N.: 84-7962-145-1
Depósito Legal: M-4448-2000
Fotocomposición: Origen Gráfico, S.L.
Printed in Spain /Impreso en España por
TG Tecnología Gráfica

ÍNDICE

A Rodolfo y Lynn Galán

I

Alfonso

"Volverás a la casa donde naciste, y sus paredes te mirarán sin verte. Tú, miliciano de ayer, de un ayer que es un pasado tan remoto que ya nadie lo recuerda ni comprende, pinche refugiado, exiliado, trasterrado gachupín que un día llegó flotando como alga sin raíces al puerto de Veracruz, tú volverás como fantasma y nadie te hablará de lo que tú quieres hablar, de lo único de lo que tú sabes hablar, reloj parado en el tiempo, pieza de museo, página arrancada del libro de la historia, castellano pasado por la tierra caliente que te abrasó en un fuego de nostalgias de la madre puta que te puso en la patria calle, digo, al revés, de la madre patria que te puso en la puta calle porque tu hermano era más fuerte que tú. Volverás al pueblo donde naciste y sólo reconocerás los nombres de las lápidas del cementerio, porque en tu ausencia nacieron otros nombres que nada quieren saber de ti, ni de tu lucha que en aquel verano fatídico te pareció la lucha del bien contra el mal, pobre diablo exiliado, quebrado y olvidado, borrado en la distancia de un mar que atravesaste creyendo que ibas a volver en poco tiempo. Volverás a la casa donde naciste, y morirás en ella meditando sobre el paréntesis de tu vida, un paréntesis que sólo se cerrará cuando cierres los ojos. Tres años te chingaron todos tus años, mano. Anda, viejo, deja la tierra caliente y vuelve, si te atreves, a tu meseta castellana. Ya verás lo que te espera, gachupín de la mierda".

Esto es, más o menos, bueno, con algunos adornos que yo le he puesto, lo que me contaste que te dijo la tarasca que compartió tus noches durante tu exilio mejicano, o mexicano, como escriben por allá, y digo tarasca sin ánimo de insultarla, pues según tú me confesaste una noche de ésas en las que, no sé por qué, los padres sienten la necesidad de hacer confidencias a sus hijos, la tal era tarasca en el sentido de que era india pura, de la tribu de los tarascos, los que todavía quedan después de la conquista famosa que al parecer no terminó todavía, pues tú te portaste como uno más de ellos, de los conquistadores, digo, y llegaste allí con aires de Hernán Cortés, te liaste con ella, con la tarasca, que al parecer era muy guapa y estaba muy buena, le hiciste dos hijos y luego, cuando decidiste volver a España, le dijiste adiós y si te he visto no me acuerdo, hasta hoy, indita mía, que yo me vuelvo a la madre patria, o a la Madre Patria, si hay que escribirla con mayúscula, y no volviste a ocuparte de ella, ni de ellos, mis dos medios hermanos que por ahí andarán ahora trabajando en sabe Dios qué y viviendo sabe Dios cómo, si no es que se murieron de miseria o del cabreo que les habrá dado saber que su padre el gachupín los abandonó a los tres, madre, hijo e hija, y se volvió a su tierra como si aquí no hubiera pasado nada, y que sí había pasado algo, carajo, que engendraste dos hijos como dos soles, me contaste, y que él, el chaval, había salido a ti, todo güerito, como me enseñaste que dicen por allá, todo rubio como tú, y ella, la niña, morenita como su madre, con unos ojos negros como... bueno, no quiero decir como el azabache, que es un símil muy manido, pero con uno ojos negros y rasgados, almendraditos, ojitos de india como los que vi a montones cuando fui a Méjico, o a México, y allá ellos que lo escriban como quieran, porque yo fui a Méjico, y no a hacer turismo, que no fui a Cancún ni a Puerto Vallarta, sino que fui a buscarlos, a mis medios hermanos, yo, tonto de mí, a quién se le ocurre hacer eso, como si Méjico fuera una aldea en la que cualquier vecino pudiera decirme "¡Ah, sí! los hijos de la Esperanza, la que los tuvo con un refugiado español que luego se marchó, el hijo de la chingada, y los dejó en la calle, pues mire usted, los dos están ahora casados y viven ahí, ella en la calle tal y cual, y él casi al lado, en la esquina siguiente". ¡Qué ingenuo soy! Esos encuentros con abrazos y lagrimitas sólo ocurren en las telenovelas, y aun allí son increíbles y la gente dice que ya, ya, esas coincidencias no se dan nunca. Y a pesar de todo fui a Méjico porque creí que podría encontrarlos, no en la capital, naturalmente, que es muy grande, sino en La Paz, que es mucho más pequeña, y donde tú trabajaste de contable en una compañía que tenía barcos de pesca, y yo pensé que preguntando por aquí y por allá, en la compañía pesquera o en las cantinas y hasta en los burdeles de la zona roja, alguien iba a acordarse de ti, pero no has dejado huella, mejor dicho, la huella que has dejado, o las huellas, pues son dos, y no tres, pues me imagino que la Esperanza habrá muerto de vieja, se han esfumado y la esperanza, esta vez con minúscula, se murió también, pues me volví a España de vacío sin haber tenido el sentimental encuentro con abrazos y lágrimas y promesas de mantenernos en contacto para siempre jamás, ellos, el güero y la indita, y yo, el español aventurero que había atravesado los mares para buscar, ¡y encontrar! a sus perdidos hermanos.

¿Cómo pude haber sido tan inocentón, tan tonto, tan idealista? Yo, que me considero un hombre inteligente y culto, es decir, escéptico, me lancé a esta aventura detectivesca sin más armas que tres nombres, César, el hermano rubio, y Esperanza, igual que su madre, la hermana de piel canela, como en un bolero, y una ciudad no muy grande, La Paz, ese puerto perdido allá en Baja California, en el fin del mundo, vamos, bajo un sol incendiario, entre el desierto y el azul brillante del Golfo. Y dije que hasta busqué en los burdeles del pueblo. ¡Qué ocurrencia! ¿Por qué se me habrá pasado por la imaginación que mi hermana Esperanza habría terminado de puta? Además, aun aceptando que hubiera sido así, ¿cómo iba a reconocerla en un bar de mujerío si ni siquiera sé qué aspecto tiene? Pero, imagínate por un momento que sí la hubiera encontrado o, peor aún, que hablando con una puta, y estando en la cama con ella, yo hubiera descubierto que la zorra era mi hermana. ¿Qué cara habrías puesto tú cuando te lo contara? Sí, padre, fui a las Américas y jodí a mi hermana, la cogí, como dicen por allá, la estaba cogiendo cuando ella me dijo, pues las putas a veces conversan mientras trabajan, como si estuvieran tomando una taza de té con su cliente, me dijo, digo, que se llamaba Esperanza, como su madre, y que su padre había sido un republicano español que un día desapareció y hasta ahora si te he visto no me acuerdo, una historia muy típica de la puta que quiere inspirar simpatía contando la triste historia de su familia, la circunstancia, a la Ortega, que la empujó a la prostitución. Con qué placer, con qué regodeo, con qué gozo y deleite te lo contaría para recargar tu conciencia, ya bien estibada con abandonos

y otras deserciones, para cargarla un poquito más, digo, con la culpa-
bilidad de haber sido el causante de mi, de nuestro incesto. Y cuando
tu cara palideciera de horror, vendría muy a punto completar la historia diciéndote que, ya cerca del orgasmo, cuando me di cuenta de
quién era la mujer que tenía debajo, no interrumpí lo que estaba haciendo, retirándome espantado, como en alguna tragedia griega, sino
que terminé el incestuoso coito hasta que mi esperma, que algo tendrá del tuyo, me imagino, penetró en el fraternal túnel haciéndote así
a ti cómplice de mi pecado, padre lascivo y salaz, responsable de mi, de
nuestro, incesto, el mío y el tuyo, cometido éste por poderes que tú me
diste al ser el origen de mi semen, el paternal autor de mi cuerpo. Pero nada de esto sucedió, y no pude darme el placer de herirte donde
más te doliera, padre de hijos españoles y americanos, europeos y tarascos, blancos y tostados, hijos que te quieren y te detestan, que se
buscan y no se encuentran, o que, cuando se reúnen, lo hacen bajo la
sombra de pasadas seducciones, de antiguas violaciones que no se bo-
rran de la memoria, querido padre español, odiado padre gachupín.

Y él, el hijo con nombre de emperador romano, ¿se parecería a
mí? Yo no salí rubio como mi padre, como nuestro padre, padre nuestro que estás en los cielos, o en los infiernos, quién sabe, pues tú podías ser ángel y demonio a la vez, pero no quiero hablar de ti ahora, sino
de él, de ese hijo que hiciste en una hamaca mexicana, bueno, sería un
poco difícil hacerlo en una hamaca, habrá sido en una vulgar cama
más o menos limpia, pues las cosas no te fueron muy bien en Méjico,
conquistador fracasado, y por eso te volviste a las Españas, después de
todo tú no habías matado a nadie y te fue relativamente fácil arreglar
tu regreso del exilio, y por los años sesenta ya se podía volver, ya podí-
ais volver, los que os marchasteis en el treinta y nueve para seguir lu-
chando por la libertad desde el extranjero. ¡Pues sí que luchaste bien
tú por la libertad, jodiendo a la Esperanza y haciéndole dos hijos que
luego abandonaste! Bueno, el abandonar hijos debe haber sido una
de tus especialidades, pues bien que nos abandonaste a nosotros también, primero por aquello de irte a la zona roja, perdón, a la zona republicana, para luchar por vuestra causa, y luego cruzando la frontera

francesa y despidiéndote a la idem, es decir, a la francesa, sin decirnos
ni adiós ni nada, y sin escribir a tu mujer, a mi madre, por ya no recuerdo cuántos años, hasta que un día llegó una carta de Méjico en la
que le decías, nos decías, que ibas a volver. Y mientras tanto, mientras
estuviste en los calores de La Paz y en los calores de tu entrepierna de
conquistador violador de hermosas indias tarascas y de otras tribus,
¿pensaste alguna vez en lo que nos estaba pasando a nosotros, a tu mujer y a tu hijo, en el pueblo castellano donde vivíamos, donde tú te habías paseado con mono y fusil hasta que escapaste corriendo cuando
llegaron los fachas de Burgos? Pero ya estoy hablando de ti otra vez, y
no quiero hacerlo porque quizá terminaría diciendo algunas cosas
que no nos gustarían ni a ti ni a mí. Yo estaba hablando de mi hermano César, el rubio, el güero, y ¿cómo habrá sido la vida de ese hermano mío, de ese mestizo de tarasco y castellano, medio tarasco rubio y
de ojos azules como su padre? Y hablando de hermanos, ahora me doy
cuenta de que ya no estoy diciendo medio hermano, o hermanastro,
que suena horrible, sino hermano a secas, porque hermano me siento
de esos dos productos de los devaneos indigenistas de mi padre. Y me
sorprendo a mí mismo preguntándome como habrá sido su vida, así,
con un futuro perfecto que indica probabilidad en el pasado y que parece decir que yo creo que él ya se ha muerto, lo cual no es probable
pues, a fin de cuentas, él y ella serían ahora más jóvenes que yo. Serían, otro condicional que se me ha escapado, cuando debía haber dicho que los dos serán, digo más, son, más jóvenes que yo. ¡Y qué pe-
danterías gramaticales me están saliendo ahora, con todo eso de tiempos verbales, de condicionales y futuros perfectos como si el futuro pudiera ser perfecto alguna vez! Y su pasado, el de ellos, el de César y
Esperanza, ¿habrá sido perfecto? El mío no lo fue, aunque mi vida no
me haya salido mal del todo, que bien que he vivido, que estoy viviendo, en ese mundo de privilegios que da el dinero, el dinero que tú supiste hacer en Méjico, pero poco, para que mis hermanos pudieran tener una vida mejor, el dinero que yo sí supe hacer a lo grande, sacando
unas oposiciones a notario y firmando papeles aquí en la ciudad donde nací y de la que tú te escapaste. ¿Te acuerdas? Tú, profesor de insti-

tuto de aquéllos que la República había abierto en los pueblos, publicabas alguna que otra cosilla en el periódico de la capital, y lo contento que te ponías y cómo te pavoneabas cuando los del café de la plaza comentaban tus artículos, tan revolucionarios, tan anticlericales, tan mal escritos, que tenías una prosa indigerible, con unas frases largas, interminables, llenas de comas, como si el punto y aparte no existiera. Mi estilo notarial tiene más gracia, modestia aparte, que no es como el tuyo, tan amazacotado, según decía don Tomás el farmacéutico, que era uno de tus críticos más feroces. De todo esto yo no me acuerdo, pero mi madre me lo ha contado no sé cuántas veces, que en el pueblo la gente de orden te llamaba traidor a tu clase, sobre todo porque estabas casado con mujer rica, que la familia de mi madre tenía tierra, y fábricas, y cupones que ella cortaba después de tu fuga.

Y esto está relacionado con la pregunta que me hice yo antes, aquélla de si tú, mientras viviste en tierras de Moctezuma, te habrías preguntado cómo estábamos viviendo nosotros durante tu ausencia, tu exilio, tu fuga, tu espantada, tu salto de Alvarado, aunque lo de Alvarado te venga por tu mujer, primero por encima de los Pirineos y luego de un lado a otro del Atlántico. Pues vivíamos muy bien, como pudiste ver cuando regresaste, mi madre, tu mujer, en la casa que había sido del abuelo, en la enorme casa un poco destartalada, pero señorial, en la Plaza Mayor, que luego fue Plaza de la Constitución, y después de la Victoria, y ahora es Plaza Mayor otra vez. Mientras que tú, profesor de instituto, rojillo, digo, izquierdista, casado con mujer rica, que por eso los señores del casino, a ti, que te apellidas Requejo, te llamaban Ricojo, por ser rico y rojo, aunque sólo fueras rico por tu matrimonio, que de enseñante no ganabas mucho, tú al llegar a Méjico te convertiste en maestro de escuela hasta que te echaron cuando tus alumnos y sus padres protestaron porque un día dijiste que Hernán Cortés había traído a Méjico la civilización, y además lo dijiste con esas ces castellanas que tanto molestan a los mejicanos. Mira que fue mala idea, usar la única palabra española que tiene dos ces y una zeta. Bueno, quizá no sea la única, pero ahora no se me ocurre que haya otra. Y menudo zipizape, ¡toma zetas! se armó, que te echaron de la escuela y del pueblo, y fue cuando te fuiste a La Paz, y como hay que ganarse la vida de alguna manera te metiste a contable, tú, el revolucionario, te ganaste la vida contanto el dinero de los ricachos de una compañía que, me imagino, explotaba a sus obreros, o trabajadores, o marineros, o pescadores, o tripulantes o como sea que llamaran a los que faenaban en sus barcos de pesca por el Mar de Cortés, que al parecer es el otro nombre de lo que yo estudié en el instituto como Golfo de California. Mira que tiene gracia, por un Cortés mal citado te echaron de tu escuela, y terminaste luego a orillas de otro Cortés. Y fue allí donde te liaste con la Esperanza, tu Malinche, pues casado como estabas en España no podías casarte con ninguna de las señoritas de buena familia que, según me dijiste con muy poca modestia por tu parte, te buscaban las cosquillas porque todavía eras buen mozo y, además, rubio como Alvarado, pero ésas no se iban a liar contigo, por guapo que fueras, que ellas eran señoritas como Dios manda, que no abren las piernas sin previas bendiciones, y además tú tenías tus escrúpulos, ¡vaya por Dios, escrúpulos tú! ante la idea de ser bígamo. Y lo mismo que vivías con la esperanza de volver a España tras la caída del generalito y el triunfo de los tuyos, te pusiste a vivir con la Esperanza, tu doña Marina, tu Malinche, tu hermosa tarasca venida de Michoacán, que trabajaba en una de las fábricas de conservas. Y tuviste suerte que ella no tuviera hermanos, ya que con mucho gusto ellos hubieran usado sus machetes en las carnes blanquirubias del gachupín seductor que no hablaba nunca de casorios.

Y era guapa Esperanza, me dijiste aquella noche de confidencias. ¿Por qué me lo dijiste? ¿Por qué me confiaste la historia de los recovecos de tu pasado trasatlántico? ¿Qué necesidad hay de que los padres cuenten sus historias a sus hijos, aunque les digan antes que van a hablar de hombre a hombre, que ya no eres un niño y me vas a comprender? Yo ya no era ningún niño cuando me contaste todo eso, pero no te comprendí, como en tantas otras cosas. Yo ya era un señor casado, y con un hijo, tu nieto, que tan bien te recibió cuando volviste. Comprendo que te picara la entrepierna, y que usaras tu masculinidad, vulgo pito, pues no ibas a vivir como un monje, tú, tan anticlerical siempre. Que te acostaras con mujeres mientras viviste en Méjico me parece muy bien y muy sano para tu salud física y mental, pero ¿por qué esos dos hijos que luego abandonaste para volver al otro hijo que también habías abandonado antes? Te llamaban Ricojo los del casino de antes de la guerra civil, y yo te llamaría Abandijo, porque tu afición favorita siempre fue hacer hijos y luego abandonarlos, pero no te llamaré eso porque suena a sabandija y me parece una falta de respeto, aunque bueno, en realidad nunca te tuve mucho, la verdad por delante. Y volviendo a la historia de Esperanza, ahora ya no le llamo "la Esperanza", porque ese "la" está cargado de significado, y yo sí siento por ella, ahora que hasta me parece que la conozco, más respeto que por ti, su seductor, el padre de mis hermanos que nunca conoceré. Era muy guapa, me dijiste, con unas tetas fuertes y firmes y una piel morena como una modelo de Gauguin. Eso de sus tetas lo dijiste tú, y a mí me pareció muy mal, lo mismo que si hablaras de las tetas de mi madre, tu otra mujer, de la que nunca te oí hacer ningún elogio, ella, la que te aguantó todas tus babosadas revolucionarias y que luego te esperó años y años, los años que tú viviste con Esperanza. Y te esperó sin una queja, que ella siempre pensó que esta vida es un valle de lágrimas y una sala de espera antes de entrar en la otra, que es la que cuenta. Eso de la sala de espera yo nunca lo comprendí bien, porque las salas de espera siempre son aburridísimas y con gente muy seria, y esta vida, bueno, cada uno cuenta como le fue en la feria, pero yo diría que de aburrida, nada, porque si te salió una vida jodida, no veo yo donde está el aburrimiento, y si has tenido mucha suerte y la pasas bomba, pues tampoco te aburres. Pero, en fin, eso de la sala de espera no lo dije yo, que lo decía mi madre, siempre tan pulcra, tan fina, tan elegante, tan resignada con su suerte de viuda de un vivo, ¡y qué vivo!, tan digna, tan... bueno, ya no se me ocurre otro adjetivo. Y ella te esperó rezando rosarios y cortando cupones, dedicada completamente a su hijo Alfonso, sí, ella había insistido, a pesar de tu oposición, en ponerme Alfonso, como el rey depuesto, dedicada, digo, al hijo de su exiliado marido, o muerto, quizá, porque tú no piaste por quién sabe cuántos años y nadie en la familia sabía si estabas vivo o dando margaritas, cuando en realidad lo que estabas haciendo era bebiendo margaritas en algún bar del puerto de La Paz, que a ti siempre te tiró mucho el ambiente de los puertos, quizá por tener espíritu viajero, frustado por tu sedentaria y provinciana vida de profesor de instituto en un poblachón mesetario.

A veces, sentado en cualquiera de las aulas del instituto, durante mis años adolescentes, yo pensaba que tú podías haber estado allí, dando tus clases, y que yo podía haber sido uno de tus estudiantes, pero quizás haya sido mejor que tú estuvieras con tus debes y haberes en La Paz, y no aquí con tus deberes de marido y padre, porque ¿cómo iba yo a aceptar que tú, mi padre y profesor, me dieras malas notas si alguna vez las hubiera merecido? Porque a lo mejor te salías con historias de que la ética te prohibía dar buenas notas a tu propio hijo, o incluso examinarlo, y me dejarías en manos de alguno de los otros profesores, aquéllos que tanto te criticaban, excepto los que eran de la misma cuerda, de los que tiraban a la gauche, y si me tocaba uno de los otros, de los medio fachas, ¿no se le ocurriría dejar la ética a un lado y suspenderme, sólo por joderte a ti? Bueno, en realidad todo esto no podía haber pasado, pues yo fui al instituto ya terminada la Gloriosa Cruzada, y tú no serías catedrático, aun suponiendo que siguieras vivo, porque te habrían echado y tendrías que estar en casa, sin trabajar, viviendo como un rentista a cuenta de la familia de tu mujer que, con sus influencias, te habría salvado del paseo, pero no de la depuración, que eso ya era más difícil. Pero, ¿para qué hablar de lo que pudo haber sido y no fue, como en una canción de Machín? La realidad es que te fuiste, y no me vengas con historias de que tuviste que irte, porque si no te hubieras dedicado a pasearte por el pueblo con pañuelito rojo al cuello seguirías luego, después de todo el desmadre, viviendo tan ricamente con tu rica mujer, enseñado tus clases, ayudando a tu hijo a hacerse un hombre con mens sana in corpore sano, y no con esos complejos que, no sé por qué, algunos dicen que tengo, lo cual no es cierto, salta a la vista, que soy de lo más normal que hay a pesar de haberme criado con el fantasma, no con la realidad, de un padre a quien yo buscaba en mi imaginación, lo mismo que ahora busco a esos hermanos que no sé dónde están.

Tus colegas del instituto, los que no eran nuevos, los que se acordaban de ti y que antes de la guerra habían tenido la buena idea de no meterse a discursear, ni a escribir articulitos sediciosos, ni a pasearse luego con mono y fusil, y que por eso no habían ido al paseo definitivo y seguían en sus puestos con la cabeza sin agujeros, a veces me hablaban de ti, siempre llevándome a un aparte, donde ninguno de los otros muchachos pudiera oírnos, y me decían que mi padre era un magnífico maestro, y luego me preguntaban por ti, y yo bajaba la cabeza con aire compungido y les decía que no sabía nada, y lo hacía de manera que ellos se quedaban convencidos de que sí sabía algo, pero que no lo quería decir, que a mí eso de fingir siempre se me ha dado muy bien, aunque no es cierto que yo sea un hipócrita, como dicen algunos. Yo no sé por qué les daba a entender que sí sabía donde estaba mi padre, cuando en realidad no tenía ni la más remota idea, pero quizá fuera porque, en tu ausencia, yo te inventaba todos los días, y hablaba contigo, y paseábamos juntos por las afueras, que yo convertía en campos idílicos cuando en realidad son rastrojos y secano, y yo absorbía todo lo que me decías, en una paradisíaca versión de relaciones paternofiliales. Ideal, sí, pero falsa, producto todo de mi imaginación adolescente. En aquellos años yo te quería mucho, o creía que te quería, tal vez por llevarle la contraria a mi abuelo materno, quien de vez en cuando se permitía algunos comentarios sarcásticos sobre su ausente yerno, comentarios que mi madre, su hija, oía en silencio, con un gesto de resignación, hasta que interrumpía a su padre diciéndole algo así como que los designios de Dios son inescrutables y que había que rezar por él, por su marido, no por Dios, y aceptar su voluntad, la de Dios, no la de su marido, me imagino. Y cuando regresaste sin traer contigo todas las cualidades que yo te había conferido en mi imaginación, cuando volviste para reanudar tu vida como si no hubiera pasado nada, como si Méjico estuviera todavía por descubrir, en una etapa precortesiana sin ningún pie español que hollara sus costas, tropicales o desérticas, cuando retornaste con todos tus defectos, o por lo menos con los defectos que yo encontré en ti, cuando tú no eras mi tú, sino tu tú, cuando la realidad no coincidió con la imaginación, ¡ah! entonces fue cuando empecé a mirarte con ojos críticos, a examinar y escrutar todas y cada una de tus palabras, todos y cada uno de tus gestos, todos y cada uno de tus días con tu mujer y con el hijo que había sido privado de tu presencia durante tantos años. Y después, aquella noche en que tuviste la estúpida idea de contarme tu sórdida historia mejicana, aquella noche en que te permitiste hablar con sensual nostalgia de las tetas y caderas de Esperanza, cuando me pareció que hasta se te aguaba la boca recordando los oscuros rincones de su cuerpo, aquella noche te vi con coraza y casco, conquistador de las Américas, violador de vírgenes morenas, padre de cien mil mestizos con ojos azules y negros, progenitor de confusiones, portador de las glorias y miserias castellanas, con tu pito en la mano, erecta daga toledana dispuestas a penetrar y a rasgar, a crear y a destruir, a matar y a hacer nacer. Y luego, como puntilla, como puñalada trapera, como estocada a traición, el salto de Alvarado dado a la inversa, el adiós, ahí queda eso, la vuelta a la madre patria –¿o es que no te fuiste tú por tu gusto, sino que Esperanza te echó y tú nunca has querido confesarlo?– dejando a tu progenie a la luna de Valencia, o de La Paz, que esas lunas son todas iguales, con su sangre tarasca y castellana, su no ser ni de aquí ni de allí, su amor hacia ti, si es que lo han sentido, y su odio hacia su padre gachupín, el seductor, el violador, el explotador que da vida y da muerte, que roba y regala, que llegó en barcos cargados de lo bueno y lo malo y que deja tras sí una siembra de contradicciones, antítesis y paradojas, contraposiciones y antiperístasis. Pasaste por América como nube que trae una lluvia de esperma, como un torrente de catedrales y palacios, como piqueta demoledora de pirámides y hoguera incineradora de manuscritos... pero de ti sólo se puede decir lo del esperma, porque en cuanto a lo demás no hiciste nada, excepto hijos. Lo otro queda para los que fueron antes que tú, los que te hicieron las cosas fáciles pues al llegar no tuviste que ponerte a aprender nahuatl ni maya ni tarasco ni ninguna de esas lenguas, que tu tarasca bien que hablaba español. No sé por qué a veces, cuando hablo de ti, termino hablando de ellos, de los que fueron antes, creando así una confusión en la cual los límites se desdibujan y los siglos se encogen como fuelle de acordeón que ha soltado todo el aire. Y como en un sueño busco a César y a Esperanza, tus hijos, mis hermanos, y no llego a encontrarlos aunque sé que están allí. Crecerán en su tierra mejicana, separados de la tierra de su padre por un océano de agua salada y otro de amor-odio hacia el español-gachupín que a la vez los quiso y despreció, los engendró en vientre moreno y les enseñó su idioma hasta que un día los abandonó, o tuvo que abandonarlos, cuando ellos le dijeron: Vuélvete a tu tierra, gachupín de la mierda.

II

Eulogio

"Volverás a la casa donde naciste, y menuda sorpresa te vas a llevar, porque a lo mejor ya nadie se acuerda de ti, después de tantos años fuera, y la de cosas que habrán pasado mientras estuviste aquí, aquí donde tienes dos hijos que ahora se van a quedar sin padre, porque te entró la manía de que quieres volver a tu tierra, que no sé yo por qué me junté contigo, pues esto iba a pasar tarde o temprano, pero no te preocupes, yo ya me las arreglaré para sacar adelante a mis dos chamacos, que ahora son míos, entiendes, míos nada más, y puedes irte cuando quieras, gachupín de la mierda".

Esto, más o menos, es lo que me dijo Esperanza cuando se dio cuenta de que yo estaba preparando mi regreso a España. Así, más o menos, que no lo recuerdo literalmente, pero sí me acuerdo muy bien de lo de gachupín de la mierda. ¿Por qué tenía que ser tan ordinaria? ¿Qué necesidad había de usar ese lenguaje? Bueno, en cierto modo no es de sorprender, pues ella no era muy fina, aunque guapa sí lo era, y bien orgullosa que había estado de vivir con su gachupín güerito que le había hecho dos hijos como dos soles, o por lo menos como un sol y una luna. Y digo esto porque César había salido a mí, todo rubio y blanco, en un milagro de genética, como si no hubiera sido gestado en un vientre tarasco, y la niña, en cambio, la Esperancita, salió a su madre, tan guapa como ella, es verdad, pero tan tostada como ella también o, diciéndolo claramente, bien indita que salió la niña, que no parecía hermana de su hermano ni hija de su padre. Ni mestiza parecía, con algo de indio y algo de español, sino tarasca pura de las montañas de Michoacán, la tierra de la guapetona de su madre. Hasta llegué a pensar que mi Esperanza me había puesto los cuernos con algún indio de por allá, llevada quizá por un atavismo que le había hecho desear el

23

cuerpo moreno de un buen macho de su raza. En la procreación de
César mi esperma lo había dominado todo, y el producto final había
sido un retoño de español, como si su madre hubiera sido una simple
incubadora. Pero luego, con Esperanza hija, el vientre materno la creó
a su imagen y semejanza, en una milagrosa concepción en la cual el
padre, al parecer, no había tenido participación ninguna. Lo de los
cuernos lo deseché, pues si algo era Esperanza, era fiel, y hasta a veces
me parecía que sentía por mí una adoración casi idolátrica que le había hecho abandonar a su gente para unirse al rubio español que el
destino había puesto en su camino. Era una repetición de la historia
de Cortés y doña Marina, pensaba yo a veces, y por eso me sorprendió
tanto el exabrupto que tuvo aquel aciago día cuando, mostrando una
energía e independencia que yo no había sospechado nunca, me llamó gachupín de la mierda. A mí, que tanto había hecho por ella. Yo la
saqué de la rutina del trabajo agotador en una fábrica de conservas. Yo
le enseñé a portarse como una señora y a hablar con propiedad, sin
tantos "pos" y "trujieron" y otras ofensas a la buena gramática castellana. Yo la cubrí con mi amor, o quizá, seré franco, con mi simple luju-
ria, y también la cubrí con mi cuerpo, que la deseó desde el primer
momento en que la vi. Y todo ¿para qué? Para que terminara llamándome gachupín de la mierda, que lo llevo clavado en el alma, pues yo
no me merecía ese pago. Gracias a mí aprendió Esperanza buenos modales, pues cuando la conocí ni comer sabía. Es verdad que, por su belleza, se le podía perdonar todo, pero por hermosa que fuera era imposible dejar de ver que necesitaba una buena dosis de civilización, la
que yo le di a costa de tantos esfuerzos y sacrificios, pues aunque dócil
y fácil de controlar, era a veces testaruda como una mula. Era una tes-
tarudez que se expresaba en forma de resistencia pasiva, sin una palabra de protesta, sin una muestra de rebeldía, con un mirar inexpresivo
en una cara que tomaba aspecto de máscara, con unos ojos que miraban sin ver, como si yo no estuviera delante de ellos, como si mis gestos
de exasperación no ocurrieran, como si yo mismo no existiera o fuera
algún poder al que sólo se podía vencer con silencios y sorderas.
¡Cuántas veces me hizo perder la paciencia! Cuando ya creía tenerla

convencida de algo, al poco tiempo me daba cuenta de que ella seguía siendo igual que antes, que todos mis argumentos le habían entrado por un oído y salido por el otro, que mis palabras habían sido como lluvia sobre la mar, como humo en el aire, como nieve en el trópico. Todavía me acuerdo de mis fallidos intentos de sacarle de la cabeza las supersticiones que circulaban por su cerebro. La guerra, pues guerra fue, empezó muy pronto, cuando ella se vino a vivir conmigo y trajo a casa los cuatro trapos que eran todo su ajuar, todo bien envuelto en un rebozo, el más viejo de los tres o cuatro que tenía. De aquel globo de ropa empezó a sacar blusas, faldas, pañuelos y bragas, pero no sostenes, pues no los necesitaba. ¡Ay, todavía recuerdo la firmeza de sus pechos! Finalmente, después de desenvolver un pañuelo atado con varios nudos, salió a la luz un cuadrito con una estampa de la Virgen de Guadalupe. Esperanza recorrió con la vista las paredes del cuarto, como buscando un lugar donde colgarlo. En el primer momento me hizo gracia que mi querida fuera a decorar nuestra irregular unión con una estampita religiosa, pero pronto mi jocosidad dejó paso a una profunda indignación. Yo, que en España acababa de luchar, sin éxito, es cierto, pero de luchar al fin, contra los curas y todo lo que ellos significaban, iba a tener que contemplar ahora, día tras día, en mi propia casa, una estampita que representaba todo lo que yo había rechazado desde mi adolescencia, todo lo que, en mi opinión, había sido la causa del atraso y de la ignorancia de mis compatriotas, todo lo que yo había visto arder en los pueblos de mi patria, y debo confesar que yo había contemplado con satisfacción las quemas de iglesias y conventos, excepto cuando los edificios tenían valor artístico o podían haber sido usado para algo más útil que misas y rosarios. Así, cuando vi a Esperanza buscando con los ojos un lugar donde colgar su cuadrito, le dije que ni hablar, que si quería vivir conmigo tendría que dejar atrás sus creencias en falsedades y mitos. Cuando ella se volvió hacia mí vi en sus ojos el asombro y la incredulidad, como si mis palabras fueran el disparate mayor que ella hubiera oído en su vida. Esto es lo que yo vi en su cara. No sé lo que ella vio en la mía, pero su expresión cambió en un segundo y su rostro se convirtió en una máscara

inexpresiva, esa máscara que luego iba yo a ver tantas veces, y como si
ella fuera una tramoyista de teatro, dejó caer entre nosotros un telón
que nos aisló, una cortina que me impedía adivinar sus pensamientos.
Sin decir nada, Esperanza envolvió de nuevo su cuadrito en el pañuelo
y lo metió en un cajón de la cómoda, junto con el resto de su ropa. Yo
no quise armar un lío exigiéndole que se deshiciera de su estampita, y
así dejé las cosas. Mal sabía yo entonces que más tarde, muchas veces,
cuando yo no estaba en casa, el cuadrito salía de su escondite y, sobre
la cómoda, apoyado contra la pared e iluminado por un par de velas,
recibía los rezos y plegarias de Esperanza. Empecé a sospechar que esto sucedía cuando, al regresar a casa, notaba en el aire olor a cera, e incluso otro olor más intenso que yo no conocía, pero que luego supe
era el embriagador olor del copal. Tenía gracia, velas cristianas y el in-
cienso indio del copal se mezclaban en la casa de un anticlerical enra-
gé que había perdido su patria y sus raíces por luchar contra la supers-
tición y la ignorancia. Y el asunto se hacía más complicado todavía porque mi Esperanza, mi diosa morena, con sus copal y sus velas, aunaba
las lejanas creencias de sus ancestros indios con las importadas teologí-
as de los míos. A su modo, la cosa tenía gracia. A quien no quiere caldo, taza y media. Y durante los muchos años de nuestro pecaminoso
concubinato el olor a iglesia y a pirámide llenó de vez en cuando el aire de la mansión de nuestro pecado, de la habitación donde el rubio
español montaba a su hermosa morena, del rincón donde yo sembra-
ba mi semilla blanca en la oscura tierra volcánica de las Américas.

    Gachupín de la mierda, ahí es nada, el peor insulto que le pue-
den decir a un español en aquellas tierras, eso me dijo mi hermosa india, la madre de mis hijos, míos tanto como de ella. ¿A qué venía eso
de que ahora son míos nada más, es decir, suyos, dejándome a mí el
nada más como si de mí no hubiera salido la semilla que los creó? Míos nada más, tiene gracia, como si los años que yo había pasado allí no
contaran para nada, como si las horas que yo había pasado encima de
ella, sí, encima de ella, que me excitaba tanto que yo nunca tenía bastante de su cuerpo, no hubieran sucedido nunca. Es verdad que al fi-

nal yo había empezado a sentir un cosquilleo interior, como si algo o alguien me estuviera diciendo que yo no pertenecía a aquella casa, que yo no era parte de aquella península desértica ni de aquel mar de un azul metálico y cegador. No sé por qué empecé a sentir eso. Lo del desierto no debía parecerme a mí tan exótico, nacido en una parte de Castilla donde el agua es más rara que el vino, tierra de secano y rastrojeras, con más cardos que flores, Casi, casi podría decir que hay más vegetación en el desierto de Baja California que en la tierra castellana donde nací, pero el hormiguillo de volver se fue haciendo más fuerte. Si yo fuera gallego diría que se trataba de la famosa morriña que invade a los nacidos en esa tierra verde de nieblas y brumas, esa morriña que, según me contaba una médico de Guadalajara, refugiado republicano como yo, hacía morir a los gallegos aunque estuvieran tan sanos como un atleta de veinte años. Cuando empiezan a decir eu morro, eu morro, me contaba mi amigo médico, no hay quien los cure, se mueren porque sí, porque les da la gana, porque la morriña se los come por dentro, como hacen las arañas con las moscas. Como yo no soy gallego, no fue la morriña la que me entró, sino la nostalgia, y no lo comprendo bien, porque tendría que preguntarme, ¿nostalgia de qué? No podía ser, ciertamente, la añoranza por la tierra reseca que rodea a mi ciudad provinciana o, dicho en buen romance, al poblachón castellano donde me cayó en suerte nacer y vivir pues ¿a quién se le ocurriría echar de menos una gran plaza con soportales, unas cuantas calles con casas grises y ocres, y unos alrededores sin árboles, con un río que casi se queda sin agua en el verano? Y en cuanto a la gente, ¿cómo podía yo querer encontrarme de nuevo en aquella sociedad pacata y pretenciosa, con sus ínfulas de nobleza pueblerina? Y, cerrando un poco más el círculo, ¿era posible que yo jugueteara con la idea de regresar a mi casa, bueno, a la casa de mi mujer, y a ella, con sus beaterios, y a su padre y hermano, que nunca me quisieron bien? Y, sin que el dejarlo para el final tenga significado alguno, ¿cómo me recibiría mi hijo, que ahora ya sería un hombre hecho y derecho, y de derechas como su madre, abuelo y tío? Y además, ¿por qué marcharme de la tierra mejicana y dejar a mi indita y a mis, repito, mis hijos, que eran más hijos míos que el que había dejado de niño en España? Yo la había conquistado, yo era el conquistador, y no me refiero a la tierra mejicana, sino al corazón, y al cuerpo, de mi indita Esperanza. El destino me la encomendó, yo fui su encomendero, y mejor encomendero fui que muchos de los que en el pasado colonial habían mangoneado a tarascos y otomíes, tlaxcaltecas y mayas, pues yo la traté muy bien a mi tarasca, la civilicé, le enseñé a hablar con propiedad, la pulí y refiné. Bueno, aquello que me dijo de gachupín de la mierda pone en tela de juicio eso de que la pulí y refiné y, sobre todo, lo de hablar con propiedad, pues no es muy fino ni pulido decir lo que ella me dijo el día de nuestra despedida, aunque desde su punto de vista lo de gachupín de la mierda pudiera estar muy apropiado. Se me subió a las barbas aquel día, me cantó las cuarenta y, casi, casi, diría que me echó de la que yo por muchos años había considerado mi casa. Mi casa, casi, pero no del todo, porque yo nunca llegué a ser de allí. Cuando salía de casa yo era a veces el único rubio que se podía ver en toda la calle, y en los ojos negros que se cruzaban con los míos yo creía leer un reproche que tenía varios cientos de años de antigüedad, una reconvención de siglos, una sorda hostilidad que me obligaba a recordar un pasado que ellos y yo veíamos con ojos muy diferentes. Y mis propios hijos, que tan orgullosos debían haber estado de su padre español, que tan agradecidos tenían que sentirse por lo mucho que yo había hecho, y seguía haciendo, por ellos y por su madre, me miraban a veces como si yo fuera un extraño, e incluso me pareció encontrar algún día un cierto grado de resentimiento, sobre todo desde que ya fueron mayorcitos y comprendieron que yo nunca me había casado con su madre. ¿Cómo iba yo a casarme con ella si ya estaba casado? Además, ¿cómo iba yo a casarme con ella si, por muy guapa que fuera y por mucho que yo la había educado, seguía siendo una tarasca, una india, quiero decir, impresentable en buena sociedad? Pero, ¿de qué buena sociedad estoy hablando si La Paz, en aquellos años, era un pequeño puerto pesquero donde los ricos del pueblo eran tan mestizos como todos los demás? No es que yo sea racista, ni mucho menos, que eso no me va, pero la idea de que mi Esperanza pudiera ser mi mujer me iba a contrapelo, qué le voy a hacer. Bien, la cuestión es que nuestra unión nunca llegó al Registro Civil, pues lo de santificarla por la Iglesia, eso ni hablar, no faltaba más, que yo podía estar alejado de mi país, pero no de mis ideas.

Por otra parte, la vida en aquel puerto tan aislado de todo, tan distante de Méjico o de Guadalajara o de cualquiera de las otras ciudades más grandes, empezó a cargarme. Yo era, después de todo, un intelectual, intelectual de pueblo castellano, pero intelectual al fin, y me sentía muy solo en aquella alejada península, en aquel pueblo donde hasta los turistas eran pescadores, no de oficio, sino pescadores de lujo que venían desde Arizona o California, la California de los gringos, y que en el bar del único hotel que entonces había no sabían hacer otra cosa más que hablar del tamaño de los pescados que habían atrapado, y emborracharse con esas borracheras sin gracia tan típicas de los norteamericanos. Mi error había sido no quedarme en la capital, en el Distrito Federal, en el de efe, como allí dicen, donde había tantos republicanos refugiados como yo, donde podía haber ido a las tertulias de la librería aquélla que está cerca de la Alameda, y reunirme con tantos otros españoles que hablaban y escribían de lo que más nos interesaba a todos nosotros. Si el tener que ganarme los garbanzos o, mejor dicho, los frijoles, me había hecho terminar de contable en La Paz, pues a lo hecho pecho, y a mal tiempo buena cara, pero el deseo de salir de allí me fue invadiendo poco a poco, y ni los lazos, o ataduras, que eran mi Esperanza y nuestros hijos pudieron anclarme en aquel puerto, y un día di la espantada y me marché con aquello de gachupín de la mierda zumbándome en los oídos. Pero no me volví a España inmediatamente por miedo a lo que me podría ocurrir. Me fui al distrito federal, y en las tertulias de refugiados, que había varias, circulaban cuentos de que fulano se volvió y lo metieron en la cárcel, y que tienen una memoria de elefante esos franquistas, que no se olvidan de nada, y estamos allá todos bien fichados, que aunque dicen que los que no tengan delitos de sangre pueden volver, pues luego vuelves y ¡zas! te empapelan por cualquier otra cosa. Otros, en cambio, decían que no, que no había problema ya, que a lo hecho pecho y borrón y cuenta nueva, pero por si las moscas todavía me quedé en Méjico diez años más, y me porté bien con la Esperanza, que siempre que podía le mandaba unos pesos para ella y los muchachos.

No viene a cuento hablar de cómo encontré a España y a mi pueblo castellano cuando volví, de los abrazos y también de los saludos reticentes con que fui recibido, de los comentarios oídos al vuelo, ¿por qué han dejado volver a ése? ni de las preguntas tontas, tira la tierra, ¿verdad? que tuve que contestar con una sonrisa que no significaba nada, ni de las dificultades para encontrar un trabajo más a tono con mi formación, cuando me informaron de que mi licenciatura ya no valía para enseñar otra vez en un instituto. Todo eso cualquiera se lo puede suponer, pero lo que nadie sabe, porque esto sucedió de puertas para adentro, fue mi regreso al hogar dulce hogar, mi reencontrarme con mi mujer y con mi hijo, ya todo un hombre, y con mi cuñado, que no había olvidado ni un minuto de lo sucedido hacía ya tantos años. De mi familia no tengo mucho que decir, pues mis padres ya se habían muerto antes de la guerra, y yo no tenía hermanos ni otros parientes. Debo confesar que el recibimiento fue amable, pero no muy efusivo, diría que fríamente cortés para con este Cortés regresado que era yo. En cuanto llegué hubo algo que me preocupó, hubo un objetivo que me prometí cumplir y fue, ya que no la recuperación de mi mujer, el ganarme la amistad y el afecto de mi hijo. Que la recuperación de mi mujer iba a ser difícil o imposible no ofrecía duda. En primer lugar, no había mucho que recuperar pues ya antes de mi partida había habido entre nosotros un alejamiento cortésmente inmencionado. Ella, siempre tan fina y elegante, se negaba en redondo a tener conmigo una conversación franca que pusiera las cosas en claro. Con su exquisita discreción, que rayaba en la hipocresía, se negaba a reconocer que habían pasado muchas cosas en treinta años. Yo era su marido porque la Iglesia así lo decía , y ella era una sufrida y resignada esposa que cumplía sus renovados deberes conyugales con unas pudibundez que me hacía recordar con nostalgia mis apasionados revolcones tarascos en las calurosas noches de Baja California.

Mi hijo fue un capítulo aparte. Una tarde en que estábamos solos en casa, pues su madre había salido a una de sus interminables novenas, yo aproveché la ocasión para hablarle de mis deseos de que él y yo nos entendiéramos bien, que fuéramos amigos, que confiáramos el uno en el otro. Él parecía desearlo también, o así lo creí, hasta que las palabras que usó para hablar de nuestra común historia familiar me convencieron de que estábamos hablando de dos historias diferentes. Yo tuve que hacer un esfuerzo para no mostrar mi irritación cuando él se refirió a "cuando nos abandonaste", así como suena, decirme a mí que yo los abandoné cuando tuve que salir por pies de un pueblo a punto de caer en manos de los fachas. Pero, hijo mío, ¿cómo puedes hablar de abandono cuando, en realidad, fue una separación no querida por mí, impuesta por las circunstancias, llámale fuga, si quieres, dejándome así como cobarde, pero no digas que os abandoné, porque no fue cierto? ¿Cómo iba a sospechar que los míos íbamos a perder la guerra, que una vez fuera del pueblo ya no habría reconquista posible, que lo tomado por ellos tomado quedó, y nosotros en retirada en unos camiones renqueantes que malamente consiguieron llegar a Madrid? Y ni siquiera debías hablar de fuga, hijo, que en la guerra no hay fugas, sino retiradas, y si yo tuve que cruzar la frontera francesa no fue por gusto, te lo aseguro, sino que, francamente, mejor exiliado que fusilado. ¿O es que en lugar de tener ahora problemillas de entendimiento con tu padre, preferirías haber sido un huérfano de guerra desde tu infancia? Y no me vengas con historias de que huérfano fuiste, a fin de cuentas, pues ni siquiera sabías dónde estaba yo. Huérfano no, que yo bien vivo que estaba y pensando siempre en un posible regreso. Bueno, siempre no, pero con frecuencia, te lo aseguro. Fue entonces cuando cometí mi gran error, cuando le hice a mi hijo confidencias que no debía haberle hecho, porque él, aunque ya era un hombre, no me podía, no me quería comprender. Eso es, no quería comprenderme, y no sé por qué, pues yo volví a él con los brazos abiertos y él me recibió con los brazos cruzados. ¿Qué culpa tenía yo de haber tenido que salir de España, como tantos otros, después de nuestra derrota? ¿Qué sabía él de lo que habíamos sufrido todos desde aquel año 36 de

los demonios? Y aun tuvo el desparpajo de decirme que él no sabía nada de esa guerra, que no quería saber nada de esa guerra, como si a él
no le hubiera afectado, a él que era un niño entonces, tanto como a
los mayores que la vivimos y no pudimos olvidarla nunca más. ¿Qué le
habrán dicho de mí en mi ausencia? Su madre no le habrá hablado
mal de mí, de eso estoy seguro, porque nunca habla mal de nadie,
aunque tampoco hable bien de nadie. Simplemente, no habla ni bien
ni mal, es una experta en el arte de hablar sin decir nada, y todavía sigo preguntándome ahora por qué me casé con ella. Que era rica, no
hay duda, y fina y vistosa, el mejor partido de nuestra pequeña ciudad
provinciana. Y yo, el profesor de instituto con fama de rojillo, me casé
con ella pensando que así iba a demostrar que era posible la compren-
sión entre las clases, o quizá por fastidiar a su padre y a su hermano,
que se opusieron siempre a nuestro noviazgo y posterior boda. ¡Pero si
hasta había pasado yo por el aro de casarme en la iglesia con orquesta
y marcha nupcial y traje blanco para ella y, vergüenza de las vergüen-
zas, chaqué para mí! Y ahora su hijo, nuestro hijo, me mira con ojos
inexpresivos, no con los ojos de máscara indígena de mi Esperanza,
que también sabía mirarme sin verme, sino con ojos indiferentes, ojos
de notario de pueblo, ojos de facha vencedor, él que era un niño, casi
un bebé, cuando la generación de sus padres, mi generación, andaba
a garrotazos por los campos de Castilla cubiertos de veneno como en
los poemas de Machado, y los más de los palos los recibimos nosotros,
los de la buena causa, los que queríamos que nuestro pueblo tuviera
una vida mejor. Y todo para qué, para tener que andar luego de vaga-
bundos emigrados, refugiados, trasterrados, y no sólo en tierra extraña sino también en la nuestra, cuando al regresar nos dimos cuenta, o
por lo menos yo me di cuenta, de que mi tierra no era mi tierra ni mi
gente era mi gente. Maldito año 36 en el que España se partió, y no
por gala, en dos, y me partió la vida y el alma dejándome flotando en
el aire como esas plantas tropicales que crecen en los árboles sin tener
raíces en ninguna parte.

Mi nuera, la mujer de mi hijo, merece capítulo aparte. Señorita
de pueblo, como su suegra, mi mujer. Señorita de pueblo, muy fina y

muy mona, beata y cursi, que aceptó con rígida y cortés frialdad el cariñosísimo abrazo que yo le di cuando nos vimos por primera vez. Sí,
cariñosísimo, pues yo quería recuperar a mi familia, inocente de mí,
como si fuera posible recuperar lo que, idealizado por la ausencia, había sido siempre una mentira constante, pues ellos no me habían aceptado nunca. Ni siquiera mi propia mujer, la que se había casado conmigo toda vestidita de blanco, joven y bonita que era, encaprichada
por atrapar al guapo mozo que yo era entonces, al cual ella iba a hacer
cambiar, naturalmente, para borrar en él todas aquellas ideas de rojillo que yo tenía, convirtiéndome en un buen y sólido burgués a quién,
con suerte, hasta se le podrían contagiar las ínfulas aristocráticas de su
familia. Bien poco duró nuestra unión, pues a los dos años de nuestra
boda, cuando ya había nacido nuestro hijo y cuando empezó todo el
fandango de la guerra, ella y yo ya estábamos distanciados, decepcio-
nada ella por no haber podido cambiarme, desilusionado yo al ver que
no sólo le era extraño mi mundo, sino que estaba empecinada en no
querer dar ni un paso para acercarse a él, a mis ideas, a mis planes de
un futuro más justo para todos.

Conocer a mi nuera fue como dar un salto atrás en el tiempo, fue
ver a mi mujer en su juventud, como si en vez de ser nuera y suegra
ellas fueran madre e hija, iguales, fiel copia la más joven de la más vieja, refinados productos las dos de la atmósfera oprimente de aquel poblachón. Y a pesar de todo yo le di un abrazo cariñoso a ella, a la mujer
de mi hijo, a la madre de mi nieto, que ya tenía siete años cuando yo
puse en práctica la disparatada idea de regresar. Ella lo aceptó sin entusiasmo, lo mismo que su suegra aceptaría luego mis abrazos noc-
turnos, abrazos que yo le daba en un intento de ser otra vez su marido,
fallido intento, ciertamente, fallido regreso, fallido retorno a lo que ya
nunca sería mi patria, ni mi tierra, ni mi hogar.

El niño, en cambio, mi nietecito, fue el único que me dio un
abrazo de verdad. Yo no sé lo que le habrían dicho los otros acerca de
mí, del abuelo hasta aquel momento inexistente, ausente, lejano, nunca visto hasta entonces. Yo temía que el niño me recibiera con reserva,
con la natural timidez del pequeño que se encuentra por primera vez

ante un extraño. Me lo había imaginado escondiéndose huraño tras las faldas de su madre, o abrazado a las piernas de su padre, mirándome con grandes ojos curiosos y escrutiñadores, con esa mirada penetrante con la que los niños analizan a los que por primera vez entran en su vida. Pero no fue así. En contraste con todos los demás de la familia, mi nieto se acercó corriendo hacia mí con los brazos en alto, y de un salto que casi me tiró al suelo me abrazó y besó como si su recién llegado abuelo no fuera un extraño para él. Fue entonces cuando, con el rabillo del ojo, capté las miradas que se cruzaron entre sí los tres testigos de la cariñosa escena, mi mujer, mi hijo y mi nuera. No fueron miradas de satisfacción al ver que el nieto expresaba un inesperado amor por su recién encontrado abuelo, ni de sorpresa ante la amorosa acogida, ni de asombro ante la naturalidad con la que el niño me recibía, como si me hubiera conocido desde siempre, sino miradas que yo no supe interpretar si de celos o de temor ante la posibilidad de que entre nieto y abuelo se establecieran lazos más estrechos que los que había entre ellos y su niño, suyo, no de aquel abuelo caído de las nubes y con el cual tendrían que competir, a partir de entonces, por el amor de César. Sí, de César, pues ese nombre le habían puesto, ¡qué rara casualidad! a mi nieto de España, el mismo nombre que yo había dado a mi hijo de Méjico. No sé por qué pensé entonces en aquello de dad al César lo que es del César, y sentí por dentro una tristeza muy grande, quizá remordimiento, porque aunque yo estaba dispuesto a dar todo mi amor a mi César español, no había cumplido ese mandato con mi otro César, el güero mestizo, que yo había abandonado cuando ya era un muchachote rubio y guapo como su padre, fuerte y hermoso como mi Esperanza, hostilmente amoroso conmigo, con sus dos sangres en lucha por los ríos de sus venas.

A partir de aquel momento el niño no se separaba de mí. Yo vivía con mi mujer en la casona de la familia, que ella había heredado de mi suegro, muerto hacía ya varios años. Debo confesar que vi con satisfacción que el viejo ya no estuviera allí cuando regresé, pues él, con su sarcasmo y sus reticencias, hubiera hecho todavía más difícil mi ya complicado intento de reintegro a la familia. Mi hijo y su mujer vivían

en otra casa, no lejos de la nuestra, bueno, de la de mi mujer, y como el
niño estaba acostumbrado a venir a pasar días enteros con su abuela,
no tuvieron excusa para impedir que siguiera haciéndolo ahora que el
abuelo estaba allí también. Yo ya no podía trabajar, ¿quién iba a emplear a un viejo rojillo exiliado? Yo estaba libre todo el día, y gracias a
unos dinerillos que había traído de Méjico podía vivir dignamente sin
sentirme un parásito marido de mujer rica, aunque sé muy bien que
en el pueblo pensaban que era eso, el republicano que vuelve del exilio con el rabo entre piernas y la bolsa vacía.

Cuando César venía a casa borraba con su presencia el tedio que
me corroía por dentro, limpiaba como esponja sobre pizarra los obscuros pensamientos que ocupaban mi mente (¿Por qué volví, y para
qué?) y me llevaba, con su imaginación infantil, a un mundo que entre
los dos habíamos creado para nosotros solos, donde no había abuelas
ni madres beatas, ni notarios adustos, ni poblachones polvorientos.
Con el paso del tiempo, cuando mi nieto se fue convirtiendo en un niño inquieto y curioso, nuestras conversaciones terminaban siempre en
un mundo exótico y lejano, en un país que yo ya consideraba como
perteneciente a un pasado remoto, una tierra siempre abrasada por
un sol cegador, con lagos y mares de brillante cobalto. En una palabra:
Méjico. Sentados los dos con un gran atlas ante nosotros, el muchacho
quería saber cómo era ése para él mítico país de revoluciones y volcanes, de selvas y desiertos, de pirámides y vagas memorias de sangrien-
tos sacrificios. Al principio, cuando todavía era un niño dispuesto a
creer todo lo que su abuelo le contara, yo tenía que inventar paisajes y
aventuras que su imaginación exigía, y como un nuevo Valle Inclán yo
creaba fantásticas historias en las que los caimanes acechaban bajo la
superficie cenagosa de ríos tropicales, que otras veces eran serpientes
de cascabel que esperaban a sus víctimas escondidas entre las piedras
calcinadas del desierto de Sonora. Había días en los que, fallándome
la imaginación, yo repetía fabulosas historias que Esperanza me había
contado, historias de misteriosos ritos tarascos que los indios mantení-
an en el secreto de arruinadas pirámides cubiertas por la vegetación
tropical. Luego, ya niño de diez años, él me hacía contarle historias de

la Revolución, de Zapata y Pancho Villa, de peones ansiosos de tierra
y de hacendados que no querían dársela. Con este tema empezaron
mis problemas con mi hijo y mi nuera, quienes un día me dijeron
muy serios y preocupados que no querían que yo le metiera al niño
en la cabeza todas esas historias de conflictos sociales que tanto se parecían a otros en los que yo había sido, bien me lo recordaron ellos,
protagonista.

III

Esperanza

vuélvete a tu tierra ya que la echas tanto de menos vuélvete a españa cuando te dé la gana que yo ya me las arreglaré aquí para sacar adelante a mis chamacos óyelo bien son míos vuélvete al pueblo ése de donde viniste y a ver cómo te reciben después de tantos años que a lo mejor ya nadie se acuerda de ti ni siquiera esa esposa que me dices que tienes allí y el hijo que tuviste ése ni sabe quién eres que no te puede recordar de lo pequeño que era cuando los abandonaste vuélvete cuando te salga de los huevos que a mí no me importas y no te estoy diciendo que puedes irte ni te estoy pidiendo que te vayas que lo que estoy haciendo es echarte de aquí gachupín de la chingada

así se lo dije y me acuerdo muy bien del día y de la hora que ya era de noche y se oían los cohetes que estaban echando en el puerto porque era el quince de setiembre fiesta de la independencia y viva méxico y mueran los gachupines bueno que muera el mío no que no lo quería tan mal pero que se vaya con su chingadera a otra parte que ya me tenía harta de tanto decirme que debía hacer así y que debía hablar asá y esto es fino y esto no es y si yo supe ganarme la vida antes de juntarme con él también sabré ganármela sin él y si no es aquí me volveré a michoacán que aún tengo parientes por allá aunque mi padre se haya muerto cuando le dieron bala por aquello de la división de los ejidos que yo ya no me acuerdo de eso pero mi madre sí me contó como lo balacearon y le salía un sangral tan grande que cuando lo llevaron a componer ya llegó muerto el pobre

que se vaya el gachupín güerito y si no es a michoacán pues agarro a mis hijos y me voy a los yunaites esteites que mi vecina dice que allí se gana bien que su esposo se fue a un sitio que se llama san fran-

37

cisco por ahí por la california de los gringos y trabaja en la construcción y sus buenos pesos que gana que le manda a ella todo lo que necesita y cuando vino a verla el verano pasado hasta vino en carro propio y le trajo un radio que hay que ver lo bonito que se oye la música y
para ir allá pos no hay más que ir a tijuana y luego pagar un coyote que
te pase al norte y ya está a ganar dólares y a comer hamburguesas todos los días aunque no sé si me gustaría eso porque a mí que no me sa-
quen de mis tacos y tamalitos con su buen chile bien picoso esos mismos tacos y tamales que a mi gachupín nunca le gustaron que él decía
que eso no era comida de gentes y yo no sé por qué lo diría vete tú a saber lo que comerán en españa que él me decía que allí no le ponen
chile a todo y cómo es que puede saber la comida si no tiene sus buenos chiles o su buena salsa picante que cuando yo se la daba él decía
que no la podía comer porque le hacía llorar de tanto que le picaba
que parecía que tenía la garganta de piel fina que no aguantaba lo
bueno que sabemos cocinar aquí

no me arrepiento de haberme juntado con él que yo era muy joven cuando nos pusimos a vivir juntos y él era el hombre más guapo
del pueblo que todas las mujeres me envidiaban y cuando me miraban
yo podía ver en sus ojos lo que estaban pensando ésa es la que se echa
encima al licenciado güero ése de los ojos azules que es contador en la
fábrica y que la sacó de trabajar y ahora vive como una señora sin trabajar ni nada qué suerte tuvo la verdad es que yo era bien guapa también que hacíamos una pareja bien rara los dos guapos que éramos pero bien diferentes que yo soy bien prieta y cuando estábamos en la cama él encima de mí yo a veces pensaba que éramos como una taza de
café con leche con crema batida encima él tan blanquito y yo tan pues
eso color de café con leche con más café que leche o mejor color tabaco que a él bien que le gustaba mi color digo no el tabaco aunque también fumaba

recuerdo que el primer día o mejor dicho la primera noche que
me acosté con él él me dijo que me encuerara así poco a poco allí de

pie delante de él y a mí me daba penita que yo no era una puta de la
zona que era bien virgen cuando lo hice con él por primera vez pero
yo quería darle gusto y si me iba a encuerar de todos modos pos por
qué no hacerlo como él me pedía y entonces lo hice y cuando me quedé desnuda delante de él él se quedó embobado mirándome y dijo algo así como que yo era como un modelo de goguén que vaya usted a
saber lo que es eso debe de ser una tienda de ropa fina pero si yo estaba desnuda por qué lo dijo si yo no llevaba más modelo que mi piel color café pero luego me acostumbré a oírle decir otras babosadas por el
estilo que para mí eran como si me hablara en chino pero en fin así
fue como yo me acosté con él y bien que sabía hacer las cosas el cabrón
que yo no sabía lo que era acostarse con un macho y él me dio mucho
gusto y me enseñó a darle gusto a él y yo le gustaba tanto que cuando
se le paraba la verga no se le bajaba en mucho tiempo y yo bien contenta que estaba

pero claro una cosa es acostarse con tu hombre de vez en cuando
y otra vivir con él que yo me acuerdo como cuando me fui a vivir a su
casa una casa que él tenía rentada y que a mí me parecía un palacio
comparada con la casa donde yo vivía en un cuarto que me rentaban
que era todo lo que podía pagar y mejor vivir en un mal cuarto yo sola
que estar en la zona teniendo que aguantar a cualquier hombre que
tuviera dinero para pagarte y que además muchas veces llegan toma-
dos y huelen a pulque pero mi hombre no él olía a algo así como canela y siempre estaba muy limpio y me trataba muy bien aunque el primer día de irme a vivir con él no lo olvidaré nunca cuando yo saqué
mis chibas para poner toda la ropa en los cajones de la cómoda pues
saqué también a mi guadalupana que siempre me ayudó y me protegió
que bien necesitaba yo protección pues era joven y guapa y estaba sola
que no tengo padre ni hermanos y entonces digo cuando saqué la
estampita de mi virgencita de guadalupe busqué un lugar donde col-
garla en la pared y él me vio y me dijo que no que eso nunca que él estaba harto de padres y de cosas de iglesia y yo no podía creer lo que me
decía que no iba a haber un lugar en aquella casa para mi virgencita y

me quedé como boba mirándolo sin comprender lo que me decía y así nos miramos sin decirnos nada durante no sé cuánto tiempo y entonces yo envolví la estampita con su marco en un pañuelo y la puse en el fondo de un cajón para que él no la viera más porque ¿para que iba a tener un pleito con él? lo mejor era no decir nada y no dejarle saber lo que estaba pensando pero cuando él no estaba en la casa yo la sacaba la estampa y la ponía encima de la cómoda contra la pared y le encendía velitas y un poquito de copal para que ella supiera que yo la quería mucho y le rezaba pidiéndole que me conservara buena porque yo era buena que considerando lo que era mi vida podía haber estado hecha una perdida pero nunca lo fui que siempre estuve con mi hombre y nada más que con él y no tirada por ahí de cama en cama o peor aún en una casa de la zona donde hay que hacerlo con cualquiera y en esos días cuando él volvía a la casa arrugaba la nariz y aspiraba aire como si fuera un perro de caza me miraba y me preguntaba que a qué olía que olía raro no feo pero raro y yo le contaba el cuento de que había estado allí la vecina y que habíamos fumado un poquito de mota y que por eso la casa olía así y él se lo creía porque en eso de fumar mota él nunca lo hizo que yo sepa

cuando él volvía del trabajo yo le tenía preparada la comida y fue difícil pues tuve que aprender a cocinar como él quería es decir como en españa y mira tú esos gachupines que mal comen que no comen tortillas y en cambio le llaman tortillas a las tortillas de blanquillos con papas y cebolla y yo pronto aprendí a hacerlas y hasta me gustaron a mí también aunque yo siempre me hacía mis buenas tortillas mexicanas para ir con la comida aunque él ni las probaba ni le gustaron nunca los tamales ni las enchiladas pero en cambio el pescado ése sí que le gustaba y lo que más le gustaba era el huachinango a la veracruzana aunque me decía que no le pusiera tantos jalapeños como debiera tener

cuando él comía bien y se bebía un par de coronas se ponía muy tierno y me contaba cosas de su tierra y de una guerra que tuvieron por allá algo así como nuestra revolución pero allá ganaron los malos y

ahora tienen un general que debe ser algo así como nuestro general
calles pero en malo pos no los deja volver a los españoles que andan
por aquí y a mí me parecía muy bien que si pudieran volver a lo mejor
mi hombre se me iba pallá y yo entonces lo quería mucho y no podía
imaginarme cómo sería la vida sin él aunque siempre tenía yo una es-
pinita clavada en el corazón que él aunque no hablaba nunca de su familia sí me dijo un día que tenía esposa y un hijo que sólo tenía un añi-
to cuando él tuvo que salir de allá por eso de la guerra que tuvieron y
de la guerra sí que me hablaba aunque yo no entendía muy bien todo
lo que me contaba que pamí la única guerra que yo viví era la de los
cristeros y eso cuando era muy niña y no recordaba nada más que lo
que ya terminada la cristerada contaban en el pueblo allá en michoacán que por allí los cristeros habían hecho una desparramuza mayor y
tronaron a tanta gente que parecía como si la pelona anduviera suelta
por los cerros pero todo pasó cuando mi hombre me hablaba de su
guerra que era algo así como su vida yo me imaginaba que habrá sido
como la cristada que un día entran los cristeros en el pueblo y les dan
en la madre a unos cuantos y luego vienen los federales y le dan también a los que quedaron vivos y así fue como se arruinaron tantos pueblos y tantas rancherías que hasta a veces no enterraban a los muertos
y eran los zopilotes los que se encargaban de limpiar las milpas donde
habían dejado abandonados los cuerpos

la vida con él no era todo de rosas o mejor dicho sí era de rosas
pero también con espinas que siempre vienen juntas y si yo tenía la es-
pinita de aquella esposa y aquel hijo que él tenía en españa también
había otra y era que parecía que él tenía dos vidas una conmigo y la
otra con los demás que nunca me llevaba cuando iba a las casas de sus
amigos que algunos tenía sobre todo la familia de los dueños de la fábrica y también algunos de los ricos del pueblo que lo invitaban a sus
casas pero a mí no y no veo por qué porque yo sé portarme bien y se
estar callada cuando hablan de algo que no entiendo y además yo ya
había aprendido de él que no se ve bonito limpiarse los dientes con
una uña cuando queda entre los dientes un poquito de comida y otras

finuras así que él me enseñó y yo se lo agradecía pero un día me enojé con él porque me dijo que era un diamante en bruto caray con el gachupín catrín que yo de bruta no tengo nada que es verdad que no tengo escuela pero mensa no soy y se lo dije y él se empeñaba en explicarme que no que no era un insulto que al contrario que era un elogio por lo del diamante y entonces se reía y me abrazaba y me hacía cariños y yo lo perdonaba que por aquel entonces sus brazos tenían algo así como magia que cuando me rodeaba con ellos yo me rendía y no me importaba que él me dominara

como los dos éramos hombre y mujer, yo joven y él, aunque más de diez años más mayor que yo joven también pues claro pasó lo que tenía que pasar que un día yo noté que estaba preñada y no sabía cómo decírselo pos vete tú a saber cómo lo iba a tomar y por eso pensé que primero platicaría con mi vecina la que me servía de tapujo en lo del copal que yo le decía a mi hombre que era olor a mariguana y fui y le pregunté si sabía de alguna abortadora que me diera una agüita que seguro que alguna tendría que haber o de algún doctorcito que me lo hiciera sin cobrar demasiado y sin que mi hombre lo supiera pero luego me puse a pensar en el chilpayate que yo ya llevaba dentro y pobre mijito por qué lo iba a escupir así nomás sin darle tiempo a que viniera al mundo y entonces no hice ni dije nada pero claro pronto empezó a notárseme que se me inflaba la barriga y pos ni modo no hubo más remedio que hablar del asunto

a lo primero se puso muy serio y dijo que aquello era un lío que él no se esperaba hay que ser menso decir que no se lo esperaba cuando tantísimas veces se había venido dentro de mí y yo sentí como si la cara se me pusiera de piedra y lo miré sin decir nada por un buen rato hasta que él se encabronó y empezó a decirme que no pusiera aquella cara que lo hacía subir por las paredes y que mejor sería que me echara a llorar como al parecer hacen todas las mujeres en el mismo caso todo menos mirarlo así pero qué culpa tenía yo de tener la cara que tenía que no tengo otra aunque él me dijera que no que aquella cara no

era la mía que que era la de una máscara como las que hay en el museo
de no sé qué que hay en el distrito federal como si yo supiera qué quería decir que yo nunca he estado en el de efe ni he puesto los pies en
un museo en mi vida

luego se calmó y me abrazó y me dijo que bueno que todo estaba
bien pero que había algunos problemas porque él no podía reconocer
a aquel hijo y lo llamó algo así como adulterado al pobre mijito que estaba dentro de mí y que no me preocupara que lo importante era que
yo me cuidara para que el niño saliera bien y que ya veríamos lo que
íbamos a hacer cuando naciera y lo que hicimos fue seguir como si nada como si yo no me estuviera poniendo cada día más gorda hasta que
una noche pues eso nació el chamaco con la ayuda de una comadrona
que mi vecina tenía buscada y salió todo coloradito y luego se puso
blanquito y de mi color prieto nada ni los ojos color café siquiera que
eran tan claros como los de su papá como si de a tiro yo no tuviera parte ninguna en el escuincle aquél pero era bien mío eso nadie me lo podía negar nadie por güerito que fuera que más tarde cuando empecé a
sacarlo a la calle ya todos empezaron a llamarle el güero y el güero le
quedó para siempre

yo no sabía si estar contenta o no de que el chamaco hubiera salido tan blanco tan español tan nada como yo que era su mamá pero era
mi hijo y cómo lo quería yo que lo llevaba a todas partes primero bien
envuelto en mi rebozo que le salía la cabecita rubia por entre los plie-
gues y era como la cabecita de esos angelitos sin cuerpo que hay pintados en los cuadros de la virgen y luego cuando ya supo andar lo llevaba
siempre agarradito de la mano y un día al volver del mercado una señora con pinta muy catrina que debía de ser la esposa del gobernador
o algo así se me quedó parada delante de mí y empezó a decirme ay
pero qué lindo y quiénes son sus papás porque ella creyó que yo era
sirvienta en la casa de algunos ricachones y yo tuve que aguantar el coraje que sentí y le dije que no señora que el chamaco era muy mío y
que su papá era español y que por eso había salido así de güerito pero
que yo era su mamá y que soy de michoacán y bien tarasca que yo no

soy como tantos que se avergüenzan de ser indios y están hablando siempre de su abuelito español aunque ellos sean más prietos que el café que yo vergüenza no que tarasca soy y tarasca moriré aunque mijo haya salido tan español que parece que de mi sangre tarasca no le pasó ni una gota

al chamaco tuve que bautizarlo a escondidas porque su papá no quería ni oír hablar de padres ni iglesias ni misas ni nada y qué penita me dio cuando el padre me preguntó que quién era su papá y yo lo miré muy callada y no dije nada y él comprendió y no dijo nada tampoco y así quedó la cosa pero en el registro civil ya fue otra historia que allí mi hombre fue conmigo y fue cuando le puso césar de nombre que a mí no me gustaba que yo quería llamarle josé como mi papá pero él me dijo que josé era un nombre muy vulgar y que en cambio césar tenía y entonces soltó una de sus babosadas tenía dijo resonancias romanas como si yo supiera qué era eso y entonces cuando el empleado del registro preguntó que quién era el papá él el puritito papá del chamaco dijo muy serio que era desconocido y fue entonces cuando empecé a mirarlo de otra manera y así poco a poco fui empezando a pensar que si él no era hombre bastante para reconocer a su hijo que qué clase de hombre era

lo mismo pasó cuando nació mi esperancita dos años más tarde y venga a decir otra vez que la niña no tenía papá como si no fuera él mismito quien me la había hecho muy adentro de mí en una de aquellas noches en que se le paraba la verga y se le quedaba así parada por no sé cuánto tiempo que en eso sí que era muy hombre mi hombre y cuando se montaba encima de mí no era una vez ni dos sino tres o cuatro y aunque él me había dicho que yo hiciera lo que las mujeres sabemos hacer para no quedar preñadas que con un hijo ya era bastante pues vaya usted a saber lo que pasó que me empreñé digo me empreñó una vez más pero entonces mi sangre tarasca debía de estar más arremolinada que la otra vez o yo estaba pensando en algún macho de mi raza que ya para entonces cuando él se ponía encima de mí yo a veces pensaba en otros hombres y así fue que mi esperancita nació bien prietita como yo como si hubiera nacido en los cerros de michoacán antes de que yo hubiera conocido a mi español y su papá fuera un ranchero de mi tierra como lo habían sido mi papá y mi papá grande y todos los hombres de mi familia hasta llegar a mí

la niña fue creciendo y a mí me parecía de lo más bonito con unos ojos así larguitos y negros como los míos y una piel color tabaco como la mía también y qué orgullosa estaba yo de mi muchachita que iba a ser una mujer igualita que su mamá bien hecha y bien tarasca como yo y la única pena que me daba era que ella y mi césar no se parecían en nada como si no fueran hermanos y poco a poco me fui dando cuenta de que su papá no parecía el papá de los dos y él empezó a hacer como si no lo fuera en realidad porque toda su atención se le iba al güero césar y a su hija casi no le hacía caso como si fuera la hija de algún vecino de por allí

al principio pensé que era natural porque los hombres siempre tiran a los hijos por eso de preferir a los hijos machos como si las hijas fueran menos suyas por eso que ellos dicen de que las viejas cuentan menos que los hombres aunque yo bien contenta que estaba de que ella hubiera nacido vieja y así tenía macho y hembra en la casa y si el muchacho tiraba a su papá y su papá al muchacho pues allá ellos que eso es frecuente entre hombres pero yo tendría siempre a mi muchachita que era el sol de mi casa y un día que lo dije él se me quedó mirando y con una sonrisita que no me gustó nada me dijo que sol no que el sol era césar y que ella mi esperancita sería en todo caso la luna y lo dijo como si quisiera decir que la luna vale menos que el sol

ahora sé que yo me engañaba que él no quería más a césar por ser macho sino porque era güerito como él españolito como él gachupín como él y hasta un día dijo cuando ya había empezado a rumiar la idea de volverse a españa que a lo mejor se lo llevaría con él y no dijo nada de hacer lo mismo con esperancita como si fuera a avergonzarse

de su hija cuando llegara a españa con su tarasquita yo no dije nada y
supongo que se me puso lo que él llamaba mi cara de máscara porque
me miró enojado como me miraba siempre que yo me quedaba delante de él sin decir nada y se levantó y se salió de la casa llevándose al muchachito bien agarradito de la mano y se fueron los dos a dar un paseo
por la playa y me alegré de haberlo incomodado con mi cara que lo
miraba en silencio sin que él pudiera saber lo que yo estaba pensando
y lo que yo pensaba era que si se volvía a españa como había empezado
a decir por entonces pos se iría bien solo que a mí no me iba a arrancar a mi hijo ni a tirones que si él iba a regresarse a la tierra de los gachupines no lo haría con su hijo mexicano sí mexicano y no español
por mucho que él dijera que de mí mi hijo no tenía nada como si no
hubiera sido mi sangre tarasca y mi leche tarasca las que lo habían hecho y el muchachito había nacido en esta tierra que aunque la paz no
sea mi tierra como michoacán también es parte de méxico y mexicano
era el niño y no español como su papá que entonces ya empezaba a parecerme un extraño como si no hubiera vivido con él por todos aquellos años y no hubiera dormido con él por todas aquellas noches y no
hubiera estado debajo de él por todas aquellas horas recibiendo en mi
cuerpo la semilla española que ahora yo empezaba a no querer

cuando los chamacos empezaron a hablar yo no sabía que los niños pueden hablar de dos maneras y era cosa de asombro oír como hablaban de una manera con su papá y de otra conmigo porque él el papá nunca perdió el hablar golpeado que tienen los españoles que parece que están siempre enojados cuando hablan y nosotros pos no sé
cómo decirlo que hablamos más suavecito y él me decía no sé por qué
que a veces yo no hablaba que cantaba al hablar y qué tiene de malo
eso que mejor es hablar bonito que de la manera seca que tenía él que
aunque yo no he conocido a otros españoles si todos hablan así pos
que feo y sólo por eso yo no querría ir nunca a españa que me dolerí-
an los oídos de oírlos hablar a todos con sus ces de cuando decía cerveza y esas eses que parece que no suenan tan bonito como las que usa-
mos por aquí

yo no sabía si enojarme o no cuando oía a mis hijos platicar con
su papá que parecían tres gachupines caídos de las nubes como si no
estuvieran en méxico y venga ces y más ces y que qué dices y qué hacemos y qué cenamos y que cecece como si estuvieran en españa pero
luego cuando hablaban conmigo o con otras gentes en la calle las ces
desaparecían como por encanto y qué bonito hablaban con su musiquita como debe ser y como habla todo el mundo así suave y sin golpe-
ar y yo bien contenta de que no me avergonzaran delante de los demás
hablando como gachupines

lo de que hablaran como su papá me encorajinaba pero al mismo
tiempo debo decir que él aunque les enseñó a hablar como la gente de
su tierra cuando no estaban con él ellos hablaban como dios manda
también les enseñó muchas otras cosas que yo no habría podido ense-
ñarles porque yo no sé nada de lo que su papá les hacía estudiar ni de
los libros que les traía a la casa y eso se notaba que en la escuela los maestros me decían que los niños estaban muy bien enseñados y que sabían más cosas que lo otros niños de su edad y que se notaba que su papá
era un licenciado que sabía mucho y cuando les oía decir esto unas veces me daba la risa y otras me enojaba porque en el pueblo todos sabían quién era el papá de mis hijos todos lo sabían menos las hojas del
registro civil donde decían que habían nacido de padre desconocido

a mí me gustaba que mis hijos aprendieran muchas cosas de las
que él les enseñaba pero algunas de las que aprendían empezaron a
traerles lios con los maestros y con los otros muchachos y lo supe cuando el chamaco que ya estudiaba la historia patria me llegó un día con
la camisa rota y se veía que había andado a madrazos con los otros muchachos y yo pensé que sería cosa de muchachos que siempre tarde o
temprano se pelean por quién sabe qué babosada pero luego el maestro vino a mi casa y los dos el maestro y mi hombre tuvieron un pleito
por no sé qué historias de la historia de la independencia patria que
para nosotros los mexicanos siempre es una cuestión de orgullo na-

cional porque fue cuando echamos a los gachupines y empezamos a
mandar en nuestra propia casa como debe ser

   yo no sé mucho de libros ni de estudios pero tonta no soy y pronto me di cuenta de que lo que su padre les había enseñado de la historia patria y lo que aprendían en la escuela pues no cuadraba porque
resulta que el grito de dolores que tan importante es aquí que lo cele-
bramos todos los quinces de setiembre con cohetes y desfiles y todo
eso según mi hombre era un engaño porque cuando el padrecito hidalgo llegó a guanajuato con sus miles de indios sublevados y mató a
tantos españoles pues él dice que también mató a muchos mexicanos
ricos porque el padre hidalgo era un revolucionario social y entonces
los ricos mexicanos y los españoles se unieron contra él y lo mataron
como si los mexicanos pudieran haber hecho eso con otro mexicano a
quién se le ocurre que aquí todos sabemos que el grito de dolores fue
para echar a los gachupines no para matar también a los mexicanos ricos como dice él

   mi hombre y el maestro casi se rompieron la madre por eso de
cómo nos ganamos la independencia y el maestro le gritaba que parecía mentira que él dijera eso cuando méxico se había portado tan bien
con él que andaba perdido por el mundo sin tener a donde ir hasta
que el presidente cárdenas les abrió las puertas de méxico a él y a todos los otros refugiados y llegaron todos más muertos de hambre que
un pelado de la calle y si no fuera por méxico a ver dónde iban a estar
que nadie los quería después de que perdieron su guerra civil la guerra ésa de la que él tanto hablaba y él le gritaba también al maestro
que eso no tenía nada que ver con la verdad de la historia y decía no sé
qué de mitos nacionales y que él quería tanto a méxico como el que
más porque todos los españoles son gente de honor y saben agradecer
y que la prueba estaba en lo mucho que habían hecho por méxico él y
todos los refugiados que si era verdad que habían llegado a veracruz
muertos de hambre que había que ver los tesoros intelectuales que le
habían traído a méxico y empezó a nombrar a una serie de gentes que

yo no sabía quiénes eran y al final los dos se fueron calmando y hasta
acabaron tomando cerveza juntos y que viva don lázaro cárdenas y que
méxico es el mejor país del mundo y que es natural que tenga mitos
quién sabe lo que es eso que todos los países los tienen

a mí eso de que él les enseñara a mis hijos que el padre hidalgo no
nos había traído la independencia y lo que es peor que les enseñara
que la virgencita de guadalupe era otro de esos que él llamaba mitos
me caía pero que muy mal y empecé a mirarlo de otra manera y aunque era el padre de mis hijos yo ya no me embobaba escuchándolo ni
me sentía a gusto cuando estábamos en la cama y hasta una noche lo re-
chacé cuando intentó ponerse encima de mí y cuando intentó hacerlo
a la fuerza diciéndome que él podía hacer conmigo lo que le diera la
gana yo le grité que eso era lo que él se creía y que yo gritaría tanto como quisiera y que si los vecinos me oían pos que me escucharan aunque no creo que pudieran hacerlo porque había mucho ruido de los
cohetes que aunque ya era tarde todavía los estaban echando para celebrar el grito de dolores que aquella noche era el quince de setiembre

yo sé que lo de la independencia y lo de la guadalupana no eran
tanto como para echar de mi vida al que era el padre de mis hijos y el
hombre con quien había vivido por tanto tiempo, pero había tantas
otras cosas que me iban separando de él como lo de su preferencia por
el güero césar y su no hacerle tanto caso a la prieta esperancita que el
desamor que él sentía hacia su hija yo lo sentí como si fuera también
desamor por mí porque yo me veía en ella más que en mi hijo que tanto se parecía a él y si la rechazaba a ella me rechazaba a mí y además veía como él queriéndolo o no me iba a separar de mi hijo como si no
fuera mi hijo como si fuera sólo hijo suyo hijo español de padre español y las dos tarascas de la casa que aceptaran ser como dos naiden que
no contaban para nada o que contaban muy poco

el muchachito césar estaba así como a caballo entre lo dos sin saber de qué lado caer porque el chamaco me quería de verdad y a su

papá también pero cuando empezó a comprender que tarde o temprano iba a tener que arrancarse por uno o por otro por él o por mí y cuando él le hablaba más y más de españa ocurrió una cosa muy rara y fue que césar empezó a hablar más y más como yo y en poco tiempo dejó de hablar gachupín como su padre y su voz cuando platicaba con él se fue llenando de ésa que su padre llamaba musiquita mexicana y ya nunca más volvió a ser el eco de la manera de hablar de su papá

su papá se fue un día pal distrito federal y nunca más volvimos a vernos aunque durante algún tiempo él nos mandaba dinero que yo aceptaba no tenía más remedio porque no ganaba bastante para sacar adelante a mis dos hijos hasta que un día cuando mi vecina me dijo que ella se iba pal norte a reunirse con su esposo tomé la decisión de irme al norte también con mi césar y mi esperanza.

IV

Dolores

Bueno, ahora que ya llevas aquí varios meses, ahora que has vuelto a tu casa y a tu familia, a tu país y a tu pueblo, espero que hayas regresado escarmentado de aventuras disparatadas y de ideas más disparatadas aún, y que quieras, no reanudar la vida que dejaste aquí, que bastantes tonterías hiciste entonces, y ya ves a donde te han llevado, sino que quieras, digo, empezar una vida nueva, aunque a tus años, a nuestros años, parezca una tontería decirlo, y llevar una vida tranquila y recogida en los pocos o muchos años que te queden, que nos queden, hasta que vayas, hasta que vayamos, a dar cuentas al Señor de nuestras acciones. Por mi parte yo tengo la conciencia tranquila, Eulogio, pues en tu ausencia nunca te falté, nunca falté a los deberes de esposa, y te aseguro que no fue fácil pues era bien joven cuando nos abandonaste, y ahora, mirando hacia atrás, veo como se pasó mi juventud y, por qué no decirlo, como se fue también mi belleza, que bien guapa que era, y en todos estos años no hice más que ocuparme de nuestro hijo, de hacer de él un hombre de bien, y de rezar por ti, y veo que mis oraciones fueron escuchadas pues has vuelto a casa sano y salvo, y hasta de buen ver, debo añadir, a pesar de tus años, porque ni tú ni yo somos unos jovencitos, y Dios sabe la vida que habrás llevado por esas tierras de Dios, aunque posiblemente muy mala no habrá sido pues no has vuelto viejo y decrépito, derrotado y deshecho, no has vuelto, digo, hecho un desastre, como tantos otros que volvieron para que sus familias, sus pacientes, buenas y cristianas esposas los cuiden en su vejez después de haberla andando corriendo por ahí quién sabe con quién y cómo.

Sí, marido, aquí estoy yo, tu mujer ante Dios y ante los hombres, y siempre te he sido fiel, te lo juro, no por amor a ti, debo confesar, que ese amor tú lo pusiste a prueba primero con tu conducta en aquellos primeros días de la guerra y después con tu largo silencio epistolar, que tus cartas sólo venían de vez en cuando, separadas por lapsos de años, sino por mi cristiano sentido de mis deberes de esposa, deberes que no desaparecen así como así, por largas que sean las separaciones, sino que sólo terminan con la separación final, como Dios manda, pues aunque aquí en nuestra sana España tuviéramos divorcio yo nunca me habría divorciado de ti pues estoy unida a ti, para bien o para mal, por un sacramento indisoluble, que así lo dice nuestra Santa Madre Iglesia.

No, no me mires así, yo no voy a reprocharte nada, lo pasado pasado está, no voy a reprocharte mi juventud perdida, mis años de soledad durante los cuales mis únicos consuelos fueron nuestro hijo y mi familia, sí, mi familia, aquel padre que en gloria esté y con quien tú nunca te llevaste bien, mi hermana Carmen, que ahora vive en Valladolid desde que se casó con Mario, a quien tú no conoces y con quien te llevarás muy bien, pues es catedrático de instituto, como lo fuiste tú, y además un poco rojillo, y sobre todo mi hermano, que se echó sobre los hombros la obligación de cuidarme y protegerme durante aquellos difíciles primeros años de tu ausencia, de mi estado de viuda de un vivo, y no digo esto con doble sentido, Eulogio, que tú, con todos tus defectos, nunca fuiste un aprovechado sino que hasta eras muy generoso y dedicado a los demás, aunque esos demás no fueran dignos de tu dedicación ni de tu generosidad.

No, no voy a reprocharte mis largos años de soledad, que yo no era de piedra y más de un sinvergüenza, y algunos de ellos habían sido amigos tuyos, más de un sinvergüenza, digo, intentó aprovecharse de tu ausencia creyendo que yo iba a ser como son algunas, incapaces de resistir los viles instintos de nuestra pobre naturaleza humana, ni voy a reprocharte tus infidelidades, pues segura estoy de que las habrá habido pues tú, con tu falta de valores cristianos, sí habrás seguido esos instintos de que te hablo, y te pido por favor que no me hagas confesiones ni confidencias, las confesiones házselas a don Miguel, nuestro párroco, que es uno de esos curas modernos que a lo mejor hasta te comprende y te excusa, y Dios me perdone que lo critique a él, un ungido del Señor, pero ahora están empezando a suceder unas cosas muy raras en esta nuestra España que parecía salvada para siempre después de nuestra gloriosa Cruzada.

No, no te voy a reprochar que me hayas abandonado, que nos hayas abandonado, a mí y a nuestro hijo, que se hizo un hombre gracias a mí, a mi padre y a mi hermano, y no gracias a su padre al que ni siquiera recordaba pues escasamente tenía un año cuando te fuiste tan apresuradamente, sin despedirte casi, aunque eso lo comprendo por el revoltijo de aquellos días, y lo comprendo porque si te hubieras quedado aquí yo habría sido la viuda de un fusilado, que mi hermano mismo me decía que ni él hubiera podido salvarte, ni él ni las influencias de toda mi familia, pues te habías significado demasiado para poder escapar al juicio sumarísimo o al simple paseo sin tiquismiquis judiciales, que así eran las cosas y hay que comprender que así fueran porque Dios lo permitió, y Él sabrá por qué, y habrá sido, creo yo, porque era necesario salvar a nuestra católica España de tanto rojo ateo, masón y comunista que quería llevarnos a todos a la perdición de nuestra patria y de nuestras almas.

Tú eras uno de aquellos rojos, y bien me gané mi nombre de Dolores en aquellos días, pues nadie sabe lo mucho que yo lloré viendo como tú, mi marido, el hombre que vivía conmigo bajo el techo de la casa de mi padre y con quien yo me había casado con la esperanza de hacerte cambiar y de traerte al buen camino, tú andabas diciendo y haciendo disparates, aunque bien lo has pagado, ya veo, que debe ser difícil vivir lejos de la tierra que nos vio nacer pero, por otra parte, mejor fue que te fueras porque si no en menudo aprieto habrías puesto a mi hermano que, no sé si lo sabes, tuvo que aceptar con cristiana valentía el papel que Dios le envió de encargado de la limpieza de este nuestro pueblo, que un buen barrido necesitaba pues no todos los malvados se habían podido escapar como tú, y no quiero decir con esto que tú fueras malvado, yo nunca te llamaría eso, y hasta debo reconocer que te portaste muy bien durante los pocos días en que los tuyos tuvieron la vara alta, pues sabías perfectamente donde estaba escondido mi hermano, y no dijiste esta boca mía, que Dios te lo premiará cuando llegue el momento, aunque no sé si esa buena acción podrá compensar todas las otras que pesan sobre tu conciencia.

No, nada de reproches, que yo sé perdonar como buena cristiana que soy, y ahora lo importante es ver cómo vamos a hacer para vivir juntos otra vez, después de tantos años, y como ves yo no te he cerrado la puerta de mi casa ni te he rechazado cuando llegaste ni te rechazo ahora, sino que te acojo como tu esposa que soy, tu fiel mujer que no te ha faltado nunca, óyelo bien, nunca, y yo sé cuáles son mis deberes, que bien te lo probé desde el primer día de tu regreso, te lo digo con el corazón en la mano, y te cuidaré si no amorosamente, pues mi amor se marchitó hace ya tiempo, al menos con la tranquila serenidad que dan los años y con el afecto que te tengo pues, después de todo, eres el padre de mi hijo y el marido que Dios me dio.

Y de mi hijo, de nuestro hijo, quiero hablarte, pues es el eslabón que nos une y él es lo único que tenemos en común, en lugar de tener una larga vida compartida y un montón de recuerdos, que en su lugar sólo tenemos un largo espacio en blanco que nada podrá llenar si no es nuestra buena voluntad y nuestro deseo común de hacer borrón y cuenta nueva.

Ya he notado que tú estás haciendo un sincero esfuerzo de ganarte el amor del muchacho, bueno, ya no es un muchacho, que es todo un hombre de carrera, casado y con un hijo que, por cierto, está loco contigo y no se cansa de estar a tu lado escuchando embobado las historias que le cuentas, y hablando de esas historias, Eulogio, por favor no le metas ideas raras en la cabeza, que los niños de su edad son muy impresionables y tú, con la labia que tienes, que recuerdo perfectamente como un día, cuando éramos novios, yo te dije que con tus zalamerías y tu labia podías hacerme creer que los burros vuelan, tú, siempre tan sabiondo, me dijiste que no en vano te llamas Eulogio, que en griego quiere decir bien hablado, pico de oro, vamos, que siempre lo has tenido, aunque lo usaras para predicar ideas demoledoras, pero volviendo a lo que iba, por favor te pido que al niño no le metas ideas raras en la cabeza, que aquí todos lo hemos educado cristianamente, todos, su padre, su madre y yo, y el niño es sano por dentro y por fuera, y no nos lo corrompas con tus ideas, si es que son las mismas que tenías antes, aunque espero que hayan cambiado pues la vida te habrá enseñado a dónde te llevaron, que aunque Méjico sea muy bonito y exótico no por eso deja de haber sido tu exilio y tu destierro.

En el pueblo que dejaste, que ahora como ves ha crecido mucho y ya es una pequeña ciudad, sólo algunos viejos como nosotros se acuerdan de ti, bueno, no debí haber dicho viejos, porque no lo somos tanto, pero ya mayorcitos un poco pasados, carrozas, vamos, como se dice ahora, que hasta el idioma cambia con el tiempo y, por cierto, debo decir en elogio tuyo que sigues hablando igual que antes, que bien que manejabas entonces nuestra hermosa lengua castellana, aunque de vez en cuando noto que se te escapan algunas palabras raras que deben de ser cosas de Méjico que aquí no se dicen, que el otro día le llamaste camión al autobús y no será, digo yo, porque en Méjico no haya autobuses, que los habrá, me imagino, y no creo que el país esté tan atrasado que la gente viaje en camión, como el ganado, así que, por favor, olvídate de esas mejicanadas que suenan tan mal, aunque aquí, ahora que lo pienso, muchas nos llegaron con aquellas películas de Jorge Negrete que tan populares fueron en los años de la posguerra, que todas las criadas estaban enamoradas del cantante ése y cuando vino a Madrid, allá por los años de no recuerdo cuándo, le hicieron un recibimiento en la estación del Norte que nunca se había visto tanta modistilla y tanta cocinera juntas en un solo lugar.

Sí, hijo, muchas cosas pasaron en tu ausencia, que esta España no es la que tú dejaste, que ya ves lo bien que vive la gente ahora gracias a los años y años de paz que el Caudillo nos ha dado, no, no pongas esa cara como si te hubiera nombrado la bicha, que todos debiéramos besar el suelo que pisa ese santo varón que a ti te hace poner cara de asco y, por cierto, ni se te pase por la imaginación meterte en política otra vez, en primer lugar porque no te dejarán, y además porque aunque te hayan dejado volver no me sorprendería nada que estés medio vigilado, discretamente, eso sí, que no lo digo por ti en particular, pero mucho rojo vuelve ahora gracias a la generosidad del régimen y, en lugar de regresar agradecidos para estarse quietecitos en su casa, se permiten criticar a quien les ha permitido volver a sus hogares y a sus familias.

Así que nada de política y mucho de familia y de vida tranquila, que es lo que necesitamos todos, tú, yo, tu hijo, tu nuera y tu nieto, que es el sol de la casa, el sol y la luna, y no pongas esa cara, que hay que estar ciego para no ver que el niño es un solcete, y ya ves lo bien que te ha recibido, que te quiere como si hubieras estado a su lado desde que nació, como si hubiera crecido al lado de su abuelo, el angelito, que no sabe que su abuelo andaba allá por Méjico, lejísimos, vamos, mientras él estaba aprendiendo a andar, a hablar, a jugar, a leer, a ser un niño bueno y cariñoso y con una fantasía que a veces, debo confesarlo, me da un poco de miedo.

Su padre, es decir, tu hijo, te recibió bien también, reconócelo, no, no me mires con esa cara escéptica, te recibió bien, que no lo merecías porque, a fin de cuentas, tú eras un desconocido para él, pero yo siempre le hablé bien de ti, de eso puedes estar seguro, que hablarle mal de su padre, aunque su padre se lo mereciera, sería un pecado muy grande, y gracias a mis cuidados y a los sanos principios que le inculqué él es un hombre como Dios manda, buen hijo, al menos siempre lo fue conmigo y espero que lo sea también contigo, buen marido y buen padre, y un señor respetable y respetado, que después de haber sido buen estudiante en el bachillerato y en la facultad se ha hecho notario jovencísimo, que sacó las oposiciones así como quien lava, que tiene una memoria de elefante, y bien orgulloso que debes estar de él como yo lo estoy, y debo reconocer que lo de ser bueno con los libros debe haberle venido de ti porque de mí no puede haber sido, que las señoritas de buena familia no estudiaban en mis tiempos, en nuestros tiempos, que nos daban en casa una educación exquisita y con saber quiénes eran los Reyes Católicos y Napoleón ya teníamos bastante, pero eso sí, en buenos modales y en finura no nos ganaba nadie.

Nuestro hijo tuvo suerte, que se casó con una chica de buena familia, religiosa, de derechas, es decir, con una moral a prueba de bomba, como hubiera sido una hija mía si la hubiera tenido, que no pudo ser, y no hablemos de eso que no quiero reprocharte nada, a lo

hecho pecho, y como a una hija la quiero y doy gracias a Dios de que
mi hijo haya encontrado una chica como ella, buena, guapa y hasta,
por qué no decirlo, rica, que su familia ganó mucho dinero después
de la guerra, y no quiero decir con esto que sean nuevos ricos, ¡qué
horror!, que ya eran gente de orden de toda la vida, y luego a su padre le fueron muy bien los negocios, que estaba muy bien relacionado, y así, de ser una buenísima familia, aunque un poco venida a menos, se hicieron ricos otra vez, y es mentira eso que dicen por ahí que
si su padre ganó el dinero de mala manera, con el estraperlo en los
años de la posguerra, y explotando a los obreros de sus fábricas, que
tiene varias.

Sí, hijo, el estraperlo, no me digas que no sabes lo que es eso, que
estraperlo lo habrá en Méjico también, digo yo, que siempre hay quien
se aprovecha de los años de vacas flacas de la gente para ganar dinero
a cestos, que no es nada cristiano, que va contra la caridad, vamos, que
hay que ser caritativo con los pobres y no aprovecharse de la necesidad
de los demás para explotarlos, que la necesidad de los demás no debe
servir para enriquecerse sino para aprovecharse de ella dando limos-
nas y haciendo buenas obras para ganar el cielo, no el vil metal, aunque recuerdo muy bien que tú tenías unas ideas muy diferentes sobre
la caridad cristiana, y espero que no las tenga todavía.

Tu hijo tiene una buena carrera, como te digo, y vive bien, como
has visto, que ser notario no es cosa de broma, que buen trabajo le costó llegar a serlo, y gana mucho más que los catedráticos de instituto, y
hablando de esto ya te habrás dado cuenta de que para ti volver a tu cá-
tedra ni lo sueñes con los antecedentes que tienes, que si no te hubieras marchado te habrían purgado como a tantos otros de tu cuerda, y
eso si te hubieras librado del paseo que, no lo interpretes mal, te lo habías ganado a pulso con tus discursitos y tus artículos de periódico que
tú recortabas tan cuidadosamente y que, por cierto, siguen guardados
en el cajón de la mesa de lo que fue tu despacho, que yo no los he quemado no sé por qué, porque quemados debían haber sido, y yo no lo
hice para que nadie pensara que lo hacía por rencor hacia ti, que nunca lo he tenido, o por miedo, que en aquellos tiempo más de alguno

tuvo líos por tener en su casa articulitos subversivos como los que mi
maridito escribía.

No, de tu carrera olvídate, y no te preocupes porque además, a tu
edad, ¿para qué volver a las clases si total te tendrías que jubilar en
unos cuantos años?, bueno, aún te quedarían algunos, que no eres tan
viejo, pero ¿cómo se te puede ocurrir, hijo mío, que te devuelvan la cá-
tedra después de todo lo que has hecho y dicho?, no seas ingenuo, eso
es imposible, pero no te preocupes, repito, que con lo que me dejó mi
padre tenemos para vivir sin estrecheces, aunque sin lujos, y con ese
dinero que dices que has traído de Méjico, que no sé cuánto será ni
me interesa saberlo, tú te lo administras como quieras y no tienes por
qué sentirte un marido mantenido pues, después de todo, lo mío tuyo
es, como debe ser en todo matrimonio bien avenido, que a pesar de
nuestros problemitas espero que lo seamos por los años que nos quedan de vida.

Como te decía antes, me alegra ver que haces lo posible para ganarte el cariño de tu hijo, que mucho le debes por todos los años en
los que no estuviste a su lado para guiarlo y aconsejarle, o simplemente para ser un padre como Dios manda, o como manda la ética, hablando en tu idioma, y yo te animo a que sigas por ese camino, y me
daría una alegría grandísima ver como os hacéis amigos de verdad,
que él te echó mucho de menos en su infancia y, sobre todo, en su adolescencia, cuando ya comprendía lo que había pasado aunque, al mismo tiempo, no comprendía el porqué de tus largos silencios, pues con
el exilio no se olvida uno de cómo escribir cartas a la familia, aunque
tú pareces haber probado lo contrario.

Yo te aconsejaría, si me lo permites, que no le hables demasiado
de los años que pasaste en Méjico, mejor es correr un tupido velo, me
imagino, y te digo esto porque últimamente tu hijo ha dejado caer, así
como quien no quiere la cosa, que tiene ganas de ir a Méjico, aunque
sólo sea por curiosidad de ver cómo es el país donde su padre pasó tantos años, y yo no comprendo esa curiosidad, bien fácil de satisfacer,
por otra parte, con un tomo del Espasa, que ahí está acumulando polvo en el que fue despacho de mi padre, que nadie lo ha tocado en mu-

cho tiempo porque a mí, como sabes, lo de la lectura no me va, sobre todo con esa enciclopedia que está escrita en letra tan pequeña.

Mira tú, a quién se le ocurre, ir a Méjico, con lo lejos que está, y además qué diablos espera encontrar allí si allí no hay más que hombres con unos sombreros gigantescos y que se pasan el día tocando la guitarra y cantando ay Jalisco no te rajes que, por cierto, me parece una canción bastante ordinaria, aunque me imagino que otras cosas más interesantes habrá, que de todo hay en la viña del Señor y en todas partes hay algo bonito que ver, pero con lo mucho que hay que ver aquí en España para qué viajar a otros países si aquí tenemos tantos tesoros artísticos y tantos paisajes preciosos y tantas playas fabulosas que ya ves como está llenándose España de turistas extranjeros que vienen aquí a cientos porque no son tontos y saben donde está lo bueno que en sus países no tienen, que si lo tuvieran no vendrían, y quizá fuera mejor así, que nos traen unas costumbres y una inmoralidad que es un escándalo, que hasta en el ABC, siempre tan correcto, escriben que en las playas de la Costa del Sol están ocurriendo unas cosas que mejor es no mencionar, y aunque traigan divisas que tanta falta nos hacen, también nos traen vicio y corrupción a esta nuestra España portadora de valores eternos, como tan bien dice el Caudillo.

Comprendo que para ti va a ser un problema vivir aquí en el pueblo que, aunque ya no es tan pueblo como antes, te va resultar aburrido ahora que no tienes nada que hacer en todo el santo día, mano sobre mano, sin clases que dar y, sobre todo, sin politiquerías en las que meterte ni articulitos que escribir, que en esto de escribir te lo pido por todos los santos del cielo que no se te ocurra escribir nada o, mejor dicho, que si te pica el hormiguillo de escribir lo que puedes hacer es escribir cuentos de niños para tu nieto, porque imaginación siempre la has tenido, y de ti le debe venir al niño, que a veces hace unas preguntas que me dejan helada, como cuando vio por primera vez una vaca y me preguntó si todas las mujeres tienen también una mano entre las piernas, fíjate tú qué horror, que yo hice como si no lo hubiera oído y enseguida empecé a hablar de otra cosa.

Anda, hombre, escríbele cuentos pero que sean bonitos, cosas de niños, vamos, y no cuentos con lo que tú llamas contenido social, como ése que le contaste el otro día, sí, que te oí cuando estabais los dos en el salón y yo estaba regando los geranios de la ventana mientras tú lo entretenías con una historia de unos monitos de un bosque tropical que, entre todos, consiguieron hacer escapar a un jaguar, y el cuento iba bien, te lo aseguro, que hasta a mí me entretenía, hasta que al final le pusiste la moraleja de que la unión hace la fuerza, y los monitos gritaban monitos del mundo, uníos, y a mí me olió enseguida a cierta cancioncilla que tú cantabas a grito pelado puñito en alto en aquellos años que es mejor no recordar, y sabes muy bien a qué cancioncilla me refiero.

No, hijo, no le metas ideas raras en la cabeza disfrazadas de cuentos infantiles, y ya que has estado en Méjico, por qué no le hablas de los héroes de la conquista, sí, de Hernán Cortés y de Alvarado, que es nuestro pariente pues Alvarado soy yo, y Alvarado es el niño aunque sea de tercer apellido, y así lo entretienes y al mismo tiempo le enseñas las grandes gestas de los españoles que cruzaron el Atlántico para llevar a América la fe de Cristo y no los restos de unas ideas fracasadas como hicieron otros españoles de tu generación, que hasta no sé como en Méjico os dejaron entrar, que es bien sabido que aunque allí hayan tenido una revolución con erre mayúscula con persecuciones a la Iglesia y todo, el pueblo mejicano es muy religioso, y si no dime cómo se explica que sean tan devotos de la Virgen de Guadalupe, y no pongas esa cara, que todo el mundo sabe que son muy devotos de esa Virgen y hasta durante nuestra guerra todos los periódicos de la zona nacional contaron como unos voluntarios mejicanos de las brigadas internacionales, donde todos eran unos rojos sinvergüenzas, pues bien, esos mejicanos que en el fondo debían ser buena gente y buenos cristianos, aunque descarriados por intelectuales de izquierda, como ocurre siempre con el pueblo, que en el fondo es bueno, pues llegaron al frente para ayudar a los rojos de aquí y ¿sabes que hicieron el primer día que atacaron?, pues lo hicieron llevando por delante, flotando al viento, un estandarte de la Virgen de Guadalupe, eso contaron los periódicos de aquí y debe ser cierto, que si no no lo contarían.

Y mira, si te aburres aquí en el pueblo, pues siempre puedes hacer alguna que otra escapadita a Madrid, y allí puedes ir a todos los cafés gijones que quieras, que allí sigue, en Recoletos, tan lleno de intelectuales como siempre, que no es verdad que España se haya quedado sin cerebros como si sólo los exiliados tuvieran cabeza, que aquí bien que florecen las artes, y si no mira el Valle de los Caídos, que es una preciosidad, y grandioso, grandioso de verdad, que puede hacerle la competencia a El Escorial, que está allí al lado, y que el Caudillo hizo construir para que sea un monumento a la reconciliación nacional, que aquí rencores no, hijo, que sabemos perdonar y ser caritativos con el vencido, y ahí está el mosaico de la cúpula, tan bonito, con falangistas y requetés y soldados del ejército salvador de España, y todas las banderas pero claro, no las vuestras, que sería una blasfemia poner en una iglesia la bandera republicana y la roja y la de los anarquistas en un templo dedicado a la reconciliación nacional, pues no faltaba más, que los de tu cuerda de reconciliación nunca entendieron nada, que bien dividida que teníais a España con vuestras ideas demoledoras.

No quiero que pienses que te predico un sermón patriótico, aunque bien te vendría escuchar más de uno, eso no, hijo mío, te digo todo esto para que comprendas que nuestra España no es la que tú dejaste tan de mala manera, tu España ya no existe, gracias a Dios, y lo que hemos tenido que trabajar aquí para componer todo el estropicio que nos dejasteis, que está muy bonito eso de romper los platos y luego marcharse a otro país con todo el oro del Banco de España, que no nos dejasteis ni un duro, y venga a vivir bien allá en Acapulco mientras aquí nos rompíamos las uñas reconstruyendo el país y fue muy duro, te lo puedes creer, que se pasó mucha hambre aunque no en esta casa, gracias a Dios, que aquí siempre pudimos arreglárnoslas para que no faltara nada en la mesa, pero en otras familias lo que había que oír, aunque algunas de ellas bien se lo merecían, que no os fuisteis todos los de la cáscara amarga, no creas, que muchos se quedaron aquí y andaban luego muy achantaditos y hasta cantando el Cara al Sol y llevando a sus hijos a comer en los comedores de Auxilio Social donde les dimos de comer durante varios años con verdadera caridad cristiana, que entre nosotros la caridad nunca ha faltado, y la prueba aquí te la doy, que tú no sabes nada de esto, de cómo dimos de comer a tantos huérfanos de rojos fusilados, porque la caridad es una cosa pero la justicia es otra, y justicia había que hacer antes de echar pelillos a la mar.

Tienes mucho que aprender, hijo mío, y enterarte de todo lo que sufrimos aquí por vuestra culpa, porque si no te enteras no vas a comprender nada de nada, ni me vas a comprender a mí, aunque sospecho que nunca me comprendiste y muchas veces me he preguntado por qué te casaste conmigo y, ahora te hablo con el corazón en la mano, hasta me pregunto por qué has vuelto, y no lo tomes a mal, que yo bien que te he recibido, y todos los demás en la familia también, pero no hablemos de eso que ya pasó mucha agua bajo los puentes y un puente es lo que necesitamos ahora tú y yo, un puente entre los dos y entre todos nosotros, hijos, nueras y nietos incluidos en una familia bien avenida como debemos ser.

Y volviendo a lo de si te aburres aquí, porque tú siempre te has creído muy sabiondo y a veces se te nota en la cara que mi conversación no te interesa, puedes hacer viajes a Madrid, como te decía hace un momento, y allí puedes a ir a todos los teatros que te dé la gana y hablar de arte y de literatura, pero no de política, ¡eh!, con los que van al Gijón, con la crema de la intelectualidad, vamos, y hasta podrás encontrar allí a alguno de tus amigos de antes, de los que se quedaron, y te vas a llevar la gran sorpresa que varios de ellos dieron una pirueta de acróbata y después de haber escrito barrabasadas revolucionarias empezaron a publicar sonetos al Santísimo Sacramento, y hasta lo hacían bien, los muy condenados, que talento tenían, aunque sospecho que era todo de boca para afuera porque la cabra siempre tira al monte.

Bueno, ya es tarde y te veo en la cara que estás cansado y, a lo mejor, hasta aburrido de tanta cháchara mía, pero es que poco a poco tengo que irte poniendo al tanto de todo lo que pasó aquí, para que te reintegres a la vida de nuestra España, tan distinta de la tuya, que gracias a Dios ya no existe. Y ahora voy a rezar mi rosario, que todavía no lo he hecho, y qué alegría tan grande me darías si un día lo rezaras conmigo, pero ya sé que eso es pedirle peras al olmo, aunque nunca se sabe, que Dios tiene muchas maneras de llevarnos al buen camino, y esto lo digo por ti, o de mantenernos en él cuando en él estamos, y esto lo digo por mí.

El Señor oyó mis plegarias, pues en muy poco tiempo, cuatro años, exactamente después de su regreso, cuando Eulogio murió, lo hizo en la gracia del Señor, que yo misma llamé a don Miguel, a falta de otro, y se lo metí en el cuarto, donde los dejé solos, y cuando el párroco salió y yo le pregunté ansiosamente si mi marido se había confesado, él me dijo que Dios es misericordioso y que lo comprende todo y perdona todo, y yo me puse muy contenta aunque luego, Dios me lo perdone, me entraron las dudas porque don Miguel, en realidad, no me había dicho un sí bien clarito como yo esperaba, pero al mismo tiempo, por lo que dijo se puede entender que Eulogio se había ganado el perdón divino, y no podía ser de otro modo que por la confesión, pues no creo que el Señor tenga tanta manga ancha como para perdonar incluso a los que no se lo piden, eso no, caramba, que a todo podíamos llegar.

Se murió Eulogio y, a decir verdad, nunca supimos de qué porque los tres médicos que lo vieron no se ponían de acuerdo, y en una reunión que tuvieron aquí en casa yo insistí en que me dijeran de qué se estaba muriendo, que para eso eran médicos, y uno de ellos, un jovencillo petulante y sin respeto a la edad, como tanta gente joven de ahora, se volvió bruscamente hacia mí y groseramente me dijo que mi marido se estaba muriendo de tedio, así como suena, de tedio me dijo el mediquillo aquél.

De tedio, hay que ser impertinente para decirme eso a mí, la que pronto iba a ser la viuda del paciente, y lo peor fue que me pareció, no sé si sería mi imaginación o que yo estaba nerviosa, hasta me pareció que los otros dos médicos se reían por lo bajines, como si estuvieran de acuerdo con él, y eso que uno de ellos es de mi edad, y siempre fue el médico de la familia y nos conoce bien a todos, hasta conoce esas cuestiones familiares que se guardan en secreto y que no se ventilan a

los cuatro vientos, y él sabía muy bien que Eulogio llevaba una vida
muy sana, porque incluso después de algunos intentos de que viviéra-
mos como marido y mujer, llegamos los dos a la conclusión de que no
era posible, y que lo que íbamos a hacer era mantener las apariencias,
eso sí, las apariencias ante todo, y vivir como hermanos, aunque cuando hablamos de esto yo no estoy segura de si él dijo vivir como hermanos o vivir como extraños, pero en fin, la cosa es que él llevaba una vida tranquila y sana, y no comprendo por qué fue poniéndose mustio,
un poquito más cada año, y solo su nieto le hacía revivir, que el niño
parecía tener una varita mágica para animar al abuelo, pero con nieto
y todo Eulogio se fue a dar cuentas al Creador, y muchas tendrá que
rendir, Dios lo perdone y a mí me ayude a ser buena viuda, que para
eso tuve muchos años de entrenamiento, y buena madre del único hijo que tengo, ese hijo que ahora, no sé por qué, se empeña en hacer
un viaje a Méjico, y no hay quien le saque la idea de la cabeza.

V

El nieto

Yo tenía siete años cuando mi abuelo vino a casa como caído de las nubes, un abuelo de regalo de quien nunca se hablaba en la familia, como si mi abuela hubiera tenido a mi padre por divina intervención, sin beneficio de marido, aunque a aquella edad a mí no se me ocurrían estas ideas. Me hablaron de él por primera vez unos días antes de su llegada y me contaron que él había tenido que vivir muy lejos por unas razones que ya comprendería cuando fuera mayor, y que ahora ciertamente comprendo muy bien, mucho mejor de lo que mis padres y mi abuela quisieran.

Para mí, por definición, un abuelo debia ser un viejo, si no con barba blanca como Santa Claus, pues muy pocos de los viejos que yo conocía tenían barba, por lo menos con su buena calva y un tantito gordinflón. Mi sorpresa fue grande cuando lo vi por primera vez, un hombre que me pareció no un viejo sino simplemente un señor mayor, más alto y más delgado que mi padre, todavía fuerte y hasta hoy, al recordarlo, diría que guapo, aunque ya había pasado de los cincuenta. En realidad, se parecía poco a mi padre, poco o casi nada, aunque algo había entre ellos, eso que llaman un aire de familia, como si fueran parientes lejanos.

Yo estaba muy nervioso el día que iba a ser el de la llegada de mi abuelo, un para mí desconocido y misterioso abuelo que mi padre había ido a buscar a Madrid sin llevarme a mí con él, aunque yo tanto le había insistido que me llevara. Había en nuestra casa y en la casa de la abuela algo así como un aire de misterio o de tensión, que yo no comprendía, como no entendía tampoco por qué no habíamos ido todos a Madrid a esperarlo al aeropuerto. Si vamos todos, dijo la abuela, al volver no cabríamos en el coche porque seguro que él traerá mucho equipaje.

Fue entonces cuando me imaginé que mi abuelo sería un señor

gordo y grandote que llenaría por lo menos la mitad del asiento de atrás en el Mercedes de papá. Y en cuanto al equipaje, ¿qué fabulosos regalos me traería del lugar de donde venía que, por cierto, nadie me había dicho dónde era ni dónde estaba? Pasé impaciente toda la mañana, mientras mi madre y mi abuela cuchicheaban como si quisieran que yo no oyera lo que decían, y andaban ajetreadas por la casa incapaces de decidirse sobre si un cuarto o dos cuartos, como si esto fuera un problema en aquel caserón enorme con tantas habitaciones como un pequeño hotel.

Cuando oímos el ruido del coche de papá que se estacionaba ante el portalón de la casa, mi abuela se paró ante el espejo del salón, se arregló ligeramente el pelo con la mano, aunque estaba perfectamente peinada, y los tres salimos al zaguán empedrado en el que, si hubieran abierto el portalón de par en par hubieran podido entrar mi padre y mi abuelo sin bajarse del coche. La abuela abrió la puerta pequeña y mi padre se apartó respetuosamente para que entrara primero mi mítico abuelo, que no me pareció ni viejo ni gordo, sino alto y todavía fuerte, como dije antes.

Yo estaba al lado de mamá, que me tenía cogido de la mano y así me retuvo cuando mi primer impulso fue acercarme al que me habían dicho que era mi abuelo, para darle un beso. Mi madre me retuvo hasta que mi abuela se acercó primero al recién llegado, el protocolo ante todo, y lo besó en la mejilla.

–Bienvenido a tu casa, Eulogio– le dijo.

Yo sólo tenía siete años, como he dicho, pero me parece que ya entonces tenía una especial capacidad, o sensibilidad, que me hizo notar el aire de tensión que había entrado en el zaguán como un aire frío de invierno, y sentí por aquel señor que acababa de llegar, un desconocido para mí, a fin de cuentas, pero mi abuelo, según me habían dicho, una pena muy grande, pues yo nunca había visto ni a mis padres ni a mi abuela recibir a nadie con tanta reserva, casi frialdad. Fue entonces cuando me solté de la mano de mi madre, corrí hacia él y di un salto para que me cogiera en sus brazos, salto que lo hizo tambalearse, aunque no se cayó.

Mi abuelo pareció un tanto sorprendido ante mi acrobática efusividad, pero agradablemente sorprendido, creo, pues me abrazó con fuerza y me dio dos grandes besos, uno en cada mejilla, antes de ponerme en el suelo diciéndome que ya estaba muy grande y pesado, todo un hombre, para que él pudiera llevarme en brazos. Y fue aquella tarde cuando así, inesperadamente, inexplicablemente, se estableció entre los dos una misteriosa y profunda amistad, pues mi abuelo fue mi primer amigo, que duró, desgraciadamente, cuatro breves años, los cuatro años que él pasó en su casa, o debo decir en la casa de su mujer. Durante ese tiempo su cuerpo siguió tan fuerte como en el día de su llegada, pero su espíritu fue agostándose lentamente hasta que un día, sin que nadie supiera por qué, nadie excepto yo, el abuelo se negó a levantarse y se dejó morir, así es, se dejó morir, cansado de flotar en el aire, sin raíces en su tierra, y cansado también de respirar el aire cristianamente envenenado que mi abuela creaba cada día a su alrededor. Yo tenía once años cuando mi primer amigo murió.

Él me llamaba su Tonatiuh, pero sólo cuando estábamos los dos solos. Delante de los demás me llamaba niño, o nieto, pero nunca por mi nombre, César, como si no le gustaran las resonancias romanas que a él tanto debían haberle agradado, él, tan versado en la cultura clásica. La primera vez que me llamó Tonatiuh yo le pregunté por qué me llamaba así, y de dónde había sacado semejante nombre.

–Tonatiuh– me dijo –era el nombre que los aztecas daban al dios sol, y tú eres mi sol. Tonatiuh llamaron los aztecas a Alvarado, tu pariente, porque tenía la cara enmarcada por una gran melena rubia, quizá pelirroja, y ellos nunca habían visto a nadie con una cabellera brillante y dorada como el sol. Por eso te llamo Tonatiuh, porque sólo contigo puedo hablar de Méjico, donde ahora ya sabes que pasé muchos años, un país al que yo creí no haberme acostumbrado nunca, y que ahora echo de menos como nunca creí que iba a hacerlo. Además, tu nombre me trae recuerdos que... algún día, cuando seas mayor, cuando tengas por lo menos quince o veinte años, comprenderás mejor. Tú tienes el pelo rubio, dorado y relumbrante de tu famoso pariente, y te llamaré Tonatiuh, y éste es un secreto que debemos guardar entre los dos.

Pobre abuelo, nunca llegó a verme cumplir veinte años, ni quince siquiera, pero me consuela saber que fui su sol, el sol que hacía que sus ojos se iluminaran cuando yo llegaba a su lado, aquellos ojos tristes que se fueron apagando poco a poco, hasta que los cerró cansado y yo no volví a verlos nunca más, excepto en mis recuerdos. Y qué importantes son esos recuerdos para mí. Mi infancia hubiera sido muy diferente sin mi abuelo. Él me ayudó a llenarla de fantasía, de paisajes lejanos reales para él, imaginados para mí, pero no por eso menos reales, pues cuando él me hablaba del mar de Cortés yo veía, sí, veía, yo que todavía no había visto nunca el mar, yo veía una gran superficie de un azul metálico y brillante sobre la cual volaban los pelícanos y los alcatraces en un aire transparente y caliente que hería los ojos de tan luminoso, un aire que yo me imaginaba como una gran campana de cristal en el que un grito tintinearía como dos copas que chocan.

Con mi abuelo, llevado por sus palabras, yo fui a los montes de Oaxaca y de Chiapas, exploré ruinas mayas a lo largo del río Usimacinta y subí a la gran pirámide de Uxmal, en Yucatán. Con un gran atlas sobre sus rodillas él me llevó al desierto de Sonora, a las pestilentes lagunas de la costa del golfo y a las aguas color de esmeralda de la isla de Cozumel, y yo me prometí a mí mismo que algún día iría a Méjico, al Méjico de mi abuelo, a ese lejano país al que él había sido llevado por un accidente de la historia, al que nunca había querido ir, al que nunca había aceptado por completo y que ahora llenaba sus días de nostalgia porque, aunque entonces yo no lo comprendía, y ahora sí lo comprendo, después de su regreso a España Méjico representaba para él la libertad, la libertad que le daba el estar lejos de mi abuela y del poblachón castellano donde vivíamos.

En el pueblo en el cual yo había nacido, en la familia en la que había nacido y en la que empezaba a entrar en la adolescencia, yo vivía, sin saberlo, en un mundo limitado por estrictas reglas de tradición y rutina que, sin darme yo cuenta, hubieran estrangulado mi imaginación si mi abuelo no me hubiera mostrado otros mundos no necesariamente lejanos, sino dentro de mí, mundos que yo no sabía eran posibles y alcanzables si yo tuviera el valor de querer vivir en ellos, aunque para hacerlo tuviera que luchar contra los que en aquellos momentos eran mi mundo, el único que conocía, y al que me ataban lazos de amor familiar que eran muy fuertes e importantes para mí.

Cuando cenábamos todos juntos en la casa de mi abuela, y no sé por qué siempre pensaba en aquella casa como la casa de mi abuela, no de mis abuelos, él hablaba poco y casi no participaba en la conversación de los demás, conversación que, por otra parte, ahora me doy cuenta, no le parecería particularmente interesante. En el pueblo había sus pequeñas grandes crisis que alteraban los ánimos y dividían a la población somo si de grandes asuntos mundiales se tratara. Una de esas grandes crisis la protagonizó el cura párroco don Miguel, del cual mi abuela y mi madre habían sido grandes devotas cuando llegó, para convertirse luego en sus acérrimas enemigas.

Había en la iglesia parroquial una imagen de San Julián, patrón del pueblo, que estaba, más o menos, al cuidado de mi abuela, y de rebote también de mi madre, desde hacía Dios sabe cuánto tiempo. El tal San Julián, que al parecer en vida había sido cazador, estaba representado por un muñequito, y digo muñequito sin faltar al respeto, pero era una imagen relativamente pequeña, vestido a la usanza del siglo XVIII, es decir, con tricornio, casaca bordada, calzón corto, medias de seda y zapatos de hebilla, y el santito de marras tenía en una mano una escopeta, cosa natural si era cazador, y en la otra una paloma, como si estuviera listo para participar en un tiro de pichón. Por tradición, esta imagen estaba al cuidado de mi abuela, como he dicho, y ella le bordaba de vez en cuando casacas nuevas, como si el santito tuviera que hacer prueba de su elegancia en la corte de Versalles renovando con frecuencia su vestuario, y lo tenía siempre bien rodeado de flores frescas y con un buen suministro de velas y adornos.

La tragedia comenzó el día en que don Miguel lanzó la idea de que la susodicha imagen era un anacronismo ridículo, pues San Julián había vivido durante el imperio romano, cuando no había tricornios ni casacas, y no hablemos de escopetas de caza. Mi abuela, reconociendo la superioridad cultural de su marido, le preguntó qué era un anacronismo, y después de que él se lo hubo explicado la buena señora decidió:

–Eso no tiene importancia, lo que cuenta es el espíritu y la devoción, y a mi San Julián no lo tocarán ni don Miguel, ni el obispo, ni el mismísimo Papa de Roma.

Don Miguel siguió en sus trece, y organizó una suscripción popular para poder encargar a un escultor moderno una nueva imagen más de acuerdo con la historia, es decir, supongo, vestido a la romana con casco emplumado, faldita corta, piernas desnudas y sandalias de tiras, como los muchachos que salían vestidos de soldados romanos en las procesiones de Semana Santa. ¡La que se armó! Durante la cena, en su excitación, mi abuela se atragantó con una espina de la trucha a la navarra, que era la especialidad de su cocinera, y mi padre tuvo que darle muchos golpes en la espalda diciéndole no te excites, mamá, que no es para tanto.

Don Miguel se salió con la suya, y el San Julián, el San Julián de mi abuela, fue ignominiosamente desterrado de su hornacina. El nuevo santo, que parecía un extra de la película Quo Vadis, fue debidamente entronizado en la iglesia parroquial. Aquella derrota le costó a mi abuela una semana de cama y, no quiero ni sospecharlo, hasta habrá pensado en el cisma, por lo menos a nivel local, ante tamaño sacrilegio. Para neutralizar a su enemiga, don Miguel ofreció a mi madre la imagen del muñequito del tricornio, y desde entonces está en lo que mi abuela llama pomposamente el oratorio de la familia, uno de los innumerables cuartos de su casa donde ahora la escopeta de San Julián apunta pacíficamente a otra imagen, un Sagrado Corazón, como si el santito fuera un anarquista de los que mi abuela cuenta con horror que fusilaron al Sagrado Corazón del Cerro de los Angeles.

Aquella fue una cena triste para mi abuelo, o quizá divertida, quién sabe, pues él no dijo nada que interrumpiera las diatribas de mi abuela contra esos curas modernos que, Dios me perdone, se portan como herejes. Al día siguiente, cuando con el atlas sobre sus rodillas él me indicaba punto por punto la ruta de Cortés desde Veracruz a Tenochtitlan, yo lo interrumpí para preguntarle por qué la abuela se había incomodado tanto, y él me dijo:

–Tonatiuh, tu abuela, sin saberlo, es también un anacronismo.

A la fuerza aprendí que yo tenía que mantener completamente separados el mundo que compartía con mi abuelo y el del resto de la familia. Mi abuelo me contaba muchas historias, verdaderas unas, otras producto de su imaginación, y pronto me di cuenta de que ni unas ni otras eran del agrado de la abuela. Con frecuencia ella encontraba un pretexto para estar presente en lo que nosotros los dos llamábamos nuestra versión de las mil y una noches, por aquello de que cada día había un cuento diferente, y remoloneaba a nuestro alrededor buscando algo que nunca encontraba, o regando las plantas de ventanas y balcones o, simplemente, sentándose a un lado, no muy cerca, pero no muy lejos tampoco, para no perder una palabra de lo que dijésemos. Cuando no aprobaba algo de lo que mi abuelo decía, ella lo miraba por encima de las gafas que se ponía para coser, y aunque no decía nada su marido sabía inmediatamente que tenía que cambiar el tono de su historia, o hablar de otra cosa, o de cómo era esta ciudad o la otra, pues una descripción era terreno neutral contra la cual nuestra censora no tenía objeciones. Cuando sí las había, la cara seria de la abuela anunciaba una subsiguiente conversación con su marido cuando yo me hubiera marchado, como ocurrió con la historia de unos monitos que unían sus esfuerzos para derrotar a su enemigo el jaguar. Al parecer aquello de "uníos, monitos del mundo" le cayó muy mal, ahora sé por qué, aunque entonces no lo comprendía, pero el temporal con categoría de galerna se levantó otro día cuando yo, inocente de mí, canturreé en presencia de la abuela una cancioncita relacionada con el cuento, canción que mi abuelo me había enseñado una tarde en que estábamos los dos solos. A mi abuelo le divertía inventar textos nuevos, siempre de broma, partiendo de otros serios y bien conocidos, ya fuesen canciones, frases célebres o trozos de poesía, y en gran secreto, con una sonrisa pícara en sus ojos, me cantó lo que el llamaba el himno nacional de los monitos que iba más o menos así:

Agrupémonos todos
en la lucha final
del género ¡oh! mono
viva el mico principal.

El mico principal era yo, naturalmente, y la cancioncita me hacía sentirme como un ágil Tarzán al frente de su ejército arbóreo. Como la musiquilla era pegadiza yo la aprendí enseguida y hacía reír al abuelo porque, no comprendiendo bien eso de agrupémonos, y considerando que era el himno de los monitos, yo cambiaba la primera línea y cantaba: Agrupéeee monos todos, etcétera. Para desgracia mía y suya, es decir, del abuelo, mi abuela me sorprendió en mi canturreo cuando yo estaba solo en el cuarto de jugar. Me miró horrorizada y, naturalmente, no tuvo que pensar mucho para saber quién me había enseñado el himno macaquil. Salió del cuarto con el celo y la furia de un inquisidor y aquel día, por primera vez en mi vida, oí a través de una puerta cerrada como le hablaba a mi abuelo con voz muy alta e indignada, ella siempre tan fina que nunca perdía sus buenos modales. Lo que más me sorprendió es que en lugar de oír airadas respuestas por parte de mi abuelo, lo que escuché fue su risa, una risa que parecía enfurecerla a ella todavía más. No sé lo que la abuela les dijo a mis padres, pero durante varias días no me dejaron ir a ver al abuelo, hasta que tuvieron que permitírmelo porque yo andaba murrioso y tristón sin mi visita diaria a mi amigo y compañero.

Cuando andaba por los diez años las historias del abuelo dejaron de ser fantásticos cuentos infantiles y se convirtieron en agradables lecciones de historia o de literatura, mucho más entretenidas, ciertamente, que las que tenía que estudiar en el colegio. Por él supe quién había sido Valle Inclán, otro español que había ido a Méjico, como el abuelo, y aunque nunca me habló de la niña Chole, la calentona de la Sonata de Verano que leí años más tarde, a escondidas de mis padres, a pesar de que ya era un jovencito de dieciséis años, sí me hablaba de Tirano Banderas, sin entrar en detalles, ciertamente, sobre todo en aquello del cónsul de España a quien su amiguete llamaba Isabelita. El nombre del generalito mejicano le servía de excusa a mi abuelo para hablarme de tiranos domésticos y exóticos, nacionales y extranjeros, aunque siempre con mucha circunspección cuando de los de casa se trataba. Hay un poeta castellano, me dijo un día, muy castellano, de

Valladolid, concretamente, que escribió que el mundo está bien hecho, y no es cierto, Tonatiuh, el mundo no está bien hecho, es más, está muy mal, pero que muy mal hecho, y hay mucha gente que pasa
hambre, hay niños abandonados, y al decir esto se paró, como si se hubiera sorprendido a sí mismo diciendo algo que prefería no haber dicho, y se puso muy serio, más que serio, muy triste. Bajó la cabeza, estuvo callado un buen rato y cuando volvió a hablar me pareció que lo
hacía más para él mismo que para mí, y dijo algo que no comprendí
del todo, algo así como que hay hombres que predican una cosa y hacen otra, o que hacen mucho mal sin darse cuenta, por cobardía o por
egoísmo, y ya no quiso decirme nada más sino que estaba muy cansado
y que sería mejor que yo lo dejara y me volviera a mi casa. Cuando salí
de la sala, antes de cerrar la puerta, me volví y lo vi allí sentado en su sillón, con la barbilla en el pecho, y por primera vez me pareció un viejo, un viejo triste y muy solo, lo cual me hizo sentirme incomodado
con él pues parecía que, así como nosotros los dos teníamos nuestro
mundo distinto y separado del de los demás de la familia, él también
tenía un mundo propio en el que no había un lugar para mí, yo, su
amiguito, su compañero, su Tonatiuh, su sol.

Fue entonces cuando el abuelo empezó a decaer. Sus silencios se
hicieron más y más largos, y aunque él se animaba cada vez que iba a
verlo, que era todos los días, había tardes en las que parecía estar ausente, lejano, haciéndome sentirme celoso de unos pensamientos que
él no quería compartir conmigo cuando yo, en cambio, compartía todos los míos con él. A veces yo me sentaba a su lado, con su brazo derecho sobre mis hombros, pero aunque el atlas estaba abierto en sus
rodillas en la página del mapa de Méjico, lo que él me contaba ya no
tenía vida, como si su imaginación se hubiera ido apagando y ya sólo
pudiera repetir historias viejas, cuentos sabidos, palabras huecas. Era
yo, entonces, quién tenía que encender los fuegos de artificio de una
imaginación llena de vida, y se cambiaron los papeles de forma que
entonces, en aquellos últimos meses de su vida, yo lo entretenía a él
con mis historias, y hasta a veces lo hacía reír, no con la risa pícara de
otros años, la risa de la historia de la canción de lo monitos, sino con

una risa que intentaba ser alegre, pero que reflejaba una tristeza muy grande, una tristeza que entonces me contagiaba y yo me abrazaba a él, lo besaba en la mejilla y me quedaba así muy quietecito, arrebujado contra él, acariciando con mi mano una cara que ya se sentía marchita, una vida que, ahora lo sé, había sido un fracaso.

Cuando murió el abuelo yo lloré mucho, por él y por mí. Ya nunca más me llamaría su Tonatiuh, ya nunca más, creí, sería yo el sol de nadie, aunque luego sí encontré otros mundos, otras vidas sobre las que proyectar mi luz y mi calor. Ya nunca más viajaría por el atlas sobre los cerros de Michoacán, sobre las aguas turbias del lago de Chapala, sobre las aguas verde esmeralda de las playas de Cozumel. No sabía entonces que un día, años más tarde, sí iría a Méjico, al Méjico que mi abuelo había creado para mí, e iría buscando algo, no sabía exactamente qué, algo que mi abuelo habría dejado en su añorada tierra mejicana, el recuerdo de su presencia, el eco de su voz, la huella de sus pasos.

Cuando terminó la llorera comenzó la tristeza y, lo que fue peor para mí y para las tres personas que eran mi familia, la hostilidad que empecé a sentir hacia ellos. Aunque era todavía un niño, yo ya me había dado cuenta de que mi abuelo nunca había ido a la iglesia, ni rezado el rosario con la abuela, aquellos interminables rosarios que ella me hacía compartir y que yo llegué a detestar pues nunca comprendí, aun cuando era un niño, las virtudes de repetir monótonamente cuarenta ¿o son cincuenta? veces las mismas palabras que, a fuerza de ser repetidas sin entusiasmo se habían vaciado de sentido para mí.

Cuando llevamos a enterrar al abuelo en el único cementerio que había en el pueblo, cementerio católico, naturalmente, don Miguel, el párroco, hizo su pequeño discursito antes de cerrar el nicho en el ostentoso panteón de la familia, y dijo algo así como que Dios lo comprendía todo y lo perdonaba todo, sobre todo a los que en vida ya habían purgado en parte sus pecados, si es que los habían tenido. Al decir esto yo capté como sus ojos se fijaron en mi abuela, y como ella, que también lo notó, le devolvió la mirada con un gesto de altanera superioridad en el que me pareció sentir también una antipatía profunda, ella, tan devota siempre, hacia el párroco que estaba despidiendo al abuelo antes de que una lápida de mármol lo separara para siempre de todos nosotros.

A pesar de la antipatía que, ahora estoy seguro, ella sentía por el párroco, todavía hubo una ceremonia más, un funeral por todo lo alto en la iglesia parroquial, funeral al que asistieron todos los amigos de la familia, es decir, los ricos del pueblo y de otras partes de la provincia, algunos pensando, me imagino, que Dios en su misericordia había hecho que mi abuelo viera la luz de la fe en sus últimos momentos, que se había confesado como hacen todos cuando llega la hora de la verdad, y otros se habrán reído por bajines de mi abuela y de toda la farsa del funeral en la iglesia, pues recordarían perfectamente lo que había sido mi abuelo y su papel en la orgía nacional de muchos años antes.

Después de la muerte del abuelo mis padres y yo íbamos a cenar con la abuela casi todos los días para hacerle compañía, me decía mi madre, que la necesita mucho, la pobre abuelita, ahora que se quedó solita otra vez, y tienes que quererla mucho, portarte bien, hacer todo lo que ella te diga y no darle disgustos, pero a mí me resultaba difícil ver en ella a la triste viuda de su amado esposo pues, aunque niño, tonto no era, y yo sabía muy bien que quien había estado muy solo en aquella casa, excepto cuando iba yo, había sido mi abuelo, que había vuelto de su exilio exterior para caer en un exilio interior mucho más doloroso todavía.

Mis padres eran siempre muy respetuosos con la abuela, pero poco a poco, después del entierro y de la comedia del funeral, yo empecé a notar, con esa fría capacidad de observación que tienen los niños, o por lo menos algunos niños, que algo estaba dividiendo a la familia, algo que ellos no querían comentar en mi presencia haciendo así, sin darse cuenta, que yo me sintiera más y más ajeno a ellos y a sus problemas, yo que tanto echaba de menos al abuelo de quien ellos parecían no querer hablar nunca.

La causa de los problemas que surgieron entre mi padre, por un lado, y mi madre y mi abuela por otro, fue un misterioso viaje que él quería hacer y que ellas consideraban disparatado e innecesario. Nunca dijeron, delante de mí, a dónde iba a ir mi padre, ni por qué, y atando cabos de lo que en mi presencia se les escapaba, deduje que él quería ir a Méjico por alguna razón que ellas no creían, y que él no les quería explicar. Aquel viaje, tan misterioso para mí como para las dos mujeres, morbosa curiosidad, decía la abuela, ir a conocer ese país sólo por darte el gusto de ir a verlo, hizo que hubiera discusiones entre ellos que llegaron a crear una fuerte tensión en la familia.

Ahora, pasados mucho años, yo todavía no comprendo por qué mi padre, que nunca se había llevado bien con el abuelo, quiso ir a Méjico simplemente a ver el país donde su padre había vivido tanto tiempo, como si Méjico fuera Tierra Santa y él quisiera ir a ver los caminos y las ciudades por donde había andado su padre, quien, me imagino, para él no había sido ningún Jesucristo. Que yo quisiera ir a Méjico se comprende fácilmente, pues mi abuelo sí había sido para mí si no mi Jesucristo, por lo menos la persona a quien más había querido en aquellos vitales años de mi niñez. Ir a Méjico sí sería para mí algo así como una peregrinación a Jerusalén, pero para mi padre ... ¿por qué insistir en hacer ese viaje que tantos disgustos le costó con su madre y su mujer? ¿Para qué hacerlo si, a fin de cuentas, cuando volvió se veía que no quería hablar de Méjico, como si en lugar de ir allí, tan lejos, hubiera ido a cualquier pueblo de la provincia donde nunca pasara nada?

Pero allá se fue, y yo tuve que aguantar las ganas de pedirle que me llevara con él, pues oficialmente yo, el niño, no sabía a dónde iba a ir su papá, ni debía meterme en cosas de los mayores, y aquel viaje estaba siendo la manzana de la discordia entre las dos mujeres de la familia y el hijo y marido que, testarudo como nunca lo había sido, se empecinaba en ir a asomar la gaita así a un país que estaba en las quimbambas, gastando un dineral frívolamente y por razones desconocidas.

Así como el regreso del abuelo había sido para mí una fuente inagotable de historias fantásticas y de paisajes exóticos, cuando mi padre regresó, aparte de unas chucherías que me trajo, que lo mismo podían haber sido compradas en Méjico que en Madrid, en lugar de fascinantes cuentos no hubo más que silencio, como si el viaje no hubiera tenido nunca lugar, como si mi padre nunca hubiera puesto los pies en las huellas de su padre, como si, por razones que sólo él sabía, ni mi madre, ni mi abuela ni yo tuviéramos derecho a saber por qué diablos había pasado tres semanas en Méjico para regresar luego sin tener nada que contar.

VI

Roberto el periodista

Yo tenía que haber nacido en Guatemala, en Antigua, para ser exacto, donde mi familia vivió desde que nuestro antepasado andaluz llegó allá como a finales del siglo diecisiete. Ese conquistador retrasado todavía llegó al saqueo colonial, y de ser, como me imagino, un español más o menos muerto de hambre que buscaba su fortuna en las Indias, pasó a ser todo un señor terrateniente y dueño de un caserón que ocupaba media cuadra, con dos o tres patios, y digo ocupaba porque uno de los muchos terremotos de la que pudo haber sido mi tierra se encargó de echarlo abajo y nunca llegó a ser reconstruido. Con caserón o sin caserón, la familia prosperó a lo largo de varias generaciones, y allá en Guatemala siguen mis parientes, ricachones unos, no tan ricos otros, allá viven todos excepto mis padres. Mi padre, el liberalote de la familia, de ser ingeniero agrónomo con el gobierno de Arbenz pasó a ser un emigrado cuando la CIA se encargó de que la reforma agraria que Arbenz y los suyos querían hacer se quedara en nada. Tiene gracia, el señor ingeniero que tuvo que salir corriendo cuando Estados Unidos puso a uno de sus títeres en el Palacio Nacional de Guatemala terminó viviendo en California, refugiado en las entrañas del monstruo, como diría José Martí. El monstruo no lo trató mal, que digamos. Mi padre se dedicó a la importación de café, un café cultivado quizá por peones mal pagados en esas grandes haciendas que mi progenitor había querido expropiar para repartirlas a los campesinos, y mi madre lo ayudó en su oficina hasta que nací yo. Cuando yo vine al mundo ella se dedicó por completo al cuidado de su retoño, y así crecí yo bien cuidado, bien alimentado y bien bilingüeado, pues si el inglés fue mi idioma en la calle y en la escuela, en casa siempre hablábamos español.

Yo no quería dedicarme al negocio de mi padre, con gran disgusto suyo, y estudié Periodismo en la Universidad de Berkeley, ahí al otro lado de la bahía. Cuando me licencié, o me gradué, como decimos por aquí, yo soñaba con llegar a ser el gran reportero de alguna agencia internacional de noticias, el famoso corresponsal de un gran periódico americano en algún país importante, o no importante, pero lejano y exótico. ¿En qué quedó todo? Aquí estoy ahora, para gran vergüenza y desilusión de mi padre, convertido en periodista bilingüe que tanto puede escribir en inglés como en español, trabajando para un periódico hispano de San Francisco, uno de esos periódicos que no se venden, que se regalan en los cafés del barrio de la Misión, periódicos que se amontonan en un rincón esperando que algún cliente se los lleve a su mesa para leerlo mientras espera a que lleguen sus amigos, o su novia, o lo que sea, periódicos que viven de los anuncios: Taquería La Mexicana, los mejores burritos de San Francisco; Agencia de Viajes, le damos los mejores precios en billetes de avión a Guatemala o El Salvador. Tiene gracia, el gran periodista que está dentro de mí se ha quedado en reportero de sucesos locales, más que locales, sucesos de barrio, balaceras de pandilleros, redadas policiales de vendedores de droga en el parque de Dolores, conflictos entre pobres inquilinos hispanos y sus caseros, historias de madres solteras y de padres fugitivos.

Yo soy un novelista frustrado, un gran escritor reducido a escribir de naderías, de tontadas que no me interesan, de gente a la que no invitaría a mi casa para beber con ellos una copa de champagne francés. Mis gustos son refinados, mi realidad es algo proletaria, pero no todo el tiempo. A veces me encuentro con gente de mi clase, como diría mi madre, gentes que viven en el barrio después de haber sido senadores en Bolivia, políticos en Nicaragua o guerrilleros en El Salvador. Estos últimos no entran en la clasificación de mi mamá. Otras veces son jóvenes estudiantes latinoamericanos o españoles de la Universidad de San Francisco, o de Berkeley, mi Alma Mater, jóvenes que vienen al Café Barrio Latino, ambiguo nombre que tanto puede referirse a los latinoamericanos o al barrio parisino. Allí es donde yo paso muchas horas del día, y donde me encuentro con los que vienen buscando una atmósfera familiar que les recuerde los cafés de sus ciudades, la vida que dejaron atrás al venir a gringolandia. Yo vengo porque sí, porque mi periodicucho no me da mucho trabajo, que digamos, lo mismo que tampoco me da muchas ganancias, la verdad sea dicha. Vengo porque a pesar de mis gustos refinados tengo también una querencia plebeya, un disfrutar la compañía de los buscavidas que tanto abundan en este barrio, inmigrantes legales o ilegales que luchan con el inglés, que trabajan en empleos mal pagados, que abren negociejos que muy pronto fracasan, que importan flores de Colombia, cerámicas de Tlaquepaque, bordados de Guatemala, lo que sea, con tal de ganarse unos dólares que les permitan pagar la renta de sus pisos infectos en las viejas casas del barrio de la Misión.

Entre ellos no hay que olvidarse de los músicos, de los bailarines de danzas aztecas; de los que bailan jarabes tapatíos, chuecas chilenas o ritmos caribeños; de los que forman parte de mariachis que tocan los alegres corridos mexicanos; de los actores y actrices de grupos que actúan en pequeños teatros, en español o en inglés, o en los dos idiomas, buen reflejo de la complejidad lingüística de la comunidad hispana, ni de los guitarristas y bailarines de flamenco que mantienen en esta nuestra California lejanas tradiciones sevillanas transportadas a las orillas del Pacífico. Y no puedo olvidarme de mencionar a los poetas, y poetastros también, que de todo hay en estos pagos, autores de verso libre, que el tradicional es más difícil, y que leen los productos de su musa en sesiones poéticas de los cafés más o menos bohemios de nuestro barrio hispano.

Yo hablo con ellos, y sobre todo los escucho, les doy cuerda para que me cuenten sus historias y después, en mi imaginación, concibo cuentos que nunca llegan a verse en el papel, cuentos que me cuento a mí mismo sin escribirlos. Yo soy el narrador de sus historias, a las que añado lo que a mí se me ocurre. Soy el Maese Pedro de este tablado que es mi barrio, el deus ex-machina de sus vidas, el manipulador de sus risas y de sus lágrimas, el que escribe en el aire o en el agua lo que nadie leerá.

Fue en una de esas lecturas poéticas donde conocí a César, un joven español que está estudiando en Berkeley. Es simpático el muchacho, y me cayó bien desde el primer momento. Aquella tarde los poetas locales, todos latinoamericanos, estaban haciendo pinitos en inglés. Era el absurdo total aquella lectura de poemas escritos en inglés por quienes sólo lo conocen a medias, y lo pronuncian peor.

–No entiendo casi nada de lo que leen– me dijo César en voz baja.

–No te preocupes. Yo tampoco. Estamos presenciando un crimen en el que la víctima es la lengua inglesa.

–¿Por qué no escriben en español, que es su lengua?

–Hay que integrarse, muchacho, hay que integrarse. Ahora escucha, que estos poetas están haciendo lo que pueden.

–Lo que no pueden.

–Shshshs– siseó un vecino de mesa, dándonos a entender que estábamos molestando con nuestra conversación.

Otros poetas tuvieron la buena idea de leer en español, en su lengua nativa, y el recital mejoró mucho, y como reparación al estropicio hecho antes a la lengua inglesa, dos más leyeron sus poemas en inglés, sin acento español ninguno.

–Estos sí leen bien en inglés– me susurró César.

–Son chicanos. Ya te explicaré más tarde.

El vecino de mesa que nos había hecho callar antes nos mandó el mismo mensaje, esta vez sólo con una mirada.

Aguantamos hasta el final, y hasta aplaudimos. Entre muchas atrocidades, había varios buenos poemas, pero todos de verso libre, claro. Parece que los nuevos poetas no saben lo que es un soneto. Luego nos fuimos a tomar una copa en un bar irlandés de la calle veinticuatro, no la calle veinticuatro del barrio hispano, sino un poco más arriba, en el barrio que no sólo ya no es hispano sino que es el corazón del barrio yuppy. Allí todo está limpio y aséptico, las tiendas de alimentación venden paté francés, el "health store"... ¿cómo diría esto en español? ¿Tienda de salud? ¡Qué tontería! Yo la llamaría "tienda de los obsesos con la vida saludable", lo cual no es menos tonto. En fin, una tienda donde venden "legumbres y frutas orgánicas" cultivadas sin productos químicos, donde hay proteína en polvo y productos de belleza que eliminan las arrugas y hacen que la blanca piel de sus clientes se conserve tersa y hermosa como la del más refinado modelo de la belleza anglosajona. En pocas palabras, esta parte de la calle veinticuatro es lo que no es el barrio de la Misión.

–En esta ciudad te trasladas unas manzanas y estás en otro mundo – comentó César.

–No hay manzanas, hay cuadras, como en México. Y si quieres el español de California, hay bloques.

–Eso será en el Spanglish que se habla por aquí.

–Es el que tenemos, muchacho, que el español de tu tierra no es el único que se habla en el mundo.

César hizo un mohín de desaprobación

–Pero es el único bueno, ¿no?

–No. Tienes mucho que aprender, muchacho.

César cambió de tema.

–¿Qué te hizo salir de Guatemala? ¿Cuántos años llevas aquí?

–Yo no salí de Guatemala. Fueron mis padres quienes salieron. Yo nací aquí mismito, en San Francisco.

Luego no pude resistir la tentación de devolverle la pelota.

–Y tú, ¿por qué has venido aquí? ¿Simplemente para estudiar en la universidad de Berkeley, o por otras razones? ¿Es que estabas escapando de algo, o de alguien?

César comenzó a darle vueltas a su copa de café irlandés. Yo había acertado. Era él quien tenía que examinar sus razones.

–Yo quería salir de mi pueblo. Bueno, no es un pueblo, es una ciudad de provincias, pero para mí es un pueblo, un poblachón.

–¿Nada más?

–Verás. Mi familia es muy conservadora, muy carca, y mi abuelo era todo lo contrario.

Yo no veía qué tenía que ver una cosa con la otra. Una familia carca y un abuelo que era todo lo contrario no me explicaban nada.

–¿Qué tienen que ver tu familia y tu abuelo con tu venida a California?

César pensó un momento antes de contestar.

–Mi abuelo era uno de los republicanos que salió de España en el

39, y terminó en Méjico. El me hablaba mucho de Méjico, y yo pienso ir allí.

–No lo entiendo. ¿Por qué no fuiste directamente a México, entonces?

–En España no hay becas para estudiar en Méjico, pero las hay para estudiar en los Estados Unidos. La universidad de Berkeley fue lo más próximo a Méjico que pude encontrar.

No sé por qué tuve la impresión de que esto no era toda la historia completa. Meses más tarde, cuando nos conocimos mejor y César comenzó a confiar más en mí, me dio una explicación ligeramente diferente.

–Yo me ahogaba en mi pueblo. Me sentía devorado por mis padres y por mi abuela. Quería salir de allí fuera como fuera, y una beca para estudiar en Berkeley fue la perfecta solución. Además, Berkeley está cerca de Méjico, y yo quiero ir a ver el país donde vivió mi abuelo, el país del cual él me habló tanto cuando yo era niño.

¡Vaya por Dios! Un fugado de la amorosa y devoradora España.

–Pero creo que la España de ahora es muy diferente– le dije.

–De acuerdo. España cambió mucho, pero mi familia no. Mi abuelo decía que mi abuela es un anacronismo, y es verdad. Imagínate que un día me vio leyendo *Los miserables,* de Víctor Hugo y...

–No hace falta que me digas que el autor es Víctor Hugo. Lo sé desde hace mucho tiempo.

–Perdona, lo dije por rutina. Hay muchos de mi edad que no lo saben.

–Me parece increíble. Pero, en fin, sigue.

–Pues me vio leyendo *Los miserables,* y no dijo nada, pero al día siguiente, cuando busqué la novela para seguir leyendo, ya no la encontré. Mi abuela la había quemado.

–Buena hija de Torquemada. Mis parientes de Guatemala hubieran hecho lo mismo.

Un día César me contó que había hecho algo que a mí nunca se me habría ocurrido hacer.

–Hace un par de semanas uno de mis profesores reunió en su casa a los estudiantes de su curso. Pues verás, en el salón, un salón que más parecía biblioteca, había un gran globo terráqueo, y en el barullo de la reunión, cuando nadie me estaba mirando, yo medí con la mano la distancia que me separa de mi pueblo. No sé por qué lo hice, pero fue algo así como querer asegurarme de que estaba bien lejos de allí. Medido en cuartas, estoy tan lejos de mi pueblo como mi pueblo lo está de Pekin, o de Antofagasta, fíjate tú qué tontería, pero me sentí seguro sabiendo que estoy tan lejos de allí.

–Hablas de tu pueblo como si hablaras de una cárcel.

–Pues ahora que lo dices, eso es lo que pienso. Mi pueblo era una cárcel, y mi familia era mi carcelero.

–Cárcel sin rejas.

–Mi padre era el gurón de mi trena.

–Muy gitano estás en tu vocabulario.

–Hablar en gitano está de moda en España.

–Ya lo hizo Valle Inclán.

–Con todo respeto, eres un pedante.. Pero dime, ¿vas de vez en cuando a Guatemala, aunque sólo sea de turista?

–Tú lo has dicho: de turista. ¿Tú sabes lo que es sentirte extranjero en la tierra de tus padres, en la tierra donde debías haber nacido?

–Yo no, pero mi abuelo sí sabía lo que es ser extranjero en su tierra. Lo sabía demasiado bien, y yo lo notaba, aunque sólo fuera un niño.

–Tu abuelo. Siempre tu abuelo. ¿Tan importante fue para ti?

–Sin él no estaríamos hablando ahora, aquí, en un bar irlandés de la calle veinticuatro, en San Francisco. Sin mi abuelo a mí nunca se me habría ocurrido salir de mi pueblo.

–Escapar de tu pueblo. Y de tu abuela. Y de tus padres. Toda una fuga, muchacho.

–Cuando veo la cárcel de Alcatraz, ahí en esa isla en el medio de la bahía, pienso en él.

–¿En tu abuelo?

–No, en mi pueblo, y me imagino a los tres de mi familia vestidos de carceleros, como en las películas: uniforme gris y pistolón al cinto.

Nuestra conversación fue interrumpida por la llegada de mi amigo Héctor. Me vio y se acercó a nosotros. César y Héctor no se conocían, y los presenté:

–Héctor, fugado de España, te presento a César, otro fugado también.

Se dieron la mano y Héctor se sentó a nuestra mesa.

–Pues contigo somos dos los fugados– dijo riendo. "Los dos fugitivos", buen título para una película.

Héctor es fotógrafo y autor de varios documentales. Está casado con una guatemalteca, y los tres somos muy buenos amigos. El salió de España de niño, con su familia emigrada a Francia en los años cincuenta, cuando todo el que podía se marchaba buscando trabajo lejos del paraíso franquista.

–Anímate, tú eres el cineasta. Hablando de esto, ¿cómo van tus documentales?

Héctor levantó las dos manos en un gesto de desesperación.

–Fatal. Ando buscando dinero para un proyecto que se me ha metido entre ceja y ceja, pero no lo encuentro por ningún lado.

–¿De qué haces documentales?– preguntó César.

–Ahora estoy preparando uno sobre los inmigrantes ilegales, y para hacerlo bien necesito ir a Guatemala, o por lo menos a Méjico. Mi idea es seguir a uno de esos pobres muchachos, o a toda una familia, desde su pueblito hasta aquí, y para eso hace falta mucho pisto, como dicen en Guatemala.

–En Guatemala podrá ayudarte la familia de tu mujer. Son gente de infuencia allí, ¿no?

Héctor se sonrió.

–Si voy allí y se enteran de mis planes, me darán con la puerta en las narices. Para ellos soy más revolucionario que Arbenz.

–Si vas Méjico y necesitas un ayudante, avísame – dijo César medio en broma, medio en serio.

–Y si César va contigo a Guatemala tendrá un gran éxito con tus suegros –le dije a Héctor–. Imagínate, este caballerete se apellida Alvarado, y es descendiente, o por lo menos pariente, del mismísimo conquistador de Guatemala.

Héctor lo miró con curiosidad.

–Tienes razón, mis suegros se caerían de culo si lo conocieran. Menudo postín se darían presentándolo a sus amistades. Claro que a mí me esconderían en el sótano.

–A donde César está deseando ir es a México. Quiere ver la tierra por donde anduvo su abuelo, que fue uno de los exiliados republicanos. Claro que esto no habría que decírselo a tus suegros.

–¿Nieto de exiliado republicano? Ni lo mientes– dijo Héctor.

–No eran exiliados –dijo César–. Desde que murió mi abuelo he leído mucho sobre ellos, y sé que se llamaban refugiados, y ciertamente no desterrados, sino trasterrados.

– A cosa de poetas suena eso de trasterrados.

–Muchos le eran.

–¿Tu abuelo también?

–No. El sólo era poeta de la imaginación. Yo soy su obra. Mi abuelo se murió a los cuatro años de volver a España.

Héctor lo miró sin decir nada. Acababa de conocerlo y me imagino que no quería hacer demasiadas preguntas.

–Su viaje de regreso fue el comienzo del gran viaje sin regreso – comenté.

–Acertaste. Yo creo mi abuelo se murió por haber vuelto. En Méjico todavía estaría vivo, estoy seguro.

–Vivo y muerto a la vez, como tantos otros de su grupo– comenté.

–¿Has conocido a alguno?

–Alguno, y algunos también. Estuve en Méjico hace ya una tira de años, como dicen por allá, y conocí a varios. Fui varias veces a la tertulia que tenían el la librería que está en la Alameda. El dueño se llamaba Polito, si no recuerdo mal, y la librería creo que era la Librería de Arana. Fíjate, a lo mejor hasta conocí a tu abuelo. Sí que sería una casualidad, como en las malas novelas. Primero conozco al abuelo fugado a Méjico, y luego conozco al nieto fugado a San Francisco.

–Mi abuelo volvió a España en el 66.

–Entonces no hay casualidad. Yo fui a Méjico unos años más tarde.

–Se estropeó la mala novela– dijo Héctor.

–Eso tiene fácil arreglo. Todo consiste en jugar un poco con las fechas, como debe hacer todo buen novelista.

–¿Tú escribe novelas?– preguntó César.

Héctor se echó a reír.

–Las escribe en su imaginación, como los poemas de tu abuelo. Nuestro querido amigo se quedó en periodista de barrio. ¿Verdad?

–Requeteverdad, como tus grandes películas, que se han quedado en documentales que nadie ve– no pude resistir el decirlo.

–Parece que este café irlandés tiene muy mala leche.

–La mala leche no es del café. Es tuya y mía.

Héctor es un buen amigo, y los dos nos reímos.

–Cambiando de tema –dijo– hoy traigo un cabreo descomunal.

–Ya se nota.

–No, en serio. Acabo de tener una buena agarrada con los de la Galería de Incultura.

A Héctor le gusta jugar con las palabras, y la Galería de Cultura es uno de los frecuentes objetivos de sus críticas.

–Pues nada, que han organizado uno exposición de fotografía de varios artistas de la comunidad hispana y...

–Dirás fotógrafos. Algunos de ellos de artistas no tienen nada.

–No me interrumpas y guárdate tu mala uva para cuando termine de contarte lo que me pasó. Todas las exposiciones cuestan dinero, naturalmente, y los organizadores de ésta buscaron dinero por aquí y por allá...

–Como haces tú para tus documentales.

–Déjame seguir, coño. Buscando, buscando, encontraron que el Consulado de España estaba dispuesto a darles mil dólares, que no es moco de pavo, y los organizadores los aceptaron enseguida.

–No veo nada de raro en eso.

Héctor empezó a impacientarse con mis interrupciones.

–No, nada, excepto que varios de la junta directiva dijeron que ni hablar, que de España no querían nada, que aquí somos indios, carajo. Y para completar el pastel dijeron que no debían aceptar mis fotografías.

–¿Son tan malas?– le pregunté con aire inocente.

–No, son cojonudas, pero son mías, y yo soy español. Ahí está la madre del cordero.

César nos escuchaba con aire de no comprender nada.

–Pero –observó– en una Galería de Cultura de un barrio hispano deberían estar muy contentos de tener a un español, ¿no?

Héctor y yo nos echanos a reír.

–En una Galería de Cultura de un barrio hispano, o por lo menos del nuestro, detestan todo lo que huela a España. Mientras estés aquí olvídate de esas historias de la Madre Patria, que por aquí algunos llaman la Madre Puta.

César parecía no comprender.

–Pues yo creí que...

–Creíste mal –lo interrumpí–. ¿Nunca mencionó tu abuelo la palabra "gachupín"?

–Que yo recuerde, no. ¿Qué significa?

–Muchas cosas, siempre que sean insultantes: Español de la mierda, español de la chingada, jodido español, español cabrón, lo que tú quieras.

–Pues mi abuelo quería mucho a Méjico.

–Por lo que me has contado, lo quería tanto que se volvió a España.

Inmediatamente me arrepentí de haberlo dicho. En la cara de César se podía ver que no le había gustado mi comentario. Había criticado a su héroe, quizá el único héroe que tenía, haciéndole ver que en él había contradicciones, como en todos. César era tal vez demasiado joven e inocente para saber esto. Era mejor hablar de otra cosa, aunque en realidad el tema seguía siendo el mismo.

–A ver, termina tu historia, Héctor. ¿Aceptaron o no tus fotos?

–Pues a fin de cuentas, sí.

–¿Y el dinero del Consulado?

Héctor se sonrió con malicia.

–Pues también. El dinero gachupín es dinero, ¿no?, y sin él la exposición no podría hacerse. Se puede decir pendejadas, pero no hay que ser pendejo.

A Héctor se le mexicanizó el español que trajo de su tierra.

–Y el documental ése que proyectas, ¿crees que podrás hacerlo?

–Si encuentro el dinero, sí. Y si no lo encuentro, lo haré de todos modos, pero sin salir de aquí. Conozco a algunos ilegales, y sus historias son más que suficientes para hacer algo interesante sin salir de San Francisco. La esquina de las calles Misión y Army es una mina.

–¿Una mina de qué?– preguntó César.

–Una mina de historias, de tragedias, de comedias, y todas tienen como protagonistas a cada uno de los muchachos ilegales que se reunen allí para buscar trabajo.

César todavía no conoce ese aspecto de la vida del barrio. Aunque viene a San Francisco con frecuencia, él vive en Berkeley, y no ha visto el espectáculo diario de las docenas de muchachos, ilegales todos, que van a esa esquina con la esperanza de que alguien se los lleve a trabajar para pintar un par de cuartos, hacer una mudanza, limpiar el patio trasero de una casa, lo que caiga, que todo es bueno para ganar algo.

César entro en los Estados Unidos con todos sus papeles en regla, con su pasaporte en regla, con su visado norteamericano de estudiante en regla, con el dinero mensual de una beca en regla, sin tapujos, sin trampas, sin tener que saltar la inútil cerca construida para impedir, sin poder hacerlo, la marea de hambrientos que escapan de sus torturadas tierras hacia el paraíso gringo de verdes campos y verdes dólares. César no sabe lo que es correr entre los arbustos escapando de la patrulla fronteriza; no sabe lo que es esconderse bajo un matorral cuando pasa por encima un helicóptero de la migra; no sabe lo que es ser transportado durante horas en un caluroso camión de carga con veinte o treinta muchachos como él, siempre con el miedo de que los pare la policía y los devuelva a la frontera que tanto ha costado cruzar. No, César no sabe nada de los muchachos de la esquina de Misión y Army, de los muchachos de tantas y tantas esquinas en las ciudades norteamericanas donde se ofrecen brazos morenos, musculosos y fuertes algunos, flacos y débiles los más después de varias generaciones de hambres mal satisfechas.

–Un día de éstos voy a pasarme por esa esquina– dijo César.

–Está muy cerca de aquí, pero ahora no hay nadie, claro. Es muy tarde.

–¿Qué hora es la mejor?

–Todo el día, –explicó Héctor– desde que sale el sol hasta que se pone. Los hay que llegan allí a las seis de la mañana, y en días sin suerte todavía siguen allí a las seis de la tarde.

–Centinelas de la necesidad.

–Testimonios vivientes de la injusticia de sus países– añadió Héctor.

–Por favor, no nos des una conferencia de sociología política.

– No, claro. Están allí porque les gusta tomar el sol– dijo Héctor con tono sarcástico.

–Y la niebla, no te olvides de las nieblas de San Francisco.

–Y la lluvia. ¿Nunca has pasado por allí un día de lluvia? Los hay que aguantan sin inmutarse, siempre esperando que se pare el coche que los lleve a un par de horas de trabajo.

–Mojados remojados.

–No hagas frases de mal gusto– dijo Héctor.

–Yo no las hago. Las hace la vida.

–La vida de ellos, no la tuya, burgués.

–César, ¿oíste lo que acaba de decir Héctor?. Tan burgués es él como yo, aunque se da aires de progre haciendo fotografías que él llama "de interés social".

–En mis fotos no hay trucos. Reflejan lo que veo.

–Y, ¿qué ves?– preguntó César.

–¿En en el barrio de la Misión? Veo mugre, veo desesperanza, veo gente que lucha para mantenerse a flote en un barco que hace agua por todos lados.

–No exageres, Héctor, que yo conozco la Misión tan bien como tú, o mejor que tú. Es cierto que hay gente que lucha, pero lucha llena de ilusión y con la esperanza de llegar a un buen puerto. Y muchos lo consiguen. No me vengas con conceptos negativos. Todo lo ves en blanco y negro.

–Como en mis negativos.

–Ya estás jugando con las palabras.

–Creía que ésa era tu especialidad.

–Yo no juego con las palabras. Juego con los conceptos.

–Conceptos bizantinos.

César le echó una discreta mirada al reloj.

–Me voy. Mañana tengo que levantarme temprano. Además, el metro va a cerrar pronto– dijo.

–Yo me voy también –dijo Héctor– y puedo llevarte en mi coche hasta la estación de la veinticuatro y Misión. No es buena idea que vayas andando tú solo a estas horas.

–Ya que estás de taxista, llévame a mí también hasta mi casa.

Nos fuimos los tres, y sentado en el coche me puse a pensar en un cuento que podría escribir, con el españolito César como protagonista.

VII

El cuento que por fin escribió el periodista

(Sé muy bien que soy abúlico, que siempre estoy haciendo planes que luego no llegan a nada, pero después de varias y largas conversaciones con César, en las que el muchacho me contó muchas cosas de su familia, tomé la firme decisión de que esta vez sí iba a escribir algo, no sabía exactamente qué. César sería el protagonista de mi novelita, novelita de pocas páginas porque no tengo la disciplina necesaria para escribir una bien larga, y con lo que él me contó y un poco más que puse de mi cosecha, parí un cuento, una *short story,* como decimos por aquí, en la que algo sucedió que no estaba, ciertamente, en mis planes. El joven César, mi joven amigo, tan simpático, tan buenazo, me salió petulante y jactancioso, quizá porque en lugar de escribir de él, como era mi intención, terminé convirtiéndolo en un español patriotero y orgulloso. Que César me perdone si alguna vez caigo en la tentación de enseñarle lo que escribí).

Yo puedo leer los más íntimos rincones de tu cerebro, joven César nacido en un poblachón castellano, amoroso nieto de tu desilusionado abuelo, estudiante ahora en la universidad de Berkeley. Sí, en el salón de la casa de tu profesor tú mediste con tu mano sobre un globo terráqueo la distancia que te separa de tu pueblo, del caserón de tu abuela, de la casa de tus padres, de la hora del paseo en la plaza, del tedio de las tardes de domingo, del ir al cine porque no había otra cosa que hacer, de las dos discotecas de pueblo, pobres imitaciones de las de las ciudades de verdad y, sobre todo, de la notaría de tu padre, sí, ese señor con quien a veces sueñas en sueños que no son sueños sino pesadillas, ese señor que tú crees estuvo a punto de ser tu carcelero, alcaide de tu prisión sin rejas, gurón de tu trena sin barrotes, grillero de tus simbólicos grilletes, no de hierro sino de papel de códigos y leyes. Tú, que has sido un rebelde de familia burguesa y provinciana con ínfulas aristocráticas de conquistadores pelirrojos y saltarines, héroe mítico para los tuyos y un vulgar asesino para los de piel oscura y pelo lacio. Sí, esos indios y mestizos, más indios que mestizos, que algún día tú verás en la esquina de las calles de Army y Misión, tú, eterno estudiante, antes de Derecho, ahora de Hispanic Studies, que siempre te ha interesado mucho la América Latina, lo que ustedes insisten en llamar Hispanoamérica o Iberoamérica sin que nadie les haga caso en este hemisferio. Sí, tú puedes medir ahora con tus dedos la distancia que te separa de tu poblachón castellano, poblachón-ciudad, pues todos dicen que ha crecido mucho, que ya no es como antes, que todo ha cambiado tanto que tu abuela ya no comprende nada de lo que sucede a su alrededor, si es que alguna vez comprendió algo, y allá sigue encerrada en su casa, viviendo en un mundo que ya no existe, lamentando que su nieto le haya salido como salió, aquel niño tan bueno, seguro que fue su abuelo quien nos lo maleó y le metió ideas raras en la cabeza en aquellos años tan importantes de su niñez, cuando los niños son más impresionables, y él con su pico de oro nos lo sedujo, que el niño era un angelito antes de que su abuelo regresara, maldito regreso que sólo problemas nos trajo, y si no fue su abuelo, que seguro que fue, habrá sido en la universidad, que después de la muerte de aquel santo varón que nos guió y protegió por cuarenta años todo se fue al diablo, o todos los diablos se vinieron aquí, que es lo mismo.

Se repite la historia, muchacho, tú eres un fugado como tu abuelo, aquel abuelo que luego regresó sin él mismo saber por qué, que si no se acostumbraba en México salió de Guatemala para meterse en Guatepeor, el Guatepeor de vuestro pueblo con aires de ciudad de provincias, que hasta tiene cafeterías y un par de discotecas donde la juventud dorada, sí, tú y tus amigos, todos hijos de buena familia, íban a beber cubalibres, que para güisqui no tenían, y se metió en el Guate-

peorcísimo o, siguiendo las reglas de la gramática, el Guatepésimo de
la casa de tu abuela, porque de él nunca fue, donde aguantó cuatro
años gracias a ti, su nietecito adorado, el sol de su declinar, el Tonatiuh
de su nostalgia por México, él, que tan mal se había llevado con los
mexicanos porque de vez en cuando, sin querer, él, el rojillo amante
del pueblo, enseñaba la oreja de unos aires de superioridad que les caían de la patada a los descendientes de la Malinche, y ya no digamos a
los que se consideraban indios puros, sin mezcla de la a la vez maldeci-
da y deseada sangre española.

Sí, ésa es la herencia que te dejó tu abuelo el trasterrado, un deseo de ir a ese país exótico para ti, que no has visitado todavía pero al
que irás tarde o temprano, sobre todo ahora, que lo tienes ahí al lado,
y sospecho que te vas a llevar más de una sorpresa cuando vayas a la antigua Nueva España, donde sus artistas de ahora pintaron enormes
murales antiespañoles en las paredes de los palacios coloniales, artística expresión, los palacios, del arte español en las Américas, adornadas
ahora sus paredes con artísticas expresiones de la compleja alma mexicana que quiere y detesta a los que les trajeron un idioma nuevo en el
que ahora maldicen al gachupín invasor.

Aquí, en California, tendrás más de una muestra de lo que te espera en México, españolito petulante e idealista con una visión de
América aprendida en España en libros escritos por españoles. Ahora,
aquí en los Estados Unidos, vas a adquirir otra visión de *Latin America,*
así, en inglés, sin acento en la e, en libros escritos por gringos que a veces pontifican sobre nuestro mundo hispánico sin ni siquiera hablar el
español. ¿O es que has venido aquí simplemente para escapar de tu
poblacho y de la notaría de tu padre, lo mismo que tu abuelo escapó
del pelotón de fusilamiento de los defensores de la fe? A él lo arrastró
la corriente de la historia, mientras que tú te has tirado a ella de cabeza, dejando atrás una carrera estudiada en España que nunca te ha servido ni te servirá para nada, la carrera, digo, no España, pues algunas
raíces tendrás a no ser que tu abuelo también te haya enseñado el difi-
cilísimo arte de vivir desarraigado, arte en el cual él era un experto, como tú sabes muy bien.

Ahora estás aquí, en una ciudad de nombre español aunque el santo fuera italiano, aquí estás ahora en San Francisco, rodeado de todo un santoral hispano, pues hay aquí más santos concentrados que en cualquier región española: San Bruno, San Mateo, Santa Clara, San Jose, escrito sin acento, claro, que los gringos no entienden de eso, San Leandro y alguno que otro más que ahora no recuerdo, y tú te has emborrachado de hispanismos trasnochados creyendo, inocente de ti, que el alma de España está viva en estas tierras, cuando los que aquí hablan español no quieren saber nada de la madre patria, en la que sólo ven al conquistador cruel, como tu ilustre pariente el rubicundo Alvarado. Anda, menciónale su nombre, tu nombre, a los guatemaltecos que encuentres por aquí, y ellos te dirán lo que piensan de él, el que entró a sangre y fuego en las agrestes montañas volcánicas y en los dulces valles de su tierra destruyendo, violando y matando a todo bicho viviente, pues eso eran para él, bichos, los hermosos mayas de Atitlán y Chichicastenango.

Pronto tendrás experiencias suficientes para demostrarte que la madre España es para ellos la odiada madrastra, ladrona de tierras y de tesoros, invasora de lenguas y dioses, destructora de milenarias culturas. Ya verás lo que te pasa cuando descubras, cual nuevo explorador, el barrio de la Misión, ese barrio habitado por los desposeídos descendientes de aztecas, chichimecas, tarascos y mayas, con su sangre pura unos, mezclada la de otros con la de tus antepasados conquistadores y emigrantes, abarroteros y mercachifles que llegaron a México muchos años después de la conquista, escapando de la pobreza de su decaída España natal, ese barrio donde el inglés es una lengua extranjera que, sin embargo, se ha infiltrado en el español de cada día, ese español que a ti te parece tan bastardo y estropeado. ¿Es que no te das cuenta, españolito recién llegado a estas tierras, burguesito español que nunca ha tenido hambre, que esta gente sólo es tu gente a medias, que tú no eres uno de ellos porque no sabes lo que significa luchar cada día para sobrevivir en una sociedad que no los acepta, en un país que lamenta el haberlos dejado entrar porque se obstinan en mantener sus tradiciones y su lengua? Sí, su lengua, esa lengua que a ti te parece tan vulgar, tan llena de haigas y trujes, de yardas y trocas, de espanglish y arcaísmos más castellanos que tu propia manera de hablar. ¿Es que no tienes oídos para comprender que su español es el castellano rural de otros siglos? Ante el escaparate de una joyería, más que joyería tienda de piedras falsas e imitaciones baratas, oí a un joven mexicano decirle a su amigo: "Mira que arracadas tan bonitas, en cuanto reúna la feria se las compraré a mi novia". No pendientes como en España, ni siquiera aretes, como en México, sino arracadas, como en tu tierra en el siglo dieciséis. Sí, ellos, los descendientes de los que vieron como el tratado de Guadalupe Hidalgo legalizaba el robo de sus tierras, los tataranietos de los californios que perdieron sus ranchos y haciendas cuando miles y miles de extraños que no hablaban español invadieron las sierras de California en busca de un oro que ni los españoles ni los mexicanos habían sospechado que existiera, los millares de pobres campesinos que han llegado recientemente, escapando de la miseria de sus países hispanos, siempre malgobernados, siempre explotados por tus parientes, los descendientes de los orgullosos conquistadores, los europeos llegados después de la independencia, los bananeros y cafetaleros que les robaron las pocas tierras que los conquistadores españoles les habían dejado retener, sí, ellos se han aferrado a su lengua, su lengua campesina, su castellano arcaico, su español que tú encuentras vulgar y zafio y lleno de anglicismos, sí, ese español donde el problema es la problema, los campos son los files y los camiones son las trocas. Tú, en tu arrogancia de burguesito culto y bien alimentado no te das cuenta de que lo asombroso no es que hablen tan mal tu hermoso idioma castellano, lo asombroso, entérate bien, lo asombroso es que lo hablen, bien o mal, que lo hayan conservado desde que México perdió estas tierras, de que lo conserven también los recién llegados, cuando todo a su alrededor les invita a relegarlo a la vida familiar o a olvidarlo por completo, y algunos lo hacen creyendo, traidores a su lengua y a su gente, que hablar sólo inglés es señal de haber triunfado en gringolandia, de haber dejado de ser un mojado para ser un americano de origen hispano, un hispanic que no habla español, un Ricardo convertido en Richard, un Jesús convertido en Jesse, una Isabel convertida en Elizabeth.

Tú descubrirás el barrio de la Mission, o de la Misión, en nuestra lengua, te zambullirás en él creyendo que vas a estar entre tu gente, y con gran sorpresa por tu parte descubrirás que te separan de ellos años de historia y abismos de clase que hacen que te vean como un extraño, nuevo invasor, arrogante pariente de conquistadores, gachupín cuya presencia trae recuerdos de centenarias humillaciones.

¿Qué buscas aquí? ¿Buscas, quizá, la proximidad del México de tu abuelo? ¿O es, simplemente, la lejanía del pueblo de tu padre? ¿Qué sabes tú de los años que tu abuelo pasó en México? Las historias fantásticas que él te contaba en tu niñez eran todas productos de su imaginación, o simples plagios de Valle Inclán, porque él nunca te habló de su verdadera vida, de si hubo en ella alguna mexicana, o algunas, con las que compartió sus años de exilio, nunca te habló de las raíces, fuertes o falsas, que intentó hacer crecer en la tierra mexicana, nunca te habló de las huellas que pudo haber dejado en esas tierras, si es que alguna dejó, nunca tuvo contigo, niño fantasioso, confidencias como las que quizás habrá tenido con tu padre, confidencias que explicarían su inexplicable viaje poco después de la muerte de tu abuelo. ¿Qué buscaba tu padre en aquel misterioso periplo? Nunca lo has sabido, ni lo sabrás nunca porque tu padre no es tu amigo, porque él no te ha contado nada, ni a ti ni a tu madre ni a tu abuela, la vieja y triste matriarca, la amargada mujer que destiló su amargura sobre todos cuantos la rodeaban.

Hay esqueletos en los armarios de tu casa, como se dice por aquí, pero cuando tú los abres para ti están vacíos, vacuos, deshabitados, y no sabes nada, nada de nada de los rastros que tu abuelo puede haber dejado en México, en otras palabras, no sabes si tu abuelo dejó hijos en esas tierras, hijos que serían tus tíos e hijos de los hijos que serían tus primos, sangre de tu sangre, arcos de un puente que te uniría a México, ese país que tanto te fascina.

Busca, busca por las calles de la Misión, hurga en sus bares y callejones, escruta las caras que se te cruzan en la calle rastreando un gesto, unos ojos, un algo familiar que te haga sospechar que hay algo en común entre tú, burguesito rebelde, hijo de buena familia, y alguno de los muchachos morenos que intentan ganarse la vida trabajando honradamente o vendiendo droga en el parque de Dolores. La ciudad está llena de ellos, ¿es que no los has visto? Allí están, en la esquina de Army y Misión, esperando desde las siete de la mañana que alguien les dé trabajo, los lleve a pintar una casa, a limpiar una yarda, jardín, para que sepas, o a hacer lo que sea con tal de ganar unos dólares para seguir viviendo en la tierra de promisión que para muchos de ellos es una tierra de maldición. Y si no es aquí, vete a México, esculca sus ciudades y rincones, sólo hay unos noventa millones de caras que examinar, y con un poco de suerte podrás encontrar el producto, o los productos, de los escarceos amorosos de tu viril abuelo, del guapo gachupín que vivió en México sin aprender a amarlo hasta que lo perdió, hasta que regresó a su tierra sin saber que ya no era su tierra, ni su gente, ni su casa.

Sí, busca a tus primos ¡Qué hermoso encuentro sería! El encuentro de dos mundos unidos y separados por cientos de años de amor y odio, de amorosos coitos y de crueles violaciones, abrazándose unidos por comunes genes compartidos, por elogios y maldiciones expresados en el mismo idioma, por virtudes y pecados católicamente practicados por unos y otros en el cesto común de la cultura hispánica. Anda, busca a esos parientes que ni siquiera sabes si existen, a esos nietos de tu abuelo que, es natural, no habrá sembrado en estériles masturbaciones su español esperma, su fuente de vida y juventud, su exiliada virilidad.

Pero no los buscarás porque ni siquiera sospechas que existen, o existan, porque tú no sabes nada de los secretos de tu abuelo, y menos aún de los recónditos misterios que tu padre guarda ocultos tras una cara anodina, tras una personalidad gris de la cual tú no sabes nada más que lo que el señor notario te ha dejado ver, que no es todo ni mucho menos. Entérate, ese señor ya un poco gordito de quien tú te has escapado porque viste en él un carcelero, él también ha tenido sus sueños de libertad cuando era joven como tú, pero su madre, tu abuela, esa amargada, cristianamente resignada y suave devoradora se encargó de estrangularlos, no violentamente, eso no, claro está, sino con la sutil y lacrimosa comedia de la mujer abandonada, de la madre dedicada por completo a su hijo, tú tienes que ser el hombre de la familia porque tu padre... bueno.... tu padre tuvo que marcharse, que ahora ya eres mayor y ya puedes saber cómo, cuándo y por qué se fue, pues si no te lo digo yo en la calle te lo dirán, que la gente no olvida fácilmente y además es muy mala. Y tu abuela, con sus brazos como bífida lengua de serpiente boa se enroscó alrededor de tu padre, lo castró con maternal deleite, lo casó con su viva imagen, pues si no fuera por la diferencia de edad tu madre y tu abuela serían intercambiables, y así, en un simbólico incesto tu abuela fue la esposa de tu padre y tú habrías seguido el mismo camino si tu abuelo no hubiera venido en tu rescate, con un atlas abierto como ventana que deja entrar el aire, y gracias a él tuviste luego el valor de escaparte, y aquí estás ahora, a miles de kilómetros de tu casa-presidio, a una distancia que puedes medir con en cuartas sobre el globo terráqueo y que es la misma que hay entre tu pueblo y Pekín, entre tu pueblo y Antofagasta, entre tu pueblo y Birmania, lo sabes muy bien, que un día tomaste esas medidas, por entretenerte, por curiosidad, por malsano deseo de convencerte de que sí estás lejos, pero ahora, arrogante jovencillo, al medir esas distancias no sabías que estabas midiendo también el comienzo de tu desarraigo, el principio de la ruptura de tus raíces, la iniciación de una vida en el aire sin tocar la tierra, es decir, que si terminas quedándote aquí habrás empezado a seguir las huellas de tu abuelo, y ya sabes como él acabó.

   ¡Pobre padre tuyo! ¿Tú sabes que el señor notario quería escribir? No testamentos ni declaraciones juradas, como terminó haciendo, sino novelas, sí, muchacho, novelas, ¿te sorprende? Novelas con protagonistas de torturadas mentes como la suya, sí, él tan apático y abúlico por fuera llevaba dentro a un joven rebelde pero decapitado, castrado y en cadenas, retenido entre rejas por la inquisidora mirada de su madre, de tu abuela, censora de los sueños de su hijo, emasculadora de imaginaciones juveniles, celosa guardiana de la fe y el orden, su fe y su orden que tu padre aceptó, o pareció aceptar, ocultando su verdadero ser en los más escondidos rincones de su cerebro.

   Hay tantas cosas que no sabes ni comprendes, tantos secretos ocultos tras caras inexpresivas, que te sorprenderá descubrir que tu padre, tras la respetuosa frialdad y el correcto rencor con que recibió a tu abuelo escondía no lo que parecía resentimiento por el abandono de tantos años, sino unos celos profundos, unos celos que lo reconcomían por dentro porque él veía en tu abuelo al hombre libre que él mismo no había sabido ser, o no se había atrevido a ser, y esos celos lo llevaron a odiarlo como tú nunca has sospechado, a desear herirlo donde más le doliera, y lo llevaron a despreciarlo también, extraña y humanísima mezcla de sentimientos, a despreciarlo porque voluntariamente había regresado al escenario de su derrota, al teatro de su lucha perdida, a las rejas de los brazos de tu abuela, al silencio de sus ideales, a la vida callada de un mudo.

Te equivocas cuando piensas que tu padre, huraño, lejano, era o iba a ser tu carcelero. ¿Cómo podía ser él carcelero de nadie si él mismo había crecido y vivido, y seguía viviendo, en una prisión, la cárcel sin rejas de tu abuela, el presidio sin muros de su mundo mezquino?

Pero algo se contagia cuando se vive oprimido, y es muy fácil convertirse en opresor, entrar a participar en las reglas del juego, aceptar los barrotes como forma de vida y hasta encontrar un especial deleite en ver como los demás van cayendo, cuando les llega su turno, en los carriles ya preparados, en la zanja cavada de antemano, en el molde que los formará, o deformará, de acuerdo con reglas inmovibles, fijas, eternas. Y tu padre, abúlico y débil unas veces, testarudamente empecinado otras, colaborador de tu abuela contra la cual parecía inútil rebelarse, la ayudó en sus intentos de domarte, de domesticarte, de destruir todo lo que de original podría surgir en ti, y en un momento de debilidad estuviste de acuerdo en seguir los pasos de tu padre, en estudiar los mismos libros que él había estudiado, en atravesar penosamente y sin entusiasmo el desierto de unos estudios que nunca te interesaron pero que, por suerte para ti, te han servido de trampolín para iniciar otros que, por lo menos de momento, tienen la ventaja, ¡oh bendición de bendiciones!, de tenerte lejos de tu abuela, de esa mujer que ya hace años es una pieza de museo porque mucho ha cambiado a su alrededor, pero que sigue convencida de que es su deber predicar su verdad, e imponerla si es posible, aunque ya nadie le hace caso, ni siquiera en su propia familia.

No te creas caso único en el mundo, como tú los hay a montones, a miles, variaciones sobre el mismo tema, misma partitura tocada con diferentes instrumentos, diferentes voces de un mismo coro, fugitivos de las cárceles de las ideas, del poder o de la miseria. Sí, vete a la esquina de Army y Misión y mira a tu alrededor, allí están otros fugados como tú, fugados de las hermanas gemelas de tu abuela, pues abuelas como la tuya las hay en abundancia por las tierras de Hispanoamérica. Allí están esos muchachos oscuros que salieron de las míseras colonias de las ciudades de México, de la exuberancia tropical de las costas de Honduras, de los ensangrentados valles de Guatemala, de las torturadas aldeas de El Salvador, fugados como tú pero sin entrar aquí con tu visado de estudiante, con tu ropa de burguesito rico, con montones de libros dentro de tu cabeza, con tu arrogancia de quien sabe qué es ser servido, pero no servir, con tu amor al pueblo pero sin acercarte demasiado, con tu desprecio al dinero, porque siempre lo has tenido, con tu cómoda rebeldía, porque siempre hay una mesa a donde regresar.

Míralos bien, quizá encuentres en alguno de ellos un ligero aire de familia, un nieto versión morena de tu rubicundo abuelo o quizá, y eso ya sería mucha suerte y haría el juego demasiado fácil, un Tonatiuh como tú, un muchacho con el pelo dorado, heredero de los ojos azules y de la aureola de oro de su abuelo, de tu abuelo, del abuelo de los dos. Si es que existe, sus camaradas, con toda seguridad, le llamarán el güero, y además resaltará entre ellos como un botón de oro entre botones de azabache. Pero, ¿por qué vas a buscar entre ellos a un primo que ni siquiera sabes si existe? Si tu abuelo tuvo hijos en México, y nacieron luego los hijos de sus hijos, que ahora serían quizá algo más jóvenes que tú, ¿por qué suponer que van a ser unos pobres tirados por las calles? Y si existieran, sería demasiada casualidad que así como así se encontrarán ustedes en esa esquina, en ese mercado de mano de obra barata, en ese zoco donde se venden brazos fuertes y jóvenes y alguna que otra cosa menos legal que el trabajo de los ilegales.

Porque ilegales son, ¿sabes?, ilegalmente salieron de su país, ilegalmente cruzaron la frontera, ilegalmente trabajan cuando pueden para poder comer unos burritos y, si tienen suerte, para enviar unos dólares a las familias que quedaron en las colonias pobres de Guatemala o Guadalajara, de Hermosillo o La Ceiba, pues de todas partes vienen.

Ahora que cursas *Hispanic Studies* lo menos que puedes hacer es ir a esas tierras hispanoamericanas para ver de cerca lo que hasta ahora no has visto más que en libros. Anda, tú que eres un Alvarado, vete primero a Guatemala, esa tierra conquistada por tu ilustre pariente, ya que no antepasado, ese tu sanguinario pariente tan cruel que ni el mismo Cortés pudo tragarlo y lo echó de Tenochtitlan, visita el país de la eterna primavera y de la eterna injusticia, camina por sus calles donde los niños abandonados, sí, esas dos palabras que tanto afectaban a tu abuelo, donde los niños abandonados huelen trapos empapados en gasolina para así olvidar el hambre con los mortíferos vapores que lentamente les corroen el cerebro, vete a los pueblos con larguísimos y exóticos nombres, paséate por las calles mal empedradas, o sin empedrar, de Coatepeque, de Chimaltenango o de Chichicastenango, que algo debe significar en maya ese final en ango tan repetido, y si esos nombres te resultan impronunciables y difíciles de aprender, vete a los que tienen bellos nombres españoles, vete a Santiago de los Caballeros de Guatemala o sea, vete a lo que ahora se llama Antigua y allí verás las ruinas de tu imperio, las hermosas fachadas barrocas que sólo tienen tras ellas espacios vacíos donde antes hubo conventos e iglesias, donde no desde dentro, sino desde la calle, a través de las ventanas puedes ver el cielo, porque detras de la fachada no hay nada, hay un vacío imperial, un espejismo barroco, un fantasma invisible de algo que desapareció destruido por la furia telúrica de la tierra americana invadida, derribado por los dioses cakchiqueles que así quisieron vengarse de los destructores de sus altares, de los exterminadores de sus fieles, de los rubios Alvarados invasores.

Y si la miseria te repele y las ruinas, por hermosas que sean, te entristecen, vete a la colonia más elegante de la capital, allá por la Avenida de las Américas, paséate por unas calles inmaculadamente limpias, admira a través de las rejas de hierro forjado los hermosos jardines de las villas, de los pequeños palacios donde vive la minúscula clase alta de la ciudad, guardadas sus mansiones por policías privados armados de metralleta, vete allí, está cerca, y a la vez lejísimos, de los niños gasolineros. Ya verás, en las colonias elegantes de la ciudad los dueños de palacetes y haciendas te recibirán muy bien, ahí es nada, un Alvarado, pase usted, joven, bienvenido a nuestra casa, ¿y dice usted que es descendiente de Alvarado? ¡Ah, bueno!, descendiente directo no, pero pariente, vamos, que se le nota el aire de familia, sobre todo ese pelo rubio como el del Alvarado de la vidriera de colores del Palacio Nacional, tan alto y esbelto, con su cruz de Santiago al pecho, porque él nos trajo la cruz, es decir, la religión cristiana, aunque estos nuestros indios brutos son tan testarudos que todavía andan por ahí por los montes quemando copal en misteriosas cuevas que sólo ellos conocen, y también a la puerta de alguna que otra iglesia, que es una vergüenza como hay padres que lo toleran, pero claro, todos sabemos que más de uno y de dos son comunistas y guerrilleros emboscados. Pase usted, joven, bienvenido a nuestra casa, y a lo mejor hasta conseguimos que este muchacho, tan guapo él, se case con nuestra niña, pues trae como dote la garantía de no inyectar sangre india en la familia, que ya bastantes mestizos ladinos tenemos por aquí. Pase usted, joven Alvarado, descendiente o pariente o lo que sea del glorioso conquistador de estas tierras, el gran Alvarado muerto, el pobre, antes de haber podido completar su tarea, antes de haber limpiado el país de esa indiada mugrosa que tantos problemas nos trae todavía.

Sí, en Guatemala puedes empezar tu educación hispanoamericana y aprender a ver más allá de las catedrales y conventos barrocos más o menos destruidos por los terremotos, a ver un poco más lejos de las pirámides mayas de Tikal, que ya eran el pasado cuando llegaron aquí tus compatriotas. Mira, en cambio, la desesperanza que se lee en los hermosos ojos obscuros que encontrarás por todas partes, estudia la tristeza de esas caras enmarcadas por un pelo negro y brillante, escucha con atención los suaves sonidos de los dialectos mayas que se oyen en los mercados y en los campos, el tzeltal, el ixil, el quiché y tantos otros con los mismos sonidos que tu pariente y sus soldados pudieron oír pero no en suaves frases, sino en los gritos que acompañaron como trágico coro la destrucción de Utatlán, de Iximché, de Zaculeu y de tantos otros poblados arrasados por el encuentro de dos mundos.

Cuando regreses a California, a tu universidad, a tus estudios, a tu apartamento compartido con otros estudiantes, no vengas en avión, atraviesa México por tierra, de sur a norte, empapándote bien en sus paisajes, en sus ciudades y pueblos, en sus aldeas, rancherías y jacales, aprenderás así más que en los cursos de tu universidad, administra bien tus dólares, que bien gastados te darán para dormir en pasables hoteles y comer en modestos restaurantes, y si quieres hablar antes con alguien que haya hecho el mismo viaje, busca a uno de los muchachos que está todas las mañanas en la esquina de Army y Misión esperando un trabajo que no todos los días llega. Se llama Ricardo, y lo reconocerás porque es más alto y más blanco que la mayoría de ellos. Él es de un pueblito de Chiapas, una ranchería cerca de Tapachula, muy próxima a la frontera de Guatemala. También vino a San Francisco, como tú, pero no como acomodado estudiante, no como ocioso turista, ni siquiera como estudioso de la sociedad hispanoamericana, él vino como ilegal, experto en viajes económicos en los que no hay que comprar billetes ni pagar cuentas de hotel. Él puede hablarte de su itinerario, aunque quizá no te sirva de mucho porque su manera de viajar es muy diferente de la tuya.

Tú no vas a cruzar fronteras a escondidas y sin papeles, que los tuyos están bien en regla, mientras que los suyos no están ni en regla ni en nada, simplemente no los tiene, que él no sabe nada de pasaportes ni visados. Después de que pases la frontera entre Guatemala y México, puedes detenerte un día en Tapachula, allí fue donde Ricardo comenzó su largo viaje, donde él y su compañero de turística gira se lanzaron a caminar a lo largo de la vía del tren, hasta que después de varios días, pidiendo para comer, llegaron a Arriaga, donde luego de decidirse por un medio de transporte más rápido y eficiente, agarraron un tren de carga y allí, bien escondidos en los vagones y después de cambiar de trenes tantas veces que Ricardo ya no recuerda cuántas, lle-

garon al Distrito Federal. No le preguntes cómo vivieron él y su camarada en los días que pasaron en la capital, dos muchachos perdidos en
una ciudad donde hay millones de muchachos perdidos, donde como
en tantas otras ciudades unos muchachos como ellos pueden ganar
unos pesos vendiendo mercenarios orgasmos si su honradez no les
permite robar.

Ya hacía varias semanas que habían salido de Tapachula y Ricardo, que no sabe de mapas pero sí de distancias, continuó su económi-
co turismo en autobuses climatizados y con guías políglotas, modernos
autobuses producto de quijotesca imaginación ya que cualquier otra
persona podría ver vagones de carga y topes de tren. La modalidad turística de su viaje tenía el problema de que los trenes de carga no llevan indicadores de puntos de destino, ni coches-cama, ni vagones-co-
medor y, por esa engorrosa diferencia, al salir de Hermosillo se subió a
un tren que, como los vientos que desviaron al peripatético Ulises, lo
llevó a Nogales, alejándolo de Tijuana, su destino.

No fueron los atractivos turísticos de Hermosillo los que hicieron
que los dos muchachos regresaran a esa ciudad, sino la necesidad de
subirse a otro tren con la esperanza de no equivocarse otra vez, tren
que hallaron con las puertas cerradas a cal y canto, molesta condición
que los obligó a ir colgados por fuera durante casi un día entero, ba-
jándose en las estaciones donde paraba el tren, pues las compañías de
ferrocarril no saben apreciar la original decoración de sus vagones
cargueros cuando alguien los adorna con jóvenes cuerpos colgantes,
decoración que el tren estuvo a punto de perder cuando Ricardo se
quedó dormido, y se hubiera caído a la vía si su camarada no lo hubiera despertado con un par de puñetazos.

Ya cerca de la tierra de promisión, después de una fácil y corta
etapa de Mexicali a Tijuana, los dos muchachos fueron a visitar a su
agente de viajes, vulgo coyote, que los pasaría al otro lado, y cuya dirección habían guardado en la memoria durante toda su larga odisea.
Sin trípticos turísticos, sin carteles ni hermosos fotomurales que ador-
nen las paredes de sus modestas viviendas-oficinas, los coyotes pueden
ilustrarte en el arte de dar un rodeo alrededor de la engorrosa buro-

cracia aduanera, perenne obstáculo turístico que tu España, flamante miembro de la Unión Europea, ha sabido eliminar en sus fronteras pero sólo para los de casa, naturalmente, marroquíes y demás ralea no se molesten en intentar pasar.

Los coyotes-agentes de viaje y sus clientes esperan pacientemente el momento adecuado, ese estudiadísimo instante en el que saben por experiencia que los agentes de la *Border Patrol,* dotados de modernísimos medios de vigilancia y transporte, pero no del divino don de la ubicuidad, dejan un hueco disponible, unos kilómetros sin guardar, un lecho seco de río que se convierte en torrente humano como vaguada del desierto después de una tormenta, y allá van todos, que si son muchos alguno pasará, corriendo en la obscuridad hacia las luces de San Diego, hacia el maná de los trabajos bien pagados que, inocentes turistas desconocedores de su punto de destino, creen que van a encontrar en el norte, al otro lado, en los míticamente ricos yunaitet esteites.

Sí, españolito estudiante con tus papeles en regla, Ricardo puede darte lecciones en el arte de viajar económicamente, en cómo hacer en ocho semanas un viaje que en avión se hace en ocho horas, en cómo ver el paisaje formando parte de él, durmiendo en él, comiendo en él, oh, los tomates robados en los campos pidiendo al mismo tiempo mentalmente perdón a sus dueños, pues Ricardo y su camarada son buenos y honrados muchachos, pero el hambre obnubila los principios y ofusca las conciencias más estrictas.

Y si tienes paciencia para escucharlo, todavía él puede contarte que su gira no terminó en San Diego, pues saltando de santo en santo su Itaca, su destino final, era la ciudad del santo franciscano amante de los animales, y hacia ella continuaron su peregrinación, cual medievales romeros del camino de Santiago, no yendo de hostería en hostería, de monasterio en monasterio, sino de estación de ferrocarril en estación de ferrocarril, siempre con el engorroso problema de no saber si el carguero al que se subían los llevaría a Los Angeles o a Texas, como le sucedió a más de uno. Y así como el Codex Calixtinus informaba a los peregrinos sobre los peligros que podían encontrar en su ruta hacia los confines de la Europa cristiana, hacia el Finisterre del medievo, hacia el Campus Stellae de las galaicas tierras, del mismo modo la no escrita guía turística de la experiencia enseña a los ilegales viajeros que los agentes del servicio de inmigración, la temida migra, cual argos omnipresente, vigila no solo las carreteras, sino también las vías del tren que a lo largo de la costa y los valles de la hermosa California pueden llevar a contrabandeados viandantes hacia sus destinos más allá de San Diego.

Ricardo lo lleva escrito en la cara, en una cicatriz que, cerca del ojo derecho, adornará su mejilla por el resto de sus días, cicatriz adquirida cuando, ante la inminente inspección de los vagones del tren en cuyos topes él viajaba con su amigo, saltaron los dos del convoy en marcha cual atléticos extras de violenta película hollywoodesca, cayendo no sobre un colchón de aire que, oculto a las cámaras, recogería sus cuerpos, sino sobre el borde de un carril, uno de esos afilados carriles donde se juntan dos vías, y sin pararse a examinar el carácter ni la extensión del corte que iría a convertirse en decoración de su cara, corrieron los dos muchachos por los campos hasta llegar a un remanso de paz, a un tranquilo lugar donde pudieron dejarse caer exánimes sobre el bien cuidado césped de un hermoso recinto abundante en árboles y flores, donde reposan los cuerpos exánimes también, pues sus almas los han abandonado, de los muertos, es decir, encontraron asilo, refugio y acogida en un cementerio.

Cuando tú viajas con tu limitado presupuesto de estudiante duermes en modestos moteles de carretera, ruidosos lugares donde, abiertos día y noche, los huéspedes entran y salen a cualquier hora encendiendo los motores de sus coches al lado de tu ventana, y no sabes lo que es dormir en un parque silencioso y tranquilo, donde nadie habla ni grita, donde todos duermen en un sueño profundo que nada ni nadie puede interrumpir, en un jardín sin cursis decoraciones de ciervos de plástico o de cemento pintado, sino en un vergel donde, cuando a veces en la noche se puede ver algún bambi de hermosos ojos tristes, es un cervatillo verdadero que, guiado por su mamá cierva, aprende a apreciar las exquisiteces culinarias de las coronas y ramos de frescas flores que llorosos familiares han depositado la tarde anterior sobre las tumbas de sus parientes, inquilinos permanentes del tranquilo jardín.

Aunque creyentes en el más allá y un sí es no temerosos de fantasmas y aparecidos, Ricardo y su amigo temían más a la migra que a los espíritus, y además, agotados por la anterior etapa de su viaje, y aunque hambrientos y ensangrentado uno de los dos, durmieron, si no el sueño de los justos, como sus vecinos, sí al menos el sueño profundo de dos jóvenes que no han dormido en muchas horas. Tan profundo fue el sueño que sólo consiguió despertarlos el frío de la mañana, una mañana de niebla tan frecuente en la costa de California, una niebla que colgaba de los árboles como decoración de Navidad, una niebla baja que desdibujaba los contornos de arbustos y lápidas pero que, sin embargo, les permitió ver la llegada de un cortejo de gentes enlutadas, de mujeres cubiertas de negros velos, de serios y silenciosos hombres que seguían a paso lento a los portadores de un pulido y hermoso ataúd, camino de una fosa abierta justamente entre los dos muchachos y el camino de salida del cementerio.

Sintiéndose descubiertos, temerosos de posibles arrestos que los convertirían en ficha de juego de mesa, esa ficha que cae en un espacio donde no debe y tiene que volver al punto de partida, Ricardo y su camarada, sucios de tierra, despeinados y con caras en las que se reflejaba que no habían comido en muchas horas, saltaron de su escondite y, sabiendo que la sorpresa es muchas veces la madre de la victoria, corrieron ululando hacia el cortejo fúnebre y lo atravesaron en veloz espantada en medio de caras con bocas abiertas y algún que otro grito de terror salido de debajo de obscuros velos.

Nunca mejor dicho que los dos huyeron como almas en pena, huyeron corriendo de nuevo hacia la vía de la cual habían escapado la tarde anterior, corrieron luego un poco más al lado de un tren en marcha al cual saltaron para que los llevara a Los Angeles, y pudieron descansar por fin bajo el techo seguro de un compatriota veterano de ilegalidades, maestro en el arte de encontrar falsas tarjetas verdes, astuto matemático experto en números de tarjetas de la seguridad social, nigromántico mojado capaz de crear un mundo legal donde no lo haya, de inventar identidades inexistentes, falsas personalidades de ópera bufa, desesperados esfuerzos por encontrar seguridad donde la inseguridad es reina.

Puedes encontrar a Ricardo en la esquina de Army y Misión, esperando cada día que alguien le ofrezca un trabajo, por duro y mal pagado que sea. Allí tú podrás encontrar a tu consejero en odiseas, experto en un itinerario que en sus últimas jornadas tuvo que hacer más de una vez porque, cansado de esperar unos trabajos que rara vez llegaban, cambió de carrera y se puso a vender droga en Civic Center donde, hay quien nace con mala suerte, lo agarró la policía, se lo pasó en profesional regalo a la migra, y ésta lo deportó sin más contemplaciones, sin apreciar lo mucho que el muchacho podría contribuir trabajando en una agencia de viajes como experto en la preparación de giras turísticas usando la red ferroviaria mexicana. Podrás verlo en Army y Misión a pesar de su deportación, inútil juego burocrático que no le impidió cruzar de nuevo la frontera horas después de haber sido expulsado de su isla de Itaca, destino final de su odisea, de la legendaria ínsula de California, americana Compostela de ilegales romeros y peregrinos.

(Cometí el estúpido error de pasarle este cuento a Héctor, el fotógrafo, para que me diera su opinión. Cuando me lo devolvió una tarde, en El Barrio Latino, lo dejó caer sobre la mesa, lo empujó hacia mí, y me espetó lo que pensaba de mi gran obra:
—Esto no es un cuento. Esto es un sermón.
Decidí que nunca más se lo enseñaría a nadie).

VIII

La frontera

cuando mi vecina me dijo que se iba pal norte a juntarse con su esposo pos yo empecé a pensar que a lo mejor también sería buena idea que yo me fuera con ella o por lo menos que me fuera pallá un poco después cuando ella ya estuviera en san francisco que es pa donde se va que es allá donde está su esposo trabajando en la construcción y ganando bien que allá pagan como dios manda y no como aquí donde trabajas como una burra total pa nada que si no fuera por los pesos que me mandaba mi Eulogio bueno ahora ya no es mío pero eso sí mandaba el dinero cada mes hasta que dejó de mandarlo a lo mejor se murió o se volvió a españa vaya usted a saber pero el caso es que yo la pasaba muy mal con mis dos chamacos que mantener y en ese san francisco que está en el norte pos mi vecina me dice que se puede ganar bien limpiando casas o cuidando niños y allá me iré pa ganar los frijoles de mis hijos cuidando hijos de otros o limpiando las casas de los ricos que dicen que allá no son tan malones como acá que te dan una miseria y encima te miran así como si fueras menos que ellos porque yo soy india bien india y muy orgullosa de serlo

anda vente pallá me dijo mi vecina que como yo voy a estar allá cuando tú llegues pos puedo ayudarte a encontrar un jale y cuando llegues puedes quedarte en mi casa que mi esposo me dice que va rentar un piso más grande porque yo me voy a llevar a mis muchachos que también se van a poner a trabajar con su padre que ya están grandes los tres y ya nos arreglaremos pa dormir todos en esos cuartos hasta que tú empieces a ganar y puedas rentar el tuyo pa ti y pa tus dos hijos ya verás todo va a salir muy bien

yo me creí todo lo que ella me decía y un día vendí los muebles que me había dejado mi hombre que eran buenos que eso sí a él le gustaban las cosas buenas si lo sabré yo que por eso le gusté desde que me vio pos bien guapa que era vendí los muebles y los trastes de cocina y las sábanas y todo lo que se podía vender que durante unos días mi casa parecía un tanguis con todas las vecinas viniendo a ver lo que podían comprar y allá se fue todo y buenos pesos que saqué y lo único que no vendí fue mi estampita de la guadalupana que ella siempre me acompañó y no iba a dejarla ahora que yo me iba a la buena de dios y meterme en dios sabe que líos si las cosas no salían bien y digo esto porque a mí eso de que allá se gana en un día lo que aquí se gana en una semana me parece que demasiado bueno pero es verdad que vi como el esposo de mi vecina traía carro la última vez que vino a verla y aunque era un poco viejo bien que andaba y hasta tenía radio y todo

salimos de la paz y agarramos el camión de tijuana que tardó un montonal de tiempo en llegar que se paraba en todas partes que si en loreto que si en santa rosalía y en ya no recuerdo cuantos lugares más hasta que llegamos a ensenada y desde alli ya el camión iba muy rápido por una carretera muy anchota autopista le dicen y por fin llegamos a tijuana

yo llevaba mi dinerito bien enrollado y metido entre las chichis que allí nadie me iba a meter la mano quien va a ser tan desmadrado que le falte a una mujer que va con sus dos hijitos agarrados de la mano y que bien se podía ver que soy mujer decente y nadies me iba a confundir con las de la zona roja de tijuana que me dijeron que allí hay muchas porque hay muchos gringos que pasan la frontera sólo pa emborracharse y pa andar con esas mujeres que dicen que allá en el norte no las tienen que le vayan a otra con ese cuento que zonas rojas las hay en todas las ciudades del mundo si lo sabré yo que buen trabajo me costó no acabar en la zona de la paz cuando era bien joven y no tenía hombre que me defendiera hasta que llegó el gachupín bueno el español que pronto sería el padre de mis hijos

los tres estábamos muy cansados pero lo primerito que hicimos fue entrar en una taquería pa comer algo que mis chamacos tenían hambre más hambre que sueño aunque sueño también tenían que en el camión no se duerme bien y después de comer preguntando preguntando encontré la casa del señor ramiro el compadre de mi vecina que ella me había recomendado pa que me pasara al norte que es un coyote honrado no como otros que se aprovechan de ti les pagas por adelantado se quedan con tu dinero y después de pasar la frontera te dejan allá en cualquier parte lejos de san diego y tu tienes que arreglártelas como puedas pa llegar a la ciudad donde la migra ya no se va a fijar en ti de tantos mexicanos que hay en las calles

en la casa del señor ramiro tuve el primer problema grande toqué la puerta y me abrió una muchacha así como de quince años

ay que el señor ramiro ya no vive aquí que se fueron a vivir a tecate y yo no sé su dirección pero mi mamá si la sabe y se la puede dar cuando venga pasado mañana que ella está en tecate también en casa de la mamá grande que se ha puesto mala pero si lo que quiere es pasar al norte pues mi padrino eduardo la puede pasar y él vive aquí cerca y si quiere yo la acompaño hasta su casa a ver si está

allá nos fuimos los tres siguiendo a la muchacha mis chamacos muertos de sueño y yo también pero ahora no podía pensar en dormir que lo importante era pasar al norte bien pronto y luego ya dormiríamos en san diego

el señor eduardo resultó ser un hombre de así como de cincuenta años grandote él con unos ojos pequeñitos y muy negros que le brillaban como si tuvieran lumbre dentro y dijo que bueno que podía pasarnos aquella misma noche si antes podía hablar con su socio de san diego pa que nos fuera a recoger en su carro en el lugar donde siempre él llevaba a las gentes que pasaba que era un lugar muy bueno para esconderse de la migra ni cerca ni lejos de la carretera

tuve que regatear un poco porque él decía que pasar con dos chamacos era más difícil que sólo con gente grande pero al fin nos acordamos en el precio y yo dije que tenía que ir a hacer una necesidad y con la puerta bien cerrada saqué mi rollito de dinero de donde lo tenía escondido separé lo que tenía que pagarle y volví a la cocina donde mis chamacos ya se habían quedado dormidos con los brazos y la cabeza encima de la mesa

si quieren comer algo me dijo aquí cerca hay una cantina donde dan bien de comer y barato pos siempre no ya comimos

entonces lo que deben de hacer es dormir ahí en la recámara para ir bien descansados porque después no van a poder dormir hasta que mi socio los lleve a su casa en san diego

nos llevó a una recámara que tenía una cama bien grande donde nos acostamos los tres mis dos hijos y yo uno a cada lado y yo en el medio bien abrazados a mí como si tuvieran miedo en aquella casa que no era su casa

yo no sé cuánto tiempo habremos dormido pero la cosa es que cuando el eduardo entró pa despertarnos pos ya era de noche

hala levántense ya que hablé con mi compadre de san diego y él irá con su carro al lugar de siempre donde lo estaremos esperando y tan pronto como les dé el aventón yo tengo que regresarme aquí antes de que se haga de día

yo estaba encima de la cama con mis dos hijos uno a cada lado y el eduardo bien grandote que era estaba allí a los pies de la cama y no sé por qué no me gustó verlo allí parado que parecía una torre de alto que era y yo acostada delante de él y me llegó a la nariz así como un olor a macho como a veces olía mi gachupín antes de decirme hala vamos a la cama que estoy caliente y como yo me había acostado vestida no tuve que pasar la vergüenza de que el señor eduardo me viera medio encuerada como sólo mi hombre me había visto cuando vivía con él en la paz

me levanté desperté a mis hijos que querían seguir durmiendo y allá nos fuimos todos después de tomar un champurrado y comer unas tortillas que el señor eduardo nos dio pa que no tuviéramos que andar con la barriga vacía en la caminata que nos esperaba

el barrio donde estaba aquella casa no era muy bueno digo yo tenía las calles de tierra sin banquetas y las casas eran todas pequeñas y así como de gente pobre y entonces pensé en mi casita de la paz donde había vivido con mi español que era una casa como dios manda con flores en las ventanas y en el patio detrás de la casa que era un gusto sentarse allí de noche cuando hacía calor y los muchachos ya estaban en sus camas y mi español bebía sus coronas y yo mi buena limonada que la cerveza nunca me gustó

en las calles no había mucha gente ni tampoco mucha luz y nosotros los cuatro nos echamos a andar camino del muro de alambre de la
frontera yo detrás del eduardo y mis hijos bien agarraditos de la mano
y caminamos bastante tiempo no sé cuánto y poco a poco empezamos
a ver más gentes que iban también hacia la frontera pa pasar al norte
como yo
    eso de ser coyote debe ser un buen negocio en tijuana es así co-
mo ser perro de pastor que lleva a sus borregos por donde quiere y los
hace ir por aquí sí por ahí no y los grupos de gentes lo seguían caminando todos sin hablar que no hay que hacer ruido pa que los de la
migra no te oigan pasar
    hace ya mucho tiempo que yo pasé la frontera entonces era mu-
cho más fácil que ahora porque no había tanto mexicano que se quisiera venir pacá o a los gringos no les importaba que viniéramos o algo
así el caso es que ahora es mucho más difícil me han dicho que tienen
focos muy grandotes que alumbran la frontera como si fuera una fiesta
de pueblo y tienen helicópteros con más focos pero cuando yo pasé
con mis hijos pos era bastante fácil
    además de los coyotes con sus rebaños también había muchos
que iban a intentar pasar por su cuenta porque eran jóvenes y podían
saltar por encima de la reja y correr rápido si era necesario y pa qué
pagar a un coyote si total puedes saltar tú solito pero no se daban
cuenta de que lo difícil no es saltar lo difícil es qué hacer cuando ya
saltaste que te encuentras allí en un descampado y hay que llegar a san
diego bien rápido o por lo menos a chula vista porque allí donde hay
gente en las calles de día ya no se nota que acabas de saltar aunque me
contaron que la migra agarra a muchos porque no esperan a que sea
de día y los muy pendejos se echan a andar por las calles cuando aún
es de noche y los gringos que no nos quieran los ven desde sus casas y
llaman a la migra y ya está te agarran y pa méxico otra vez ilegal de la
chingada
    por eso yo pagué al coyote porque con dos escuincles agarrados a
mi rebozo como iba yo a andar por allí perdida y de subirme a un tren
en marcha ni modo que yo misma no sería capaz de hacerlo aunque es-

tuviera sola y además más de uno se ha muerto porque al saltar al tren
en marcha caen entre los vagones de carga y ya está te recogen cortado
en por la mitad en cambio con un coyote pos él ya tiene arreglado que
su socio te vaya a buscar y te lleva en su carro a san diego o a los ángeles
depende de cuánto haigas pagado y yo arreglé que hasta el merito san
francisco tendrían que llevarme que fue caro pero valió la pena aunque
no todo fue bien con el grandote de eduardo hijo de la chingada

como él tenía mucha experiencia en eso de pasar gentes nos ale-
jamos de los grupos que andaban por allí con las mismas intenciones
que nosotros hasta que llegamos a un sitio bien lejotes y allí ya tenía él
su buen agujero que casi no se veía hasta que te metías en él y no tuvimos que saltar que sería difícil pa mí y pa mis chamacos no no tuvimos
que saltar como monos pasamos arrastrándanos por debajo de la cerca el eduardo delante que cuando digo que es grandote quiero decir
que es alto pero no está gordo y pasó como una serpiente y mis chamacos detrás y ellos pasaron pero que bien fácil como ratoncitos y luego
yo con mucho cuidado de que el rebozo o las faldas no se me engan-
charan en algún alambre

fue después de pasar cuando el eduardo nos dijo muy bajito que
ahora era lo peor que teníamos que correr bien rápido hasta llegar a
un cerrito cerca de la carretera donde podríamos escondernos entre
los arbolitos hasta que llegara su socio con su carro y corrimos los tres
siempre detrás del coyote corrimos como conejos que escapan de un
perro de caza porque como conejitos éramos nosotros y los perros
eran los de la migra que no quieren que pasemos a comer sus lechugas
y sus zanahorias

cuando llegamos a los arbolitos yo me dejé caer en la arena casi
sin aliento y mis hijitos también y estaban tan cansados los pobres escuincles que se quedaron dormidos enseguida pero yo me dije que no
iba a dormir que iba a estar bien despierta pa protegerlos como una
gallina a sus pollitos y me senté en el suelo pensando que si me veía
acostada a lo peor el eduardo podía pensar que cuando una mujer se
acuesta cerca de un hombre pos es pa decirle sin decir nada que quiere que él se le monte encima

el coyote encendió un cerillo escondiendo bien la luz con una mano y consultó su reloj

mi compadre no llegará hasta dentro de una hora así que tenemos que esperar un buen rato palomita

a mí eso de palomita me cayó de la patada porque quién era él pa llamarme palomita y además aunque era de noche yo podía verlo y podía ver sus ojos que me miraban y pensé en las historias que yo había oído de coyotes que matan a los que pasan pa robarles el dinero pero me dije no tengo que tenerle miedo porque si él nota que le tengo miedo va a ser peor y entonces pendeja de mí sonreí y dije que bueno, pos que si había que esperar pos esperaríamos

después me di cuenta de que había sido una mensa cuando sonreí porque él que estaba sentado en la arena a unos pasos de mí empezó a acercarse poquito a poco hasta que estuvo a mi lado y yo no me atrevía ni a moverme pa que no pensara que le tenía miedo

no digas nada palomita no vayas a despertar a los chamacos que bien dormiditos que están y no se dan cuenta de nada

y entonces me abrazó con su brazo derecho por encima de mis hombros y con la mano izquierda intentó tocarme las chichis donde yo tenía escondido mi dinerito

si lo encuentra es capaz de robármelo pensé y le di un tirón a su mano pa que no me la metiera por dentro de la camisa pero él entonces me agarró la mano pero que bien recio y la puso en su entrepierna pa que yo notara el bulto que tenía allí que bien pude notar que se le había parado la verga y bien dura que la tenía

yo intenté soltarme pero él no me dejaba y todo esto pasaba sin que ninguno de los dos dijera nada hasta que él me dijo muy bajito

no grites palomita que vas a despertar a los chamacos y no está bien que vean a su mamá haciendo lo que vamos a hacer tú y yo ahoritita mismo

yo seguí intentando soltarme todo sin decir nada pero el muy cabrón me amenazó en voz muy bajita

además no está bien que un hombre le haga daño a unos escuincles y yo soy muy hombre y no quiero hacerles daño palomita y así fue como yo tuve que hacer lo que él quería aunque lloraba de rabia cuando él se montó encima de mí y el muy cabrón me preguntaba verdad que te gusta mucho paloma que yo sé como darles gusto a las mujeres que todas se quedan muy satisfechas que no hay macho más macho que yo

el hijo de la chingada si yo hubiera tenido un machete allí mismo le cortaba la verga y se la hubiera metido en la boca bien metida hasta que se ahogara el grandísimo cabrón

el coyote se abrochó el pantalón y encendió otro cerillo pa ver la hora

despierta a los chamacos que vamos a acercarnos un tantito a la carretera que mi compadre va a llegar

yo pensé que del mal el menos porque lo que dijo quería decir que no iba a matarnos a los tres ni que iba a robarme y que se quedaba contento con el dinero que yo le había pagado por adelantado y con el gusto que le había dado entre las piernas

cuando llegó su compadre hizo unas señales con los focos del carro y habló con el coyote sin que yo pudiera oír lo que decían y pensé a ver si ahora le cuenta lo que pasó para que él lo repita pero hubo suerte y el compadre resultó ser un buen hombre que nos llevó a los tres a san diego

estuvimos en su casa un par de días el tiempo que tardó en tener nuestros papeles falsos que le llaman la tarjeta verde y con ellos ya en regla bueno en mala regla el compadre nos llevó a los ángeles

aún tuvimos que pasar un control en un sitio que se llama san clemente pero los papeles parecían buenos y los de la migra no dijeron nada no sé si porque nuestro coyote les dio mordida o porque son un poco bobos y no se dieron cuenta de que las tarjetas verdes ésas eran más falsas que la palabra que me había dado mi gachupín de que estaríamos juntos toda la vida

en los ángeles el coyote nos llevó a otra casa donde toda la familia se dedicaba a pasar gente y fueron muy buenos con nosotros durante los dos o tres días que pasamos allí hasta que nos llevaron a san francisco que era a donde yo quería ir

buen dinero me costó llegar a san francisco pero por fin me en-

contré con mi vecina en un piso que tenían ella y su esposo y sus tres
hijos en una calle que se llama capp que vaya usted a saber lo que quiere decir esa palabra

después de lo que me había pasado con el coyote allá en la frontera yo andaba con cien ojos y no me fiaba de nadie y hasta me parece
que mi vecina que tan bien se estaba portando conmigo y con mis hijos se dio cuenta de que yo procuraba no quedarme nunca sola con su
esposo y si ella no estaba en la casa y él sí yo siempre tenía a mis hijos
conmigo y esta vez bien despiertos que los pobrecitos ya habían dormido hasta hartarse después de llegar a san francisco

al principio mi vecina me llevaba con ella cuando iba a trabajar
en las casas que limpiaba pa que yo viera como son las casa de los gringos y aprendiera a usar todas esas máquinas que ellos tiene que parece
que no saben lavar ni limpiar ni barrer si no es con máquinas como si
no tuvieran manos

con ella aprendí a usar la máquina de lavar la ropa y otra pa secarla
y otra pa limpiar las alfombras que le llaman vacun cliner y pronto ella
me encontró casas pa que yo las limpiara y trabajando como una burra
no sé cuántas horas y no sé en cuántas casas pronto empecé a ganar mi
buen dinero mi vecina me ayudó a encontrar una casa que aquí llaman
apartamentos y me fui a vivir por mi cuenta con mis dos hijos en la calle
braian que no sé por qué en el letrero de la esquina escriben bryant

una de las casas que yo iba a limpiar era de una familia que se llama cristensen y como yo no tenía con quien dejar a mis hijos pos los
llevaba conmigo y allí fue donde perdí a mi césar el güerito no sé si pa
bien o pa mal aunque pensando como le fue al chamaco quizá haiga
sido pa bien porque en poco tiempo él se convirtió en un gringo que
va a la escuela y como el chamaco es listo pos hasta aprendió a hablar
inglés aunque conmigo siguió hablando español como dios manda

los señores de esa casa no tienen hijos y la primera vez que la señora cristensen vio a mi chamaco se quedó como embobada y empezó
a hablarle en inglés vaya usted a saber lo que le decía y a hacerle cari-
cias y a darle dulces y él pos se dejaba querer y sonreía y aunque no sabía inglés pos los dos se entendían de maravilla

a mi esperancita en cambio la señora cristensen no le hacía ningún
caso como si no existiera y eso que ella me ayudaba limpiando la casa y
trabajaba como si ya fuera una mujercita aunque aún era una niña pero
ni modo pa la señora cristensen mi esperancita no contaba pa nada
a césar en cambio ella empezó a enseñarle inglés y en cuanto lle-
gábamos a la casa a él se lo llevaba a un cuarto y allí lo tenía mientras
esperancita y yo limpiábamos la casa y el chamaco no nos ayudaba en
nada porque la señora lo tenía con ella todo el tiempo
    como el chamaco es listo que salió a su padre el gachupín pos
pronto empezó a chapurrear el inglés y un día delante de la señora
que me miraba como si la cosa fuera muy importante mi césar me dijo
que la señora quería que él se quedara allí por unos días y esos días se
convirtieron en semanas y las semanas en meses y sin yo darme cuenta
pronto sucedió que mi hijo se quedó a vivir allí y yo solo lo veía los días
de limpieza y después de algún tiempo ni eso porque resultó que la señora lo metió en una escuela sin ni siquiera preguntarme a mí si yo
quería que lo hiciera
    yo no sabía qué hacer por un lado yo quería tener a mi chamaco
conmigo pero mi vecina me dijo que yo tenía mucha suerte que si la
señora ésa quería ocuparse de mi hijo pos que era lo mejor que le podría pasar al chamaco y yo pensé en mi gachupín que él siempre decía
que la instrucción es la llave que abre todas las puertas y si la señora
cristensen quería ocuparse de la escuela de mi hijo pos qué mejor cosa
le podía pasar que el chamaco ya venía bien aprendido de la escuela
en la paz y con todas las cosas que le había enseñado su padre que eso
sí en cuestiones de enseñar él siempre había sido muy bueno y la prueba es que en la escuela de la paz mis dos hijos eran pero que muy mejores comparados con los otros muchachos
    así fue como empecé a perder a mi chamaco primero que si se
quedaba allí por unos días luego que si más tiempo y por fin que si la
escuela y que no sé que otras historias pero el caso es que en mi apartamento de la calle braian nos quedamos solas mi esperancita y yo y yo
a mi hijo y ella a su hermano solo lo veíamos como en visita
    los señores cristensen tienen mucho dinero y a mi césar le compra-

ron ropa de gringo y bien guapo que estaba el muchacho bien vestido y bien calzado que con lo güero que es pronto parecía mero mero un americano más como si yo no fuera su madre y esperancita su hermana

yo sabía que todo era pa su bien y que mejor estaba en aquella casa y con aquella gente que en mi casa donde no había ni buena ropa ni buena comida ni libros ni todo eso que hace que la gente mejore y se haga rica y viva bien y tenga carros nuevos y hable inglés y salga de la probreza y por eso no dije nada cuando vi que los señores cristensen me estaban robando a mi hijo pero pa su bien no pa tratarlo mal o pa hacerlo trabajar como un esclavo

además de la casa de los señores cristensen yo limpiaba otras casas y una de ellas era la de un guatemalteco pero nacido aquí que escribe en los periódicos y que vive solo sin esposa ni nada aunque me parece que tiene mujeres que van allí a dormir con él

el chapín ése es buena persona y me trata con respeto como se debe a una señora y hasta algunos días mi dice que deje los trastes de limpiar y que me siente con él a tomar café y me hace muchas preguntas y que le cuente mi vida como si mi vida fuera una historia muy interesante que yo no sé pa qué él quiere saber todo lo que me pasa a mí que es todo bien sencillo yo estoy aquí porque mi gachupín me dejó con dos chamacos que criar y me vine aquí pa poder hacerlo mejor que en la paz donde no ganaba bastante pa criarlos como dios manda

a veces me parece que el chapín ése es muy curioso siempre haciendo preguntas como si yo tuviera la obligación de contarle mi vida además de limpiar su casa pero él es buena gente y yo le cuento todo bueno todo no que nunca dije nada de lo que me pasó en la frontera con el coyote cabrón sólo le dije que el coyote que nos pasó era mala persona eso fue todo así que lo que le cuento es lo que paso pa sacar adelante a mis chamacos y pa aprender a vivir en esta tierra donde todo es tan diferente que a veces pienso que si supiera que todo iba a ser como es pos a lo mejor yo no hubiera venido y me hubiera quedado en la paz que con todos sus problemas es mi tierra y es mi gente no como aquí donde todo es tan diferente que a veces no entiendo lo que nos pasó a mí y a mis hijos

lo que le pasó a mi césar es bien claro la familia cristensen se ha
quedado con él sin que yo dijera nada porque todo era pal bien del
muchacho y en esto creo que hice bien porque hay que ver lo fuerte y
guapo que está y bien comido y vestido que da gusto verlo y además
hasta lo mandaron a la universidad que si se hubiera quedado conmigo de universidad nada que él hubiera terminado trabajando en la
construcción como los hijos de mi vecina bueno no como todos ellos
que los dos mayores no trabajan y andan metidos en pandillas y en la
droga y uno de estos días van a terminar en la cárcel de eso estoy segura o peor aún los van a balacear en la calle que aquí todos andan armados y se matan unos a otros por cualquier babosada

mi césar no él está bien lejos de todo esto allá en un barrio muy
bonito que se llama pacific jais y cuando no está allí es que está en la
universidad estudiando no sé qué que tiene que ver con los periódicos
y con la televisión que en eso de listo salió a su padre

mi esperancita en cambio no salió tan buena como él yo no quiero decir que me haya salido mala pero no sé qué hay en esta tierra que
hace que los chamacos que traemos dóciles y obedientes se nos cambian en unos cuanto años y se hagan contestones y desobedientes

ella no ha ido a colegios buenos como su hermano pero la metí
en la escuela de aquí que se llama misión jai ésa que está al lado de un
parque muy bonito que se llama dolores y al principio todo iba mal
porque ella no hablaba inglés pero poco a poco lo fue aprendiendo en
una clase en la que hablaban mitad español y mitad inglés y ella estaba
muy contenta porque como había venido bien enseñada en la escuela
de la paz y sobre todo por su padre pos resultó que sabía más que las
muchachas de su edad pero luego resultó que eso de saber más que las
otras no les gustaba a las que ya hablan puritito inglés porque nacieron aquí y la insultaban y la llamaban mojada mira tú como si las otras
muchachas mexicanas de la escuela no fueran ellas hijas de mojados
pero así es la gente y entonces poco a poco mi esperancita fue cambiando como si quisiera hacerse maleducada como las muchachas de
aquí y la hija obediente que yo traje de méxico se me fue haciendo res-
pondona y yo ya no sabía que hacer pa que me obedeciera

lo peor es que cuando se fue haciendo mayorcita como es muy guapa pronto empezó a tener novios y yo de los muchachos de aquí no me fío porque aquí en el barrio donde vivo veo cada historia que es como pa preocupar a cualquier madre y se me encabronó un día cuando le dije que no iba a andar entrando y saliendo cuando le diera la gana y con unos muchachos que a mí no me caían nada bien y sobre todo uno que vino de oaxaca que nadie sabe de qué vive yo creo que de vender droga y que es varios años mayor que ella que aunque ya parece toda una mujer pa mí sigue siendo una niña bien es verdad que muy diferente de mi niña de la paz

tan mal me parecía que anduviera metida con ese oaxaqueño que un día le prohibí salir con él porque él la iba a desgraciar y ella iba a terminar como una perdida

si me hago una perdida tengo a quien salir me dijo y se fue dando un portazo que fue como una puñalada en mi corazón y desde entonces siempre hizo lo que le dio la gana y entraba y salía sin pedirme permiso ni decirme a dónde iba ni con quién

cómo me dolió que mi propia hija me llamara perdida yo que en toda mi vida sólo he estado con un hombre su padre y si ahora tengo a mi ramón que aunque no vive conmigo viene de vez en cuando y se queda aquí toda la noche es porque yo ya no aguantaba estar tan sola en esta tierra que no es mi tierra entre una gente que no es mi gente y es natural porque todavía soy joven y una mujer necesita un hombre que la abrace de noche y que la haga sentirse protegida y ramón es bueno conmigo y con esperancita también que bien cariñoso que es con ella y la quiere como si de su mismísima hija se tratara

lo que lloré aquel día guadalupana mía que me salían las lágrimas a chorros y allí estuve yo sola en la casa sin tener con quien llorar ni a quien contarle mis penas que eran muchas y entonces me fui a la calle cap a la casa de mi vecina que era la única persona con quien podía hablar que somos amigas desde hace mucho tiempo cuando vivíamos las dos allá en la paz

IX

La calle Capp

Algunos días tengo ganas de tirar la toalla, dejar este periodicucho donde trabajo, marcharme del barrio de la Misión y volver al ambiente en el que nací y en el que me crié, a la vida burguesa de mis padres y de los amigos de mis padres, lejos de la mugre de estas calles donde los pandilleros se matan unos a otros por tontadas como los colores de su ropa o el andar por esta calle sí por ésta no que tú eres sureño y éste es territorio norteño y bam, bam, bam, un muchacho más muerto estúpidamente en una esquina cualquiera.

–Vete al número tal y cual de la calle Capp, que ha habido una balacera.

–Pero si eso fue ayer, y ya tengo escrito algo para el próximo número.

–Ésta es otra, macho, que aquí balaceras no faltan.

Y allí me fui con desgana pensando en un amigo de mis padres, un nicaragüense ricachón que dice que las balaceras del barrio son buenas.

–A ver si esos pandilleros limpian la ciudad matándose unos a otros, pobretería mugrosa que no hace más que dar mala fama a la gente hispana.

Y se sirve otro whisky muy satisfecho de su profundo análisis sociológico.

–La cuestión no es tan sencilla– le dice mi padre haciendo tintinear el hielo de su *gin and tonic*.

A mi progenitor todavía le quedan resabios de su pasado izquierdismo populista, aunque aquí viva en un barrio de la clase media más bien alta, con sirvienta salvadoreña y jardinero mexicano, ilegales los dos, naturalmente.

Cuando llegué a la dirección que me habían dado en el periódico vi varios carros de la patrulla, con sus parpadeantes luces rojas y azules, y unos cuantos curiosos, no muchos, que aquí la violencia callejera no atrae demasiado público, no vaya a ser que la policía o los de la televisión se pongan a hacer preguntas impertinentes, o que luego te hagan aparecer ante un juez como testigo de lo sucedido.

La ambulancia ya se había llevado a la víctima, un muchacho mexicano a quien otros muchachos mexicanos como él le habían agujereado el cuerpo en varios lugares. La solidaridad étnica no funciona muy bien, que digamos, en ciertos casos.

Como buen periodista que soy yo conozco a mucha gente que me puede ayudar en mi trabajo, policías, por ejemplo, y pronto vi a dos de mis amigos uniformados.

–*It's a shame. Another young man killed, God knows for what reason. Gang territory, I guess, or a drug deal gone sour, or just some nonsense like the color of his T-shirt.*

Mi amigo el sargento es un americano de origen polaco, un anglo para los latinos del barrio, y se siente frustrado ante la frecuencia de casos como el que ahora tiene en sus manos, casos en los que incluso los familiares de las víctimas no quieren hablar, ilegales encerrados en su ancestral desconfianza y temor a todo lo que signifique autoridad. Lo que a mi amigo el sargento le gustaría es dejar su trabajo y marcharse a vivir en las afueras, en un buen American suburb con casitas con jardín y calles desiertas. Y sin latinos ni negros, claro está.

Entre la gente que se había agrupado en la calle, pero algo alejada de los patrulleros, vi a Esperanza, la asistenta que me limpia la casa, una mexicana a quien yo algunos días le tiro de la lengua para que me cuente su vida.

–Deje lo que está haciendo, Esperanza. Siéntese aquí a tomar un café conmigo y platíqueme esas historias tan interesantes que usted sabe contar tan bien.

–Ay, señor, que queda mucho por hacer, que usted es muy desordenado y mire como está su casa.

Sospecho que Esperanza piensa que yo soy un poco raro. Viene a limpiar mi casa una vez por semana, por cuatro horas, pero muchos días de las cuatro horas una buena parte se va en conversación, sentados los dos alrededor de la mesa de la cocina. Esa mujer tiene una habilidad especial para contar historias, no sé si verdaderas o no, de su vida en México y aquí en San Francisco. Un día puse sobre la mesa una grabadora, pero al verla ella se cerró.

–Ay, siempre no, señor, que a mí esas maquinitas no me gustan.

A los ilegales no les gusta dejar rastro de su paso, de su presencia, de sus palabras. Con pena guardé la grabadora y me quedé con las ganas de captar en cinta magnetofónica la viveza de los cuentos de Esperanza. Tengo que confiarlos a la memoria, y luego, cuando ella ya se ha ido, tomo notas de lo que me dijo, materiales para esa gran novela que algún día escribiré, aunque me temo que mi prosa nunca será capaz de reflejar la vivacidad narrativa de mi asistenta.

Me sorprendió la coincidencia de encontrarme con ella en aquella triste, y frecuente, escena callejera.

–¿Qué hace usted por aquí, Esperanza?

–Pos nada, que vine a ver a mi vecina de La Paz, y al llegar me encontré con todo esto que usted ve: patrulleros, mirones y la ambulancia que ya se fue con el difunto.

–¿No vio la balacera?

–Ay, no, yo no vi nada. Cuando llegué ya estaba aquí la policía, y el muerto estaba en el suelo, ahí en la banqueta, cubierto con una manta. Yo no quise acercarme, que lo mejor es no meterse en nada de eso, y aquí me puse, un tantito lejos, esperando que se vayan todos para subir a donde mi vecina.

–Si el muchacho muerto es de esta calle, a lo mejor su vecina sabe quién es.

Debo confesar que lo único que me interesaba de todo el asunto era encontrar alguna información que me sirviera para lo que iba a tener que escribir.

–Vaya usted a saber. Sus hijos conocen a muchos muchachos de su edad, y como dos de ellos andan metidos en lo que no deben, pos a lo mejor conocen al difunto.

–¿Andan en la droga?

La cara de Esperanza se cerró ante mi pregunta. Posiblemente pensó que había hablado demasiado y me miró sin responder. Me pareció ver en sus ojos la desconfianza del indígena cuando un extraño quiere entrar en su mundo, sobre todo cuando el extraño es periodista.

–Esperanza, –le dije conciliador– ya sabe usted que yo no trabajo para la policía ni para la migra. Trabajo para un periódico, y a veces tengo que hacer muchas preguntas, quizá demasiadas, por eso le pregunté si los muchachos de su vecina andan en la droga. Yo no ando con chismes, y por mí esos muchachos pueden andar metidos en lo que les dé la gana, pero si consigo hablar con ellos, a lo mejor eso ayuda a descubrir quién mató al difunto que se llevó la ambulancia.

Los carros de la patrulla pasaron a nuestro lado y se fueron calle abajo, camino de la comisaría en la calle Valencia. Los pocos curiosos que había desaparecieron también, y la calle volvió a quedar tranquila. Una mancha de sangre en la banqueta era el único rastro de lo sucedido, y un camión de los bomberos llegó al poco rato y la limpió con su manguera.

–¿Puedo subir con usted a la casa de su amiga?

Esperanza vaciló. Me imagino que no quería ofenderme con su desconfianza.

–Es que yo vine a ver a mi amiga para hablarle de mis cosas.

–Yo no quiero ser metiche, Esperanza. Sólo quisiera hablar con los hijos de su amiga, si están en casa, o con su mamá. Un momentito nada más, y luego luego me voy y las dejo a ustedes para que hablen de lo que tienen que hablar. Es un favor que le pido, Esperanza.

La cortina de recelo que cubría la cara de Esperanza pareció abrirse un poco, y el que yo le pidiera un favor le hizo asentir. Yo siempre la había tratado muy bien, y en cierto modo ella me debía favores a mí.

–Bueno, vamos.

Su amiga vivía en el tercer piso de una casa que había visto mejores tiempos. La puerta del piso de la amiga de Esperanza estaba abierta, y otros vecinos de la casa entraban y salían con caras muy serias. Al acercarnos a la puerta oí los primeros sollozos. Yo seguía a Esperanza, y cuando entramos en el piso su amiga se levantó y se le abrazó llorando.

—Ay, Esperanza, que me mataron a mi Quique, que me lo balacearon ahí mismo en la banqueta, delante de la casa. Mijito, que aunque andaba en malas compañías era un buen muchacho, tú lo sabes bien.

Las dos mujeres se sentaron en un deshilachado sofá. Yo me quedé de pie, sin saber exactamente qué hacer en aquella escena de tragedia familiar, tragedia, por lo demás, representada con demasiada frecuencia en el teatro del barrio de la Misión. Me sentí incómodo y, al mismo tiempo, cínicamente decepcionado pues me di cuenta de que ninguno de los hijos, los que yo esperaba que fueran mi fuente de información, estaba allí. Uno de ellos, y me avergoncé al pensarlo, no estaba en casa por razones de peso. El peso de unas balas. La amiga de Esperanza me vio, y antes de que pudiera preguntarme quién era, Esperanza se adelantó a explicarle.

—Es mi patrón, bueno, uno de ellos. Yo le limpio la casa. Es buena gente. Subió conmigo porque trabaja en un periódico, y dice que a lo mejor tú o tus hijos le pueden ayudar a descubrir quién mató a Quique.

—¿Es de la policía?

—No, mujer, ya te he dicho que trabaja en un periódico, y si él llega a saber algo se lo dice a la policía, y así pueden arrestar al asesino.

La madre del muerto me miró un buen rato sin decir nada. Empezó a llorar otra vez y se abrazó de nuevo a su amiga.

—Dile que se vaya, Esperanza, que yo pa qué quiero hablar con él, si aunque descubran quien mató a mi hijo eso no me lo va a traer a casa otra vez. Mijo, que era tan bueno cuando vivíamos en La Paz. Pa qué vinimos aquí, Esperanza, que si yo supiera que mis hijos se iban a malear como se malearon mejor nos quedábamos en La Paz, aunque fuéramos pobres. Mejor ser pobres allá que ver como se nos cambian, que antes bien buen muchacho que era y aquí, ya ves como acabó, metido en pandillas, cargando arma, metido en la droga, él, mi Quique del alma, que al final yo ya no sabía si era mijo o no, que no me obedecía, que cada vez que salía de casa yo nunca sabía si iba a volver vivo o no, y ahora bien muerto que está, baleado delante de su casa, quién sabe por quién.

Abrazada a Esperanza, lloró en silencio. Aquella mujer, después de haber dicho que no quería hablar conmigo de la muerte de su hijo, acababa de decirme todo lo que yo necesitaba para un buen artículo sobre cómo cambian las familias de los inmigrantes. Sin saberlo, aquella pobre mujer sin instrucción había hecho todo un análisis de la desintegración de su familia. Por escapar de la pobreza salió de su tierra, de su gente, de sus raíces, y aunque encontró una modestísima prosperidad pagó un precio muy alto: la destrucción de una estructura familiar que había funcionado, mejor o peor, por muchas generaciones.

Me despedí con unas frases que yo deseaba fueran consoladoras, pero que, debo confesar, me sonaron vacías y egoístas. Yo había conseguido lo que quería, material para un artículo, y ahora me marchaba con mi botín, escaleras abajo, dejando a aquella pobre mujer abrazada a su amiga, llorando desconsoladamente por un hijo que se le había ido de las manos en las calles del barrio de la Misión, como a tantas otras madres que, igual que ella, habían salido de la pobreza de su tierra para caer en la trampa devoradora de la tierra de promisión.

En la redacción del periódico la recepcionista me dio dos mensajes, uno de mi madre –Ven a cenar con nosotros –y otro de César, el joven español de Berkeley– Voy a estar en San Francisco hoy por la tarde. ¿Podríamos cenar juntos?

El dilema tuvo fácil solución. Llamé a mi madre para decirle que iba a llevar a un amigo.

–¿Qué clase de amigo?

–Es un muchacho perfectamente presentable, mamá. Es español y está estudiando en Berkeley. Ya verás, te gustará.

–Bueno, si es español y está estudiando aquí será de buena familia, me imagino.

Mi madre tiene sus particulares ideas sobre la geografía de las clases sociales. No pude resistir la tentación de jugar un poco con sus prejuicios y su clasismo.

–¿De buena familia? Y de tan buena, mamá. Es un Alvarado, pariente del mismísimo Alvarado que ...

–¿Del conquistador? –me interrumpió– ¡Ay, hijo, tráetelo enseguida!

Así reaccionó mi madre, la esposa del ex-reformador agrario a quien corrieron de su país por rojo hace ya una tira de años.

Luego llamé a César para decirle que estaba invitado a cenar en la casa de mis padres.

—Ven a la redacción del periódico e iremos los dos juntos desde aquí.

Una cena en mi ambiente burguesamente elegantón era lo que yo necesitaba después de lo que había visto en la calle Capp.

César apareció vestido de punta en blanco y con un ramo de flores en la mano. Verdaderamente, el muchacho estaba guapetón con chaqueta y corbata. Mi madre, siempre muy crítica con "esos amigos tuyos, que no sé donde los encuentras", iba a quedar impresionada.

—¡Hombre, César, que estás en California! No hacía falta que te vistieras así.

—Si quieres me descorbato. A mí, en realidad, este ridículo trapo atado alrededor del cuello me parece absurdo. Me lo puse porque es la primera vez que voy a casa de tus padres, y por lo que me has contado son bastante etiqueteros.

— No, hombre, no. Ya que te has vestido como un príncipe, quédate así. A mi madre le encantará. Además, le dije que eres un Alvarado y te va a recibir con veinte salvas de honor.

César se echó a reír.

—Y tu padre me recibirá a cañonazos, pero de los de tirar a dar.

—¡Uy! No creas. Mi viejo, el gran populista amigo de los campesinos sin tierras, ha cambiado mucho. Además, en la vida hay muchas contradicciones. Piensa por un momento. Mi viejo sale corriendo de Guatemala para escapar de un golpe militar organizado por la CIA, y ¿dónde se refugia? En los mismísimos Estados Unidos. Y como cereza encima del pastel, aquí se hace rico. Le quedan resabios izquierdistas, pero en el fondo es un burgués.

—Como tú.

—Y como tú, amiguito, nieto de republicano exiliado en México. Bueno, vámonos ya. A mi madre la vas a dejar encantada. A ella le gusta mucho que los muchachos guapitos como tú sean unos perfectos cab▪

lleros. Ya verás, te va a decir "¡Pero que amable es usted, joven! ¡Y qué bonitas flores! Es usted un muchacho muy fino, no como tantos jóvenes de ahora que no tienen modales. Se ve que es usted de buena familia".

Mi madre da mucha importancia a los buenos modales, es decir, da mucha importancia a las clases sociales. A veces me pregunto que habrá pensado de su marido cuando mi padre y Arbenz y unos cuantos idealistas querían que Guatemala fuera un país más justo. Verdaderamente, mi madre es una buena esposa. Los devaneos izquierdistas de mi padre le habían costado tener que abandonar todo lo que era importante para ella: su ambiente familiar, su posición social, su ciudad, su país, y se fue al destierro con su marido sin una queja. Que yo recuerde, nunca le oí reprocharle a mi padre el haberlo perdido todo a causa de su ideas. Claro está que eso de haberlo perdido todo es muy relativo. Fue verdad al comienzo de su destierro, pero bien que les ha ido en California, y aunque la casa que tienen en un buen barrio de San Francisco no se puede comparar, según ella, con el hermoso caserón colonial en el que vivían en Antigua, no por eso deja de ser una magnífica casa que muchos habitantes de San Francisco querrían para sí. Además, ha pasado mucho tiempo, y me imagino que hubieran podido regresar a Guatemala si de verdad quisieran hacerlo.

La entrada de César fue todo un éxito, como si quien llegara a la casa fuera el mismísimo Príncipe de Asturias. La empleada nos abrió la puerta y yo pasé a la sala seguido por el florecido y rubicundo César. Lo presenté con todas las fórmulas de la etiqueta que tanto gustan a mi madre, y cuando César se le acercó, le besó la mano y le entregó las flores, creí que mi progenitora se iba a desmayar de emoción.

–¡Muchas gracias, joven! ¡Qué flores tan bonitas! ¡Ay, pero qué fino! No hay muchos jóvenes como usted hoy en día, desgraciadamente.

César me miró y yo le hice un discreto guiño. Mi madre dijo lo que yo había profetizado, casi con las mismas palabras.

Mi padre se levantó y le dio a César un buen apretón de manos.

–Bienvenido a esta casa. Ya era hora de que nuestro hijo nos trajera un amigo como Dios manda. ¿Qué quiere usted beber? ¿Whisky? ¿Gin and tonic?

–Whisky con agua, por favor.

Mi padre fue al mueble bar, volvió con el whisky en un vaso de cristal tallado y se lo dio a César. Me hizo gracia que, en la escena que yo me había imaginado de antemano, quien tenía que decir aquello de que ya era hora de que nos trajeras una amigo como Dios manda era mi madre. Si aquel momento fuera el del ensayo de una obra de teatro, y yo fuera el director, les habría dicho a mis actores que se les habían confundido los papeles. Era ella quien tenía que decirlo, no él. Claro que, a lo mejor, mi ex-revolucionario padre había adquirido algunos de los prejuicios de su señora esposa, que todo es posible en esta vida.

Sobre una mesa había un hermoso florero de cristal. Mi madre se levantó y fue a la cocina para llenarlo de agua y también para echar un vistazo a los preparativos de la cena. Aunque la empleada la ayuda, quien cocina es mi madre, y lo hace muy bien.

Cuando volvió a la sala, las flores de César llenaban el florero, que mi madre colocó donde mejor se lo podía ver.

–Gracias otra vez, joven. ¡Pero qué bonitas están!

Sonó el timbre de la puerta y al poco rato entraron en la sala unos amigos de mis padres, un matrimonio nicaragüense que vive aquí desde que los sandinistas les ocuparon sus tierras y su magnífico caserón de Matagalpa. Es decir, ese señor, Don Ramón Iziagarray, sonoro apellido vasco, en otros tiempos habría sido enemigo acérrimo de mi padre, pero aquí están ahora, muy amiguetes los dos, unidos por una amistad que, me parece, tiene profundos lazos de negocios internacionales compartidos.

Mi madre les presentó a César.

–Es un amigo español de Roberto. Está estudiando en Berkeley y es un Alvarado, de la familia del conquistador– dijo con gran orgullo.

Los dos nicaragüenses lo miraron con admiración. El pobre muchacho sonrió tímidamente. Me pareció que se sentía incómodo, y lamenté haber caído en la tentación de divertirme sacando a la superficie el snobismo de mi querida mamá. Ella, por su parte, estaba disfrutando por todo lo alto. Se dirigió a César.

–Joven, cómo se nota que es usted un Alvarado. Si hasta se parece al retrato del conquistador que hay en las vidrieras del Palacio Nacional de Guatemala.

¡Oh, no! Esto ya era demasiado. Como dicen los franceses, *"La réalité dépasse la fiction"*. Hace unos meses, cuando conseguí vencer mi natural pereza y escribí un cuento, me inspiré en César para crear el personaje de un joven español, de apellido Alvarado, que va a Guatemala. Como es rubio y un Alvarado, las grandes familias de la capital lo reciben a bombo y platillo, y yo puse en boca de alguien de ese grupo exactamente las mismas palabras que acababa de decir mi madre. Yo debo tener algo de adivino, o simplemente se trata de que conozco muy bien a mi gente, con todos sus complejitos y prejuicios de clase. Verdaderamente, yo debiera hacerme sociólogo.

Ya sentados a la mesa, la conversación derivó, inevitablemente, por los caminos de siempre: Qué noticias tienen ustedes de Nicaragua, qué noticias tienen ustedes de Guatemala, qué pasa con la guerrilla, qué pasa con las propiedades confiscadas, que cuándo se las van a devolver, que quién va a salir elegido presidente, que qué dicen los militares, qué que dice el *New York Times...*

César casi no participaba en la conversación, pero era todo oídos. Para él la charla de mis padres y de sus amigos era todo un curso de sociología y de historia.

–Dime, Ramón –le preguntó mi padre a su amigo– ¿te van a devolver las propiedades, sí o no?

Don Ramón suspiró pensando en su hermosa casa, convertida en escuela por los sandinstas.

–Yo creo que sí, en cuanto consiga que el nuevo gobierno eche a la calle a toda esa indiada mugrosa que la ocupa.

Indiada mugrosa. ¡Vaya por Dios! Otras palabras robadas de mi cuento. Verdaderamente, parecía como si lo hubieran leído y me estuvieran plagiando. Definitivamente, el francés que inventó la frasecita ésa de *"La réalité..."* etc tenía toda la razón.

–Ya he conseguido que me devuelvan algunas tierras, pero lo de la casa es algo más difícil. Y quién sabe en qué estado la encontraremos cuando volvamos a ella.

–Me imagino que estará toda desbaratada –dijo Doña Elvira, su esposa–. Cuando mi hermana y su marido volvieron a su casa de Managua, la encontraron muy bien. Ellos tuvieron suerte, porque quien la ocupó fue la familia de un jefazo sandinista. En la época de Somoza el jefazo ése y su familia eran unos muertos de hambre, medio indios, claro, y estoy segura de que nunca en su vida habían vivido en una casa tan buena.

–Nosotros no tenemos ese problema –dijo mi madre–. La familia se quedó con la casa, y allí la encontraremos cuando volvamos... si es que volvemos –añadió después de un breve silencio.

El eterno dilema, el mil veces repetido tema de conversación, la archimanoseada cuestión del posible regreso, los pensamientos regurgitados y vueltos a tragar. Las reuniones de mis padres y de sus amigos siempren terminaban en lo mismo.

–Es difícil volver–dijo mi padre–. Los negocios, los hijos...

Doña Elvira asintió.

–Nuestros hijos no quieren ni oír hablar de Matagalpa. El mayor está en Miami, y dice que no volverá a Matagalpa ni atado, y mi hija Elvirita se casó con un gringo, bueno, con un americano, y yo creo que hasta se le está olvidando el español. Mi nieto ni lo habla ni lo entiende.

Luego se volvió hacia mí.

–Y tú, Roberto, ¿querrías volver a vivir en Guatemala?

Yo creo que a la buena de Doña Elvira le falla la memoria. Me ha hecho esa pregunta no sé cuántas veces.

–Yo no puedo volver a vivir en Guatemala, por la sencilla razón de que nunca he vivido allí. Ahora, volver a visitarla de vez en cuando, como he hecho varios años, sí. Me parece un país muy bonito.

–Hablas de tu país como un turista.

–No es mi país, Elvira. Yo nací aquí.

Se produjo un embarazoso silencio. Sin quererlo, sin darme cuenta, con las cuatro palabras de "no es mi país" yo les había resumido a mis padres y a sus amigos todo el complejo fenómeno que los separaba de sus propios hijos.

Mi padre se sonrió con picardía.

–Como ven ustedes, mi hijo Roberto es un gringo completo.

–¿Gringo yo? Ni hablar, yo soy... –y me quedé callado, sin saber cómo terminar la frase.

Mi padre me miraba con ironía.

–Touché –le dije sonriendo.

El asintió con un gesto de la cabeza.

Mi madre decidió cambiar de tema. Se volvió hacia César con una gran sonrisa.

–Dígame, joven, ¿qué estudia usted en Berkeley?

–Latin Americam Studies –contestó con el nombre inglés del programa–. Un poco de todo: Historia, Geografía, Ciencias Políticas, Literatura...

–Pero todo eso se podría estudiar en la Madre Patria, ¿no?

–Más o menos, pero tenía ganas de viajar un poco, y el estudiar aquí fue un buen pretexto para venir a California.

Por lo que César me había contado en otras ocasiones, yo sabía perfectamente que la cuestión era mucho más compleja, pero no dije nada. No era aquél ni el momento ni el lugar para hablar de los problemas de mi amigo. Lo que sí noté fue lo bien educadito que está. Cuando mi madre dijo "la Madre Patria", César ni sonrió ni hizo comentario alguno. Yo recordé como, por el contrario, cuando hace ya algún tiempo yo usé esa expresión, César se había echado a reír. –En España –me dijo– ya nadie usa eso de "la Madre Patria". Nos suena paternalista, algo así como si estuviéramos por encima de los países que allá llamamos "los países hermanos".

Si César era tan cortés que no quería corregir a mi madre, decidí hacerlo yo.

–Mamá, al parecer en España no usan eso de "Madre Patria".

–¿Es que rechazan a sus hijos?

–No, no, no es eso –se apresuró a intervenir César–. Es que a los países iberoamericanos los vemos más como hermanos que como hijos.

–Pues me parece muy mal –sentenció mamá–. Una madre es una madre para siempre. Para mí, España siempre será la Madre Patria, la que nos trajo la civilización, la religión, el idioma ... vamos, todo.

Yo pensé en algunos conocidos del barrio de la Misión que para referirse a España siempre decían "la Madre Puta", pero no quise iniciar una discusión con mi madre. Ella tiene sus ideas, pero es una buenaza. A veces me pregunto por qué mi padre no sólo se casó con ella, sino cómo consiguió mantener un largo y feliz matrimonio, a pesar de sus diferencias. Me imagino que, por lo menos, alguna discrepancia habrán tenido en sus años de reformador agrario, allá por los tiempos de Arbenz, antes de que yo naciera. Después de todo, mi madre era de una familia de terratenientes pero, al parecer, mis padres supieron matenener una buena distancia entre la política y la vida familiar. *Good for them.*

–César piensa ir a México durante sus próximas vacaciones– dije por cambiar de tema.

–Y también a América Central –añadió él.

Los cuatro mayores comenzaron a hacerle sugerencias, hablando todos a la vez. Inmediatamente, a la vez también se callaron todos ante la falta de cortesía de quitarse la palabra unos a otros. Buenos modales ante todo, y hacer cola para hablar.

–Cuando vaya a Guatemala, dígamelo, y yo le daré la dirección de varios familiares que viven allí. Son gente muy buena, y muy bien situada. Y qué bien lo van a recibir. Un Alvarado, nada menos.

–Cuando vaya a Nicaragua, vaya a visitar a mi hermana. Lo recibirá muy bien, ya verá.

–Cuando vaya a Matagalpa, vaya a ver cómo está mi casa, hecha un desastre, me imagino.

–Cuando vaya a Antigua, no deje de visitar a mi hermana, que vive en nuestra casa.

–Cuando vaya a...

–Cuando vaya a...

–Cuando vaya a...

En un santiamén le hicieron un programa completo para su futuro y todavía problemático viaje. César sonreía y daba las gracias ante cada propuesta, como si fuera capaz de recordarlas todas bien archivaditas en su memoria.

Terminada la cena, después de corteses despedidas y frases de agradecimiento, y después de repetidas invitaciones a César para que volviera por aquella casa cuando quisiera, nos metimos en mi coche. César no decía nada, como si estuviera digiriendo la experiencia de su visita a la casa de mis padres, a la casa de unos buenos burgueses latinos que viven no a unas millas del barrio de la Misión, sino a años luz de distancia del barrio que yo conocía tan bien.

–Me parece que tú y yo tenemos algo en común– dijo César después de un rato de silencio.

Me imaginé lo que quería decir.

–Sí, bato. Ni tú ni yo sabemos a qué carajo de clase social pertenecemos.

X

El cuento de la Esperanza

(Se me fue la Esperanza, no la esperanza con minúscula, que siempre requiere preguntar ¿esperanza de qué?, sino la otra, la más importante para el buen orden de mi casa, la Esperanza que mantenía limpio y ordenado mi apartamento de soltero. Se me fue la Esperanza harta de San Francisco donde, según ella, nunca nada bueno le había sucedido. Luego se corrigió y me echó un piropo al que siguió lo que podría llamar un resumen de su vida en California: "Bueno, usted ha sido muy buena gente conmigo, pero en todo lo demás, ya ve usted. Mi hijo César ya casi no lo veo, hecho un gringo, aunque me alegro que haya salido de la pobreza, que es lo único que yo podía darle. Y mi Esperancita, vaya usted a saber por donde anda. No sé nada de ella desde que se me fue de casa con el sinvergüenza ése, borracho y marijuano. Creo que se ha ido con él a Oaxaca, bueno, por lo menos estará en México, que es su tierra, y no en esta California del demonio que se tragó a mis hijos". A pesar de esta diatriba contra California, en ella va a seguir Esperanza, con demonio o sin él, pues su salida de San Francisco no significa que ella, como su hija, se vuelva también a México. No, mi Esperanza con mayúscula se va a Fresno, ahí en el Valle Central, donde estoy seguro que sus calurosos veranos le recordarán los calores de La Paz. Se va a Fresno arrastrada, me parece, por su esposo, o amante o lo que sea, ese nicaragüense de quien sólo sé lo muy poco que ella ha querido contarme. Me ha dicho, simplemente, que él tenía amigos allí que le iban a dar un buen traba-

137

jo, un buen jale, como ella dice, y que ella también se las arreglaría para encontrar casas que limpiar, que ésas nunca faltan. Voy a echarla de menos. Me he acostumbrado a tener limpia la casa y bien planchadas las camisas y, sobre todo, me he acostumbrado a escucharle contar su vida, o lo que ella quería contarme de su vida. Si lo que me decía era verdad o fantasía no lo sabré nunca. En realidad, ¿qué sé yo de ella? Sé que en La Paz vivió con un español que luego la abandonó, que tuvo dos hijos, que un coyote la ayudó a pasar la frontera y que aquí sus dos hijos se le fueron de entre las manos como si su familia estuviera hecha de agua. ¡Ah! También sé que se casó, o se juntó, con un nicaragüense, el que ahora se la lleva a Fresno, y esto es todo. No es mucho, que digamos, pero como ahora me ha entrado el hormiguillo de escribir cuentos, decidí adornar y alargar lo que me contó, imaginándome escenas que quizá nunca hayan ocurrido o que, si ocurrieron, ella no haya querido contarme. La historia de cómo pasó la frontera, por ejemplo. Cuando me contó ese episodio de su vida, mi fino olfato me dio a entender que ella no me estaba contando toda la verdad. No sé por qué lo digo, pero me pareció ver en su cara un incontrolado gesto de odio hacia el hombre que la ayudó a pasar, el coyote que quizá más que coyote fue lobo. Si bien es verdad que *"la réalité dépasse la fiction"*, también es cierto que la ficción puede cambiar la realidad, amañarla y pegarle añadidos, y esto es lo que yo hice cuando me puse a escribir el cuento de Esperanza. Esto de escribir es como lo de comer y rascar, que una vez comenzado no se deja fácilmente. Mi amistad con César, el estudiante de Berkeley, me dio un vago y ligero hilo con el que yo, araña literaria, tejí toda una red de intuiciones, verdades y patrañas. Si algún día César leyera ese cuento, podría admirarme por mi perspicacia, reírse de mis falsas deducciones, o incomodarse conmigo por poner a su familia, sobre todo a su abuela, en la picota reservada para los reaccionarios más obscurantistas. Pero no lo leerá, espero, pues aunque ahora le he agarrado gusto a esto de escribir, sé que nunca publicaré estos cuentos que escribo porque sí, porque me divierte, porque me entretiene jugar con las vidas de otras gentes, y esto de jugar con sus vidas no quiere decir que los ponga en peligro. No, es un juego inocente y gratuito que me satisface a mí y que no hace daño a nadie. Si algún día publico estos escarceos literarios, entonces sí que tendré que cambiar los nombres de sus personajes. De momento los dejo tal como son en la realidad, porque así me parecen más vivos. No son invento mío, son gentes a las que conozco y a las que yo, como un dios juguetón, les hago decir lo que yo quiero que digan, vivir lo que yo quiero que vivan, reír y llorar cuando yo quiero que rían y lloren. Es decir, este periodista de tres al cuarto que yo soy se convierte en un creador, en un Creador).

EL CUENTO DE MI ESPERANZA

Sí, Esperanza, yo soy el narrador de tus tristes secretos. Sí, yo he podido seguirte con los ojos cerrados desde La Paz a Tijuana, y luego al Norte. Tú pasaste esa frontera, tú te arrastraste con tus dos hijos por debajo de esa cerca-colador que ni separa ni une, que es simplemente un molesto obstáculo para los miles que cada día, cual olímpicos escaladores de metálicas montañas o abridores de zanjas entre el metal y la arena, saltan con la agilidad de la gacela o se arrastran como jaguares cazadores sobre vientres que han conocido el hambre, entran a gatas en la tierra de leche y miel guiados por coyotes que, cual mercenarios perros pastores, llevan a su rebaño al aprisco de la tierra donde dicen que hay trabajo para todos, donde ganas en dólares en una hora lo que en México ganarías en un día, donde en poco tiempo puedes comprarte un carrito de segunda, tercera o cuarta mano para luego volver orgullosamente a pasearlo ante tus antiguos vecinos, manejarlo por polvorientos caminos entre las rocas y cactus del norte o por los húmedos y verdes senderos del monte del tropical sur.

Tú pasaste para reunirte con tu vecina y su marido, pasaste con tu César y tu Esperancita, los dos chamacos agarrados temerosos a tu rebozo, arrastrándose luego bajo la alambrada teniendo los tres como guía las suelas de las botas del coyote que, después de haceros correr en la obscuridad hasta esconderos entre unas rocas y arbustos en espera del cómplice coche que os llevaría a Los Angeles, hizo más amena para él la larga y tediosa espera violándote en silencio al lado de tus dos hijos dormidos, a quienes tú no despertaste ni con tus gritos contenidos ni con tu desconsolado y callado llanto, por miedo a que el violador se convirtiera en asesino de tu muchachito y de su hermana. Penetrada penetraste en la tierra que tú esperabas te liberaría del abandono y de la pobreza, mal comienzo, Esperanza, del viaje que terminaría en la disgregación de tu familia, en la separación de los hermanos, César en los Estados Unidos y Esperanza, heredera de tu belleza tarasca, casada con otro ilegal como tú y como ella, y vuelta con él a México, a la lejana Oaxaca, ¿o fue Chiapas? harto, decía él, de sufrir humillaciones en la California de los anglos, que para vosotros todos los norteamericanos blancos son anglos, aunque sean descendientes de polacos o griegos, alemanes o suecos.

En medio de todo tuviste suerte, pues pronto empezaste a trabajar limpiando casas en San Francisco, cuando otros ilegales como tú se consideran felices si encuentran un trabajo, cualquier trabajo, en los campos de alcachofas de Castroville, en los algodonales del Valle Central, en los plantíos de lechugas o fresas de Salinas, en los viñedos de Napa o de Sonoma, de San Martin o Monterrey, y se quedan en los campos viviendo en infectas barracas sin agua ni luz, vagando por los estados del Oeste, viajando con otros migratorios como ellos en coches renqueantes, guiados por el calendario de las cosechas, la fresa primaveral, las manzanas de Oregón, las uvas del otoño, llevando con-

sigo a sus hijos que pronto empiezan a ayudar en los surcos, que pronto aprenden a decir yes, sir, es muy importante saber decir yes, sir, que
quien manda, manda.

Algunos días, cuando volvías cansada a tu modestísima habitación en la que vivías con tus dos hijos, te preguntabas si habías hecho
bien en echar de tu casa, aquel quince de septiembre, al español a
quien llamaste gachupín de la chingada, al que por tantos años, ya no
te acordabas cuántos, había sido tu hombre, tu macho, ya que no tu
marido y, (allí tenías delante su vivo retrato en el cuerpo de un muchachito que ya iba entrando en la adolescencia), el padre de tus hijos, el
padre que tú veías no como el expulsado de la casa, sino como el mal
hombre que os abandonó a los tres cuando en un momento de orgullo le dijiste que se fuera, que tú ya sacarías adelante a tus chamacos,
que tú podrías vivir sin él, que no lo necesitabas para nada, que si se
quería marchar, si quería volver a su tierra, como te parecía entonces
que él quería, que se fuera de una vez, y después sentiste hacia él una
mezcla de repulsión y amor, que fueron muchos los años vividos en común bajo el mismo techo, en la misma cama, a la misma mesa, com-
partiendo vuestros cuerpos y vuestras mutuas incomprensiones.

Tenías que arreglártelas tú sola, sin la amorosa y tiránica presencia, que de todo hubo, de tu lejano español, tenías que hacerte tu vida
sin que nadie te dijera cómo debías hacértela, y aquí estabas trabajando para los anglos de extraño lenguaje en una tierra que fue de la gente española y de la tuya, tú no sabías mucho de historia pero esto sí lo
sabías, que en México no se ha olvidado nunca, y los nombres de muchos pueblos y muchas calles te lo recordaban. De muchas maneras él
fue bueno contigo, lo sabías bien, pero nunca comprendió tu alma tarasca, nunca dejó de pensar que tenía que hacerte cambiar, que tenías
que dejar de ser lo que eras para convertirte en una copia de España,
en un trasplante trasatlántico de su mundo, nunca llegó a pensar que
México era su tierra y tú, que no eres tonta, te diste buena cuenta de
que, en el fondo de su alma castellana, él se sentía superior a ti, y de
que sutilmente buscaba que tú te sintieras inferior a él.

Si lo echaste o si te abandonó ya no tiene importancia ni para él ni para ti, a lo hecho pecho. Mira ahora a tu alrededor y haz un futuro para tus hijos, que éste es el país de la oportunidad, dicen los que consiguieron escapar de la pobreza, que éste es el país de los obstáculos impasables, dicen los que tropezaron con el muro multicolor de inmortales prejuicios. Tú has empezado a verlos, aunque no claramente, cuando un día llevaste contigo a tus dos hijos a la elegante casa de una de las familias para quien trabajabas. *Oh! What a beautiful boy, come here, Frank, look at him, he doesn't look Mexican at all!* Y los gritos de admiración de la señora gringa ante la belleza ya casi adolescente de tu hijo no fueron acompañados por similares elogios de tu hija, tu Esperancita de dorado color tabaco, quien fue para ellos como un ser de cristal, algo que no se ve, que no está allí, que no existe.

Tú no comprendiste lo que dijo la señora, la estéril señora Christensen, nieta de inmigrantes holandeses, casada con un marido de origen sueco, es decir, los dos anglos para ti, pero sí percibiste, sin poder descifrarlo todavía, que la señora tenía ojos para ver la belleza de tu güero Cesar y era ciega ante la no menor hermosura de Esperancita, tu viva imagen, reina de la belleza tarasca, moreno producto de miles de generaciones de tu gente cuyos genes tú le habías transmitido por completo, como si los de tu gachupín amante no hubieran participado para nada.

Tú no podías saberlo entonces, lo supiste más tarde, pero aquel día empezaste a perder a tu güerito, aquel día comenzaría a ser cavada la zanja que terminaría separando a los dos hermanos, aquella mañana se abrirían para él unas puertas que estarían cerradas para su hermana, puertas pintadas de diferentes colores, puertas que llevarían a diferentes futuros, a dos vidas separadas por sutiles barreras contra las que tú no podías luchar.

Lucha fue tu vida aquellos años, difícil lucha que te llevó a aceptar que César empezara a pasar los fines de semana con la familia Christensen, donde al menos comía mejor que en tu casa, para terminar viviendo con ellos, su futuro ante todo, pensaste, y la nueva vida de tu hijo fue separándolo de ti poco a poco, hasta que un día firmaste unos papeles que les permitían adoptarlo, y tu hijo dejó de ser tu hijo, el producto de tus amores con el lejano español de quien ya no tenías noticias, y se convirtió en el joven Cesar sin acento Christensen. Dejaste de ir a trabajar a aquella casa y ellos, los Christensen, consiguieron arreglarte los papeles, haciéndote legal, aunque en realidad hubieran estado más contentos viéndote desaparecer, regresar a México, no recordándoles nunca más con tu presencia que su hijo, sí, su hijo, no tuyo, era un mexicanito adoptado, cuando para ellos el muchacho reunía todos los requisitos necesarios para ser un gringuito de verdad, y siguieron pagándote por unos servicios que ya no prestabas, siguieron dándote dinero como si tu hijo hubiera sido vendido a plazos, trasladado del pobre barrio hispano donde vivías a la elegante mansión de su nueva familia, un mundo diferente, un mundo donde el muchacho empezó a olvidar su lengua, la de su madre, la tuya, hasta que terminó hablándola en una jerga sólo a medias comprensible para ti.

En tu vocabulario no hay palabras como ambivalencia o reserva mental, pero eso fue lo que, sin saberlo, tú sentiste cuando dejaste que tu muchachito pasara de tu mundo al de los otros, cuando permitiste, con una mezcla de satisfacción y recelo, que él dejara de ser el hijo de una inmigrante ilegal que se gana la vida limpiando casas ajenas para ser un *golden boy* en el mundo de los anglos, un *all American Athlete* en el colegio privado a donde lo enviaron, un estudiante de *Communications* en la universidad de Berkeley, un americano cien por cien con un cuidadosamente olvidado y borrado pasado mexicano, un Anglo con a mayúscula, todo gracias a los genes rubios de su padre, a la sangre visigoda de su progenitor, que incluso siempre había resultado rubio en demasía en su mediterránea España, y a un apellido sueco que tan bien le sentaba al muchacho, un nórdico Christensen injertado en sus invisibles raíces tarascas y celtibéricas.

La venta, perdón, la adopción de tu hijo hizo tu vida más fácil, y hay que decir en su honor que él no por tener una nueva familia dejara de verte, aunque ante los demás nunca hablara de ti, pero sus visitas se fueron espaciando y cesaron casi por completo cuando tú, mujer sola y relativamente joven todavía, te casaste, después de un año de noches pecaminosamente compartidas, con un nicaragüense, antiguo guardia nacional de Somoza, torturador de disidentes, esto tú no lo sabías, y tan meticuloso en su trabajo que hasta había resultado excesivo para sus superiores. Era además tu nicaragüense gran admirador de la belleza juvenil de muchachitas como tu Esperancita, situación adecuada para una nueva versión al californiano modo de la castellana Malquerida benaventina, aunque con una diferencia, pues Esperancita detestó a su padrastro desde el primer momento, no por mor de amores reprimidos, sino con un odio profundo que la llevó a marcharse de casa, a dejarse embarazar por un novio venido ilegalmente de Oaxaca, con quien se casó sin encomendarse ni a Dios ni al diablo, sin saber que su hombre era un borracho y drogadicto y a quien siguió en un retorno a su tierra, ese lejano estado del sur de México, que la separaría para siempre de ti y de su hermano.

El rubicundo y agringado César, después de sus estudios en la universidad, se convertiría, gracias a su buena facha y a su impecable inglés, en popular locutor de la televisión, y gracias también a que, ironía de las ironías, para conseguir su magnífico empleo hizo valer, ante el asombro general y la incredulidad de muchos, su antes voluntariamente olvidado y cuidadosamente oculto pasado mexicano, valiosa y mágica llave que, descubrió César, (el acento reapareció en su nombre, que los tiempos cambian y es buena idea adaptarse a ellos), cual poderoso abracadabra abre raciales puertas, satisface minoritarias cuotas y contenta a activistas y a editores de étnicos periódicos de barrio, expertos en la cuenta de porcentajes y en sutiles gradaciones geográficas y de epidérmicos colores, pericia que César vio en su versión más pura y original cuando el presidente de un grupo latino le dijo sin italianas sutilezas ni vaticanas diplomacias que en cuestión de empleos y cuotas los mexicanos güeros no cuentan, y cuentan menos todavía si, inaceptable error genético, son, aunque sólo sea a medias, españoles. Consiguió el empleo, sin embargo, a pesar de la oposición de sus medio hermanos de raza, y aunque para conseguirlo tuviera que ser lavada en público la ropa sucia de su nacimiento, sin entrar en demasiados detalles, claro está, y de una posterior adopción que satisfactoriamente aclaraba lo incongruo de su nórdico apellido.

El que su español fuera más espanglish que español no fue obstáculo, valladar ni cortapisa en la consecución de su empleo, pues la estación para la cual él trabaja sólo tiene programas en inglés, lengua que tu hijo habla como si aquí hubiera nacido, y no en los calores desérticos de la Baja California, a orillas del mar de Cortés. Ahora, cuando lo ves en la pantalla de tu televisor, aunque no comprendes ni la mitad de lo que él dice, sientes una mezcla de orgullo y tristeza porque tu hijo ya no es tuyo, repitiéndose así la escena que tú protagonizaste el día en que le dijiste al padre de tus hijos que los niños son míos, compréndelo, míos, y no tuyos, y puedes marcharte cuando quieras. Sí, la sociedad de los anglos a cuyo margen tú vives dio al César lo que es del César, le pagó, y sigue pagándole, un gran impuesto en dinero, admiración, incluso adulación y popularidad, una popularidad que ha durado tantos años que muchos después un estudiante español, otro César como él, llegó a ser uno de sus muchos admiradores porque habla un inglés tan clarito que lo entiendo todo y además, pues no sé, ese tío se parece a mi abuelo, aunque más joven.

Has tenido dos hijos y ahora estás sin ninguno, seducido César por las posibilidades abiertas por su integración, alejada su hermana porque esa milagrosa conversión en americana de verdad no fue posible para ella, rebelde ante ti en tus intentos de hacerla vivir según unos principios que ella no respetaba, y con qué derecho, te gritó un día, con qué derecho me dices que no puedo hacer esto o lo otro, cuando todos sabemos perfectamente cómo nos has tenido a César y a mí, hipócrita, y cómo lloraste aquel día después de haber abofeteado a tu hija, cómo lloraste después de que ella se hubiera ido a la calle dando un portazo, el primer portazo de su vida, portazo que se repetiría muchas veces antes de darte el definitivo, el que la llevó del asiento de atrás del viejo carro de su novio a un apartamento compartido con él, a un rápidamente realizado viaje a Las Vegas y después a una marcha definitiva arrastrada por un marido fantasioso soñador de futuros negocios internacionales en la lejana Oaxaca, sólidos negocios de exportación de uno o dos productos de las húmedas y calurosas colinas de aquella tierra, dentadas hojas de ancestrales plantas, míticos hongos capaces de abrir ocultos mundos y secretos misterios. El marido de Esperanza dijo que se volvía a su tierra harto de las pendejadas de los anglos, harto de humillaciones y desaires, pues no quería reconocer que sus constantes fracasos y el muro de rechazo con que chocaba cada día se debían, muro y fracasos, a tres integrantes y básicas partes de su personalidad: borracho, drogadicto y sinvergüenza.

Así te quedaste tú sola otra vez, con tu incestuosamente frustrado marido, viril macho centroamericano que, aunque ansioso de cuerpos más jóvenes que el tuyo, no por eso dejó de ser un buen y sádico esposo o, por lo menos, un buen compañero de tus noches, ya que no de tus días. Tus hijos desaparecieron de tu vida, uno entrado a formar parte del grupo que contempla con horror como su país, el país que sus antepadados robaron a los cheyenes y lakotas, a los sioux y comanches, es invadido por las masas campesinas de los descendientes de aztecas y tlaxcaltecas, taraumaras y mayas, despojados a su vez por los antepasado de tu rubio gachupín. Tu hija desapareció también, perdida en los montes de Oaxaca, huida del paraíso californiano que tanto dio a su rubio hermano y que tan poco le ofreció a ella, la belleza morena malgastada en un desastrado matrimonio con un amante del pulque y de los hongos, de la mota y del mezcal.

Tu hija comprendió lo que tú no supiste ver. Lo que para ti fue un golpe de suerte que escogió caprichosamente a tu César, un regalo de la guadalupana, a quien tú nunca dejaste de propiciar con tus velas y tus rezos, ya que el copal se hizo difícil de encontrar después de haber venido al Norte, fue para ella un mensaje bien claro de que las puertas que se habían abierto de par en par para su rubicundo hermano estarían cerradas para ella, con su sangre tarasca bien pintada en su cara morena, con la palabra "india" bien grabada en su frente, raza inferior para los anglos, despreciada pobretería ilegal a la que habría que expulsar antes de darle tiempo para proliferar con su hirviente sexualidad, con su promiscua procreación de futuros pandilleros, caldo de cultivo de tiroteos en las esquinas, amenaza viviente al hermoso lenguaje de Shakespeare y de Walt Whitman, sin pensar que uno y otro habrían abierto sus brazos para estrechar en ellos los cuerpos morenos de los jóvenes venidos de Chihuahua y Tamaulipas, de Nicaragua y El Salvador. Sí, tu hija lo vio claramante y por eso prefirió entregarse a un cuerpo obscuro como el suyo, sin saber que en ese cuerpo estaba escondido el producto de varios siglos de degradación y de humillaciones que lo habían convertido en un macho brutal.

Esto es lo que te ha dado California, Esperanza, tierra de leche y miel para muchos, tierra de hiel para ti.

XI

El periodista y Cuauhtémoc

El Barrio Latino es nuestro café de poetas, escritores y artistas, y esto de poetas, escritores y artistas habría que escribirlo entre comillas, pues junto con algunos productos legítimos hay mucha mercancía fraudulenta, como yo, por ejemplo. De poeta yo no tengo nada, ciertamente. De artista, menos. No soy capaz de dibujar ni una caja cuadrada. Sólo me queda lo de escritor, pero ¿con qué razones podría yo considerarme escritor? Escribo en un periódico, es cierto, pero eso no cuenta, sobre todo cuando se trata de un periodiquito de tres al cuarto como el mío, que vive más de los anuncios que de las letras con ele mayúscula. Y mis cuentos, mis míseros dos cuentos que conseguí parir cuando por fin decidí hablar menos y escribir más, son cuentos que no cuentan, inéditos ahora e inéditos, sospecho, por muchos años pues, en realidad, en el fondo, en el fondo, no me interesa publicarlos. ¿Para qué publicarlos aquí si cometí la tontería de escribirlos en español, cuando podía haberlos escrito en inglés? En inglés quizá consiguiera que se publicaran en alguna revista literaria de gran circulación... buenos, ninguna revista literaria es de gran circulación, todas son elitistas por su propia naturaleza, pero el publicar en una de ellas da cachet, da tono literario, como el conseguido por un español amigo mío, que vive aquí, escribe en inglés, y hasta lo han metido en el Diccionario Biográfico de Autores Americanos. Si él es americano, por muy nacionalizado que esté, yo soy el Emperador de la China. Yo nací aquí y aquí me crié, yo sí soy americano, aunque muchos digan que no, que soy latino, o que soy hispanic, porque mi familia es de Guatemala. Eso de americano, latino, hispanic, es un vocabulario que le hace mucha gracia a mi amigo César, el españolito, quien un día me dio toda una conferencia, como si yo fuera su estudiante en un curso de Estudios Latinoamericanos.

– En primer lugar –me dijo hablando como un profesor– todos los que viven en las Américas, desde Canadá hasta la Tierra de Fuego, son americanos. ¿Por qué monopolizáis aquí el adjetivo "americano"?

Luego me explicó, y su conferencia ya empezaba a irritarme, que eso de América Latina es un invento francés, que hay que decir Hispanoamérica, pero luego resulta que lo de Hispanoamérica ofende a los portugueses, para quienes Brasil es Lusoamérica, y entonces alguien se salió con la idea de hablar de Iberoamérica, por eso de la Península Ibérica. Discusiones bizantinas. La cuestión es que, hablando en plata, a mi país, es decir, los Estados Unidos, no Guatemala, le llamamos América, y todo lo que está al sur es América Latina, les guste o no a César y a todos sus compatriotas. El que luego yo tenga mis dudas sobre si soy americano o guatemalteco, eso es otra historia. La verdad, la verdad, es que tengo que confesarme a mí mismo que no sé quién soy o, mejor dicho, que no sé qué soy. Por mi familia, soy burgués hasta la médula. Más que burgués, pues aunque mi padre haya tenido sus veleidades izquierdistas, todos mis parientes de Guatemala son de la clase más alta de esa tierra de volcanes y de eterna primavera. Vivan los tópicos. Hay en mí, al mismo tiempo, una vena proletaria, heredada quizá del pasado de mi padre, que me hace sentirme más a gusto con toda esta gente que lucha por sobrevivir en todas las calles Capp del barrio de la Misión. Al mismo tiempo me pregunto cómo me ven ellos. Sospecho que no me aceptan del todo, o que no me aceptan, punto, porque llevo pintados en la cara los rasgos europeos, españoles, de mi familia, pues no hay en mí ni una gota de sangre india, algo que todos mis antepasados guatemaltecos se cuidaron muy bien de no adquirir. Aquí vivo, sin embargo, y por gusto, no por necesidad, en el barrio de la Misión. No sé por qué siempre pienso en este barrio como el de la Mission con dos eses y sin acento, como en inglés. Quizá todo esto se llame ser una contradicción viviente, un encuentro, o un choque, de culturas, un ser y no ser ni de aquí ni de allá, ni de esta clase ni de la otra. Es posible que por todo esto tenga yo un sentido crítico tan agudo, algunos lo llamarían mala leche, cuando miro a mi alrededor.

Los poetas, escritores y artistas de El Barrio Latino. ¿Por qué soy tan crítico con ellos? Ellos sí hacen lo que yo no hago. Ellos escriben, bien o mal, y publican como pueden y cuando pueden en libros de pequeñas tiradas, en revistas literarias que nacen y mueren como niños del Tercer Mundo, es decir, en su infancia. ¿Por qué, entonces, estos aires de superioridad que yo malamente consigo ocultar cuando hablo con ellos? Y digo malamente, porque no son tontos y lo notan, vaya si lo notan. Es que hay veces en que no puedo resistir la tentación de jugar con las palabras, algunos dirían de ofenderlos innecesariamente, como el día en que saludé a un joven poeta frecuentador de El Barrio Latino, diciéndole: ¿Cómo estás, poeta astro de las Letras? Le hice la pregunta con aire inocente, pero hablando rápidamente, y el poeta astro se convirtió en poetastro. No me contestó, y ha dejado de enseñarme sus poemas, como hacía antes para que yo le corrigiera las faltas de ortografía y le pusiera los acentos en su sitio.

Ahora que me he metido a escribir cuentos, considero que El Barrio Latino y la gente de la Mission son mis fuentes de inspiración. Yo no me explico cómo hay novelistas capaces de sacarse de la cabeza unos personajes que nunca han conocido. Yo soy un escritor vampiro, y tengo que anclar mis cuentos en alguien con quién he hablado y a quien le he exprimido su historia, alguien a quien astutamente hice confiar en mí para que me contara su vida, como hice con Esperanza o con César. Sé muy bien, al mismo tiempo, que nadie cuenta todo, que siempre hay algo que guardan de oídos curiosos como los míos, y entonces tengo que atar cabos, completar detalles, deducir de lo que me dicen algo que no han querido decir y, si es necesario, inventar, hacerles vivir lo que nunca han vivido, hacerles decir lo que nunca han dicho. A veces resulta, como en el caso de César y de la conversación durante la cena en casa de mis padres, que la realidad es más fuerte que la ficción, y alguien de carne y hueso dice lo que yo había hecho decir a alguno de mis personajes. Entonces me siento, no creador de historias, sino adivino, profeta, intuitivo novelista de fino olfato que capta en el aire lo que existe en la tierra, y mi ego se infla como una rana en peligro, se agranda y se autofelicita con olvido total de la más elemental modestia. Claro que eso de la modestia nunca ha ido muy bien conmigo.

Ahora estoy dándole vueltas a otro cuento que me ha inspirado un muchacho mexicano a quien conocí en ese lugar de encuentros que es El Barrio Latino. Es un ilegal como tantos otros, pero que sabe contar su propia historia tan bien como Esperanza contaba la suya. El primer día no me contó mucho, naturalmente, nadie abre sus libros en el primer encuentro, pero después de coincidir varias veces en el café, el vampiro que yo soy consiguió sacarle material, no ya para un cuento, sino para toda una novela.

El muchacho es guapote, sin duda alguna, más bien alto, con pelo rizado y muy negro y unas facciones delicadas, pero muy masculinas. Con nariz fina, pómulos salientes y ojos llenos de vida, podría ser actor de una de esas telenovelas mexicanas que tanto éxito tienen por aquí. En España podría pasar por español; en Italia, por italiano; en Grecia, por griego, y en México, su tierra, es uno de esos mestizos guapetones con su buena dosis de sangre española y un ligero toque indio que le da un aire exótico entre la gente completamente blanca.

Mi objetivo era hacerle hablar, naturalmente, para que su historia contada por él mismo compensara mi falta de imaginación cuando intento crear un personaje. ¡Y cómo habla! Habla a torrentes, habla y no para, habla como alguien que no ha tenido ocasión de hablar en mucho tiempo, como alguien que se encuentra muy solo en una ciudad extraña y que por fin encuentra unos oídos atentos, un amigo dispuesto a escucharle, alguien en quien descargar días y días de soledad, alguien con quien interrumpir un largo silencio no deseado. Y yo, el vampiro, escuchando, escuchando, tomando notas mentalmente, procurando no olvidar nada, lamentando que, como Esperanza, él no quisiera hablar con una grabadora sobre la mesa.

Siempre me ha intrigado por qué estos muchachos se vienen hasta aquí, tan lejos de su tierra, de su familia, de sus amigos. Es verdad que la respuesta es, frecuentemente, muy sencilla: Vienen escapando de la pobreza. Luego descubren que aquí no se atan los perros con longanizas, que la sociedad en la que se han metido no los quiere, pero ésa es otra historia. Hay otros casos, sin embargo, en los que la respuesta es más compleja, y el de Cuauhtémoc, así se llama el muchacho, es uno de ellos. Hablamos por más de una hora, y con gran contento por mi parte el muchacho se explayó a su gusto, contándome su historia con toda clase de detalles de su vida de adolescente y de hombre joven, sin sutilezas puritanas ni alusiones indirectas. Nadie mejor que él me había contado antes el paso de la adolescencia a la juventud.

–Yo me salí de casa porque no quería ver más como mi jefe le pegaba a mi mamá, y me apenaba mucho verla, pero qué podía hacer yo. En el pueblito yo vivía bien, que está en un sitio muy bonito, allá en Oaxaca, y en el monte hay muchos árboles y muchas flores, porque allí siempre hace calor, y hay un río chiquito, y allí íbamos los chamacos a bañarnos todos encuerados, y luego, cuando ya fui más muchacho, pues yo iba allí a bañarme, pero no me desnudaba de todo porque ya tenía pelos entre las piernas y me daba pena bañarme desnudo delante de los demás, aunque sólo fueran purititos muchachos como yo.

–¿Qué tiene de malo desnudarse delante de los demás? –le pregunté– Yo soy nudista, y cuando voy a la playa todos estamos desnudos, hombres, mujeres, niños, perros, todos.

–¡Ay!, eso será aquí, pero allá no. Como le digo, desde que tuve pelos entre las piernas ya no me encueré nunca más con los otros muchachos, pero un día fui al río yo solo, y como no había nadie pues sí me encueré, y cuando estaba secándome al sol se me paró la verga, y allí estaba yo tirado al lado del río, con la verga bien tiesa, cuando pasó por allí la maestra del pueblo, que era una vieja que estaba muy buena, y me miraba y me miraba, y luego se fue.

–Y tú te la jalaste, naturalmente.

Cuauhtémoc sonrió con picardía.

–Pues, sí, y entonces aquella tarde, cuando ya estaba oscuro, yo me fui a su casa, y desde fuera la miraba, que había luz dentro y yo podía verla a ella, pero ella no podía verme a mí, que estaba en lo oscuro de su huerto, y entonces yo me la jalaba mirándola, mire usted que cosa, que ella no estaba desnuda ni nada, que estaba sentada en una silla leyendo un libro.

–¿Cuántos años tenías?

–Dieciséis, pero yo ya tenía cuerpo de hombre. Bueno, pues fui a verla varias noches, hasta que un día, bueno, una noche, me dije que qué carajo, que iba a hablarle, y le toqué a la puerta, y cuando ella me abrió, me miró, y sin decir nada me hizo un gesto para que entrara, y después apagó la luz, cerró la ventana, que estaba abierta porque allí aun de noche hace calor, y se abrazó a mí y empezó a besarme metiéndome la lengua en la boca, que a mí ninguna chamaca me había besado así.

–¿No habías tenido ninguna novia hasta entonces?

–Bueno, novia, novia, no. Yo platicaba con algunas muchachas, pero nada más, y nunca había besado a ninguna, pero aquella noche en menos de nada estábamos los dos desnudos en su cama, y qué hambre de verga tenía la maestra, que yo creo que me hizo venir cinco veces aquella noche, pero yo era joven, que sólo tenía dieciséis años entonces, como le dije, y se me paraba la verga pues en cuanto ella me la tocaba, que era todo el tiempo, excepto cuando se la tenía dentro bien metida.

–¿Cuántos años tenía la maestra?

–Pues no sé, cuarenta o por ahí.

–Hiciste feliz a una cuarentona. Es una buena acción. Estoy seguro que ella nunca olvidará esa noche.

–Esa noche y otras, que hubo más. Esto duró yo que sé cuántos meses, que ella nunca tenía bastante, y yo empecé a sentirme muy débil, que aquella vieja me estaba secando, y en el pueblo ya hablaban, que allí se sabe todo, y entonces otros muchachos como yo empezaron a ir a tocar a su puerta, y todo el pueblo lo sabía y hablaban mal de ella, y cuando terminó la escuela aquel año, pues ella se fue y no volvió más.

–Y así pudiste descansar –le dije. Verdaderamente, Cuauhtémoc contaba su historia con una candidez encantadora.

–Pues sí, pude descansar un par de meses sin coger, pero ya me había acostumbrado a eso de tener mujer todos los días, o todas las noches, y en cuanto estuve descansado y se me llenaron las bolas, pues ya quería coger otra vez, pero no tenía con quien.

–Y a jalártela de nuevo, ¿no? –le pregunté para animarlo a continuar, pensando que el cuento que iba a escribir tendría que ser un cuento erótico, pero él continuó su historia sin contestar a mi pregunta.

–Fue entonces cuando yo me fui a Oaxaca, a la capital del estado, a buscar trabajo y a ver si podía estudiar, que yo quería ser alguien y no simplemente una máquina de coger maestras hambrientas, y además había lo de mi jefe y las golpizas que le daba a mi mamá, que un día en que volvió a casa muy tomadito hasta le rompió un par de dientes. Cuando yo le dije a mi mamá que me quería ir, porque si no uno de aquellos días iba a matar al jefe, ella me dijo que bueno, que me fuera, y hasta me ayudó dándome algún dinero. Lo que ella nunca pensó es que yo me fuera tan lejos, que creyó que me iba a ir a Oaxaca nomás, y mire usted que terminé aquí, que si ella lo sabe me mata porque resulta que mi mamá vivió por un tiempo en los Estados Unidos, y no quiere ni oír hablar de California, que ella dice que es un país de pinches cabrones donde ella las pasó pero que muy requetemal, aunque yo no veo cómo pudieran ser las cosas peor que en Oaxaca, con las golpizas que le da mi papá.

–¿Tu mamá vivió en California? –Una vez más me vino a la cabeza la frasecita de que la realidad supera a la ficción. En el cuento que me inspiró Esperanza yo escribí que su hija se casó con un marijuano y se marchó a Oaxaca o a Chiapas, ahora no recuerdo, pero no importa, las dos están por allá por el sur de México. Si ahora yo invento que Cuauhtémoc es hijo de la hija de Esperanza, podré unir los dos cuentos y, con un poco de suerte, hasta tendré el principio de una novela. Mis oídos de vampiro se abrieron todavía más.

–Ella casi nunca me hablaba de aquellos años en California, pero por lo poco que me dijo sé que tengo un tío por aquí, mire usted, a lo mejor me lo encuentro un día y resulta que es rico y me dice ven aquí, querido sobrino, pide lo que quieras que yo te lo doy, sería demasiada suerte porque mi mamá me platicó que ya ni siquiera sabía por dónde andaba su hermano, que casi no era ni su hermano porque no se parecía a ella en nada, que parecía puritito gringo de güero que era, y lo de güero le venía de mi abuelito porque, sabe, mi abuelito era español, pero debe de haber sido uno de esos gachupines cabrones porque mi mamá tampoco quería ni oír hablar de él, y cuando yo le hacía preguntas pues no me quería contestar, o me decía que era mejor no hablar del gachupín de la chingada porque resulta que se volvió a su tierra y abandonó a mi mamá, al hermano ése que anda por aquí todo agringado, y a mi abuelita, que creo que ya se murió, aunque mi mamá tampoco andaba muy clara en eso.

–Cuauhtémoc, me parece que me vas a convertir en detective. Todo lo que me estás contando me interesa muchísimo. Sigue, sigue.

–Mi mamá detestaba California, y siempre me decía nunca vayas allá, que la gente es mala y no nos quiere a nosotros los mexicanos, pero entonces, digo yo, cómo es que ese tío mío que anda por aquí no se volvió a México como mi mamá, yo no lo entiendo, pero ella nunca quería hablar de esto, y además, yo no sé qué le habrá pasado a mi mamá cuando estuvo aquí para que hable así de California, que a mí no me parece tan mal, carajo, que bien me va aunque sea con papeles chuecos y con un trabajo de la chingada, que en cuanto yo aprenda inglés ya verá usted lo bien que me va a ir todo, y si un día me tropiezo con mi tío el agringado, pues a lo mejor me ayuda, que ya quisiera yo saber dónde está, pero ni modo, porque mi mamá tampoco lo sabía y además me dijo que es como si no existiera, que resulta que hasta se cambió de nombre el cabrón, como si le diera vergüenza tener un apellido mexicano. Perdone un momento, pero tengo que ir al baño.

Me quedé solo en la mesa del café pensando en todo lo que Cuauhtémoc me estaba contando. No, no podía ser, era demasiada coincidencia, estas cosas sólo pasan en las malas novelas, en las que toda la intriga se basa en amantes o familiares separados por el destino y que luego se encuentran así como así, por casualidad, en una calle de una ciudad de varios millones de habitantes allá en el otro extremo del mundo. Yo no soy novelista, ni mucho menos, sé que no soy capaz de tejer toda una trama que dure páginas y páginas, pero sí he leído libros de crítica literaria y sé que una novela basada en coincidencias fantásticas es una mala novela. Al mismo tiempo me vinieron a la memoria mis estudios de literatura. Cervantes escribió novelas de ese tipo, novelas bizantinas, creo recordar que se llaman esas novelas en las que los amantes se separan, viajan, naufragan, se pierden y por fin, final feliz, como en una telenovela, se encuentran de nuevo y son felices por el resto de sus días. Me sonreí yo solo pensando que iba a hacerle la competencia a Cervantes. El regreso de Cuauhtémoc a la mesa interrumpió mis sueños literarios.

–Bueno, volviendo a lo de cuando me fui de casa, me fui a Oaxaca en camión, y en el camión mismo me tocó estar sentado al lado de una gringa que resultó que hablaba español, que iba con frecuencia a Oaxaca a comprar artesanías para su tienda de aquí de San Francisco. Cuando iba a Oaxaca siempre rentaba la misma casita, una de esas casas pequeñas, muy bonitas, que rentan los extranjeros cuando quieren pasar allí más de unos días, y cuando yo le dije que yo también iba a Oaxaca para buscar trabajo, y que no tenía donde vivir, pues ella me dijo así nomás que podía quedarme en su casita, que había lugar para dos personas. Lo que no me dijo es que las dos camas que había estaban en la misma recámara, y claro, pasó lo que tenía que pasar, y se repitió la historia de la maestra, pero esta vez viviendo juntos en la misma casa, sin necesidad de ir a escondidas, por la noche, a tocarle la puerta.

Si lo que él me estaba contando era verdad, se veía que el Destino había puesto al muchacho en esta tierra para hacer felices a mujeres mayores que él. Yo soy muy escéptico, y aunque escuchaba con gran atención todo lo que el muchacho me contaba, en el fondo, en el fondo, no lo creía del todo. Me pareció que, jovencillo como era, ya se las daba de donjuan sin saber nada del teatro clásico español. De todas maneras, la historia era interesante y lo animé a seguir.

–Ella había rentado la casa por dos meses, pero después de un mes decidió que tenía que volverse a San Francisco por no sé que historia de negocios, y que si quería yo podía quedarme en la casa por el mes que ya estaba pagado.

–Y te quedaste.

–Pues sí, y además ella me consiguió un trabajo en un restaurante que estaba cerca de la casa, uno de esos restaurantes pequeños a donde íbamos a comer con frecuencia cuando ella no tenía ganas de cocinar.

–Tuviste suerte de encontrar a esa gringa.

El muchacho hizo un gesto que tanto podía significar sí como no, y me dio la impresión de que me estaba ocultando algo. Si la gringa en cuestión era de San Francisco, posiblemente Cuauhtémoc se habría venido aquí traído por ella, importado como una artesanía más, o se había venido por su cuenta siguiendo a su seductora, por eso de que a veces los muchachillos sin mucha experiencia se quedan atrapados en las redes de mujeres mayores que ellos, las redes de sus iniciadoras a la vida sexual... aunque él ya había tenido a la maestra cuarentona, su verdadera desvirgadora.

–Y ahora estás otra vez con ella aquí en San Francisco.

Cuauhtémoc me miró con suspicacia, como se mira a alguien que quiere saber demasiado de nuestros secretos.

–No, no estoy con ella –contestó sin más explicaciones, y como si quisiera pasar rápidamente sobre ese asunto, siguió hablando para contarme otra aventura amorosa, que parece que son las únicas que, al parecer, le ocurren a este muchacho.

–Yo me quedé solo en la casita, viviendo como un rey, como si fuera un turista gringo con casa propia y todo, pero también dormía solo, hasta que un día, en el parque de la plaza, conocí a una muchachita de mi edad que estaba estudiando en Oaxaca, pero que era de un pueblito pequeño, como yo. Nos caímos bien, nos vimos en la plaza un par de tardes más, y cuando la invité a ir a mi casa ella dijo que sí y, bueno, pues ya se puede imaginar usted lo que pasó.

–Un momento– lo interrumpí–. No te creo eso de que ella habló contigo en la plaza y en seguida se acostó contigo. No me vengas con historias. Las muchachas mexicanas no son tan fáciles.

–Conmigo, sí –me contestó con toda espontaneidad.

Fue precisamente esa espontaneidad lo que me hizo gracia. Lo dijo sin petulancia, con toda sencillez, como si el que se le rindieran las mujeres fácilmente fuera tan natural para él como tener el pelo negro, o tener dos manos y dos pies. Verdaderamente, el muchacho era un personaje de telenovela.

–Vino a mi casa muchas veces más –continuó– y qué bonito era coger con una muchachita que era joven como yo, y como los dos éramos jóvenes, y hombre y mujer, pues cogíamos todas las tardes, pero más bonito que con la maestra muerta de hambre de verga, o con la gringa, que yo había llegado a pensar que para ellas yo no era más que eso, una verga joven que siempre estaba dura, y un cuerpo joven para echarse encima, pero con mi novia, allí en mi casa de Oaxaca, era todo diferente, que nos acariciábamos así suavecito, y nos dábamos besitos por todo el cuerpo, pero sin morder, como hacían las otras dos, aunque debo confesar que de vez en cuando también yo mordía, pero suavecito, y también con mi muchachita usé algunos de los trucos que la maestra me había enseñado, aguantando las ganas de gritar cuando nos veníamos, y siempre nos veníamos juntos, que eso sí que me lo había enseñado la maestra, a controlarme yo para no venirme hasta que ella estuviera lista para venirse también.

Definitivamente –pensé– Cuauhtémoc debiera ser escritor de novelas eróticas.

–Las cosas buenas no duran mucho –siguió contando– y después de un mes yo tuve que dejar la casa, y me fui a vivir a un cuartito pequeño que me rentó el dueño del restaurante donde yo trabajaba, y allí no podía llevar a mi muchachita. Además, un día me dijo que tenía que volverse a su pueblo, que su familia ya no podía mandarle más dinero, y que tenía que dejar la escuela y volverse p'allá. Yo tenía el trabajo en el restaurante, pero con lo que ganaba no podíamos vivir los dos, y se fue. Qué triste era dormir solo en aquel cuarto pequeño, recordando las tardes cuando ella estaba conmigo, yo dentro de ella, y ella recibiéndome a mí todo, que éramos como uno solo...

–Eres todo un poeta, muchacho.

–¿Por qué dice eso?

–Por nada. Anda, sigue.

–Pues yo estaba allí tumbado boca arriba, sin poder dormir, y no era el sexo, no, que aunque se me parara no me la jalaba, era otra cosa que no sé cómo explicarle, y yo estaba todo triste día y noche, y cuando empecé a recibir cartas de ella en las que me contaba que a ella le pasaba lo mismo, pues un día le dije al patrón que tenía que estar fuera un par de días, agarré el camión y me fui a su pueblo.

–¿Te fuiste a su pueblo para raptarla?

–No, para hablar con su papá. El pueblo, más que pueblo era una ranchería así como la mía, o aún más pequeña. Estaba allá en el monte, lejos de la carretera, y se llegaba allí por un caminito estrecho, de tierra, que cuando lloviera casi no se podría pasar. En el pueblito los más eran indios puros y no me recibieron bien. El papá de mi novia, pues ya la consideraba mi novia, ni siquiera hablaba español, y para hablar con él uno de sus hijos, que era más o menos de mi edad, tenía que hacer de intérprete. Su papá me hizo muchas preguntas, que su hijo traducía para que lo pudiera comprender, que si yo quería casarme con su hija, y que si qué trabajo tenía, y que cuánto ganaba, y que dónde íbamos a vivir, y yo, pobre de mí, qué podía decirle, mentiras no, porque pronto descubrirían que eran eso, mentiras, y cuando le dije que bueno, que trabajo, lo que se dice un buen trabajo, no tenía, pero que yo era buen trabajador, y que podría encontrar uno en Oaxaca un poco mejor que el que tenía en el restaurante, y que podíamos vivir los dos en Oaxaca, y que yo quería a su hija, pues él me miró con aquello ojos pequeños y negros que tenía y me dijo que no, que no quería que yo me casara con ella, y que me fuera del pueblo ahoritita mismo. Yo le dije que quería hablar con su hija, y que la llamara para que ella le hablara también, pero ni modo, dijo que no, y que no, y que me fuera del pueblo aquel día antes de que se hiciera de noche, y cuando lo dijo eran así como las cuatro de la tarde.

–¿Y te fuiste sin hablar con ella?

–En la casa, no. El hijo, el que era muchacho como yo, me llevó a la puerta y me miró pero que bien feo, y me dijo que me fuera carretera abajo hasta la carretera principal, que allí podría agarrar el camión para volver a Oaxaca. Yo me eché a caminar, mirando atrás muchas veces, como esperando que ella viniera corriendo a reunirse conmigo para irnos los dos juntos, pero lo único que veía era el camino y los árboles del monte. El camino daba vueltas y vueltas, y entonces, después de no sé cuántas curvas, pues de repente allí estaba ella, que había corrido por atajos que ella conocía y yo no, y cómo nos abrazamos, no se lo puede imaginar, y nos metimos un poco así dentro del monte, donde todo estaba en sombra por los muchos árboles, y allí estábamos los dos abrazados dándonos besos, y éstos ya no eran besitos, sino besos furiosos, y yo le abrí la blusa y empecé a chuparle las chichis, y cuando yo ya iba a desabrocharme el pantalón ella dio un grito y me dijo ¡corre! ¡corre!, y lo que pasaba es que venía su hermano, el que me había mirado tan feo, y traía en la mano un machete así de grande, y venía gritando hijo de la chingada, te voy a matar, y luego le gritó a ella no sé qué en su lengua, y mi novia volvió a decirme que corriera, y cómo corrí monte abajo, que daba yo más saltos que un jaguar, y como ella se agarró a su hermano, pués él no pudo correr detrás de mí y así pude escapar, que creo que no dejé de correr hasta llegar a la carretera principal, allí donde estaba la cantina que era la parada del camión.

    –¿Y ya no la viste nunca más?

    –Pues no, porque después de todo esto perdí el trabajo que tenía en el restaurante, pero encontré otro en una cantina de la zona roja, que duró unos meses, hasta que decidí irme de Oaxaca, y corre que corre llegué a Tijuana, y sin coyote ni nada me pasé al otro lado, y aquí estoy ahora trabajando en la cocina de un restaurante, lavando platos. Al principio de llegar viví con otro mexicano, que también estaba aquí sin papeles, pero que sabe mucho de cómo conseguirlos falsos, que merito parecen de verdad, y gracias a él tengo la tarjeta verde, ésa que es más azul que verde, pero verde la llaman, y la mía es bien chueca, naturalmente, pero pasa y nadie se da cuenta. Y lo mismo con mi tarjeta de la seguridad social, que escogí un número así a la buena de Dios, y quién sabe, a lo mejor es el número de algún americano de vaya usted a saber donde vive, aquí en California, o en Florida, o en Nueva York, y con mis dos tarjetas es como agarro las chambas, y hasta pago impuestos y todo, para que no digan que soy mal inmigrante.

    –¿Dónde te consiguió la tarjeta?

    Cuauhtémoc me miró con una sonrisa traviesa.

    –Pos ahí al lado –dijo señalando la calle con un gesto de la cabeza–. En el consulado.

    Yo no comprendía una palabra. Cerca de El Barrio Latino no hay ningún consulado.

–Veo que usted no sabe nada de este barrio.

–Sí sé mucho, y sé que aquí no hay ningún consulado.

Cuauhtémoc se sonrió con un dejo de burla que me molestó.

–El consulado es la calle Misión, ahí al lado de este café –me explicó como si hablara a algún ignorante–. ¿No vio usted que ahí están siempre unos muchachos, siempre los mismos? Pues ellos venden micas, tarjetas verdes, si usted no entiende eso de micas. Se puede conseguir una mica en menos de unas dos horas, y es merito merito como una tarjeta verde de verdad. ¿No lo sabía usted?

–Eso ya lo sabía, que tengo ojos para ver, pero no sabía que le llamaran el consulado.

Me fastidió que este jovencito recién llegado supiera de mi barrio más que yo, que creía saberlo todo. La picaresca ilegal estaba allí, delante de mis narices, con su propio nombre, y yo en la luna. Cuauhtémoc era una mina de información para el cuento que escribiría, y me propuse verlo otro día para que continuara contándome su historia, pero mi yo vampiro se quedó sin víctima a quien chupar la sangre, o sin personaje inspirador de mis pinitos literarios, pues nunca más volví a ver a Cuauhtémos. Yo le di mi teléfono, pero él no me llamó nunca, ni volvió por el café, que yo sepa. Quizá fue porque pocos días después de esta conversación yo me fui a Guatemala por un mes, y a lo mejor él llamó, y en vista de que yo nunca contestaba se aburrió y dejó de llamarme. Al menos, nunca volví a coincidir con él en El Barrio Latino. Quizá lo haya agarrado la migra, y a estas horas estará deportado en Tijuana, viendo cómo volver a pasar la frontera, como hacen todos. Los echan un día, y al día siguiente están saltando la valla otra vez, como corredores olímpicos en la carrera de cien metros vallas. No hay quien los pare, como los romanos no pudieron parar las oleadas germánicas.

XII

El cuento de Cuauhtémoc

(Mi conversación con el joven Cuauhtémoc se me quedó grabada en la memoria por varios días. Me gustaría seguir hablando con él, vampirearlo un poco más, sonsacarle más información sobre su madre y sobre su abuela, aunque en cuanto a ésta no sería fácil, sino imposible, pues él mismo ya me había dicho que no sabía nada de ella. Incluso creía que la buena señora ya se había muerto.

Pocos días después de haber tenido mi larga conversación con el joven Cuauhtémoc, mis padres me dijeron que tenía que ir a Antigua para arreglar algunos asuntos de familia, y cuando volví a San Francisco un mes más tarde, Cuauhtémoc habia desaparecido. Nunca más volvió al café, ni lo vi nunca más por las calles del barrio que, en realidad, es como una ciudad pequeña dentro de la gran ciudad de San Francisco. Creo que en las últimas semanas he cenado en todos los restaurantes mexicanos, salvadoreños, cubanos, peruanos y de todo cuanto país hispánico hay en la Misión, y nada. Mi dieta de papusas, ceviches, mole poblano y no sé cuántos platillos más no sirvió más que para hacerme desear una buena cena con uñ filet mignon o una ternera parmesana. A Cuauhtémoc no he vuelto a verlo nunca más, pero su historia se me quedó entre ceja y ceja, una historia incompleta que ahora, en vista de la desaparición de su protagonista, ya sólo mi imaginación podría completar. ¡Y cómo se me desató la imaginación! La lógica, o la fantasía, eran bien sencillas, y encuadraban perfectamente con el final del cuento que escribí sobre César. ¡Cómo se me están encadenando todos mis personajes imaginarios! Imaginarios son, ciertamente, frágilmente construidos sobre la base de unos personajes reales.

César existe, y yo lo hice viajar a Guatemala para que viera con sus propios ojos, bueno, con los ojos que yo le di, el racismo y la injusticia del país de mis padres y abuelos. La realidad, mucho más modesta que mi imaginación, limitó ese viaje a una cena en casa de mis padres donde ellos y sus amigos plagiaron a mis personajes hablando de la herencia de la Madre Patria y de la indiada mugrosa. También insinué que, a lo mejor, César tendría en estas tierras americanas tíos y primos de cuya existencia él no tiene ni la menor idea. Estos parientes son producto de mi imaginación, pues en cuanto a la vida de su abuelo en México, César me ha dicho que no sabe nada. Nada de nada. Sospecho que en su familia de España la vida del abuelo durante su larga estancia en México es un secreto de familia, o quizá un misterio para todos ellos.

Esperanza existe, y allá estará ahora en Fresno con su marido, que quizá sea una bellísima persona, pero a quien yo convertí en un benaventino incestuoso y en sádico miembro de la Guardia Nacional de Somoza.

También existe su hija Esperanza, a quien yo siempre llamo Esperancita para que en mis cuentos no se confunda con su madre. De ella, de la hija, sé muy poco, la verdad sea dicha. Y de su marido, menos. Bueno, algo sé. Sé que era un borracho, drogadicto y traficante de drogas. Al menos, así es como me lo describió Esperanza. Y también sé que los dos se volvieron a México, a uno de los estados del sur, a Chiapas o a Oaxaca, uno de los dos.

Entra entonces en escena el joven Cuauhtémoc, nacido en Oaxaca de una madre que ha pasado parte

de su vida en California, y que no quiere ni oír hablar
de esta tierra, a la que detesta. Sus razones tendrá. También hay por medio un abuelo español y un hermano
agringado, asimilado por completo por la sociedad
americana.

Piensa, piensa, vampiro, o ahora más bien araña.
Empieza a atar cabos, comienza a tejer tu tela en la que
quede atrapado cada uno de tus personajes. Conéctalos
a todos, inventa coincidencias, escribe tu novela bizanti-
na de encuentros y desencuentros, imita a Cervantes,
aunque no creo que lo consigas, que para eso no das la
talla. Inténtalo, por lo menos, sal de tu abulia y siéntate
a escribir, aunque sólo sea por entretenerte, por el mero y gratuito juego literario, por sentirte manipulador
de gentes de verdad a las que has conocido y a las que tú
puedes darles una vida que nunca tuvieron. Escribe su
historia o, mejor dicho, la historia que tú les vas a dar,
aunque nadie la lea. Desata tu imaginación, juega a ser
detective, siéntete como un Maese Pedro de teatro, como un Deus ex machina, como un creador de seres que,
aunque imaginarios, ya empiezan a ser reales para ti, ya
comienzan a vivir en tu mente, ya sufren y ríen y lloran
cuando a ti te da la gana de que lo hagan. Escribir todo
esto, crearlo todo de la nada, será como una inyección
de adrenalina para tu ego...

¿Por qué, sin darme casi cuenta, dejé de hablar yo
y permití que alguien, no sé quién, me hablara a mí? In-
yecciones de adrenalina a mí, tonterías, estoy bien seguro de que no las necesito. Mi ego está bien inflado todos
los días, aunque no sé si tiene razón para estarlo).

No hay mucho que hacer en San Martín de las Lomas. Tu familia
cultiva las milpas de maíz y frijoles, cuida los huertos de aguacates,
mangos y otras frutas y da de comer a los animales. Tu padre hace todo

eso, y además toma en la cantina, gastándose en ella un dinero que tu madre sabría emplear más sabiamente.

Tú ayudas en los campos y en la casa desde que eras muy pequeño. Eres un buen hijo, Cuauhtémoc, buen hijo para tu madre, de quien heredaste su belleza indígena sobrepuesta a las facciones españolas de un abuelo de quien tu madre nunca quiere hablar. A una cabeza española le han puesto una piel color tabaco, y ésa es tu cara. Tu nombre, Cuauhtémoc, lo escogió tu madre porque no quería darte un nombre español, y ése fue el único nombre indígena que se le ocurrió.

No, tu madre no quiere hablar de tu abuelo, y en las pocas veces en que lo hace le salen los insultos a borbotones.

–El gachupín de la chingada nos abandonó cuando mi hermano y yo éramos niños, y nunca más volvió a acordarse de nosotros. Cabrón como todos los españoles, que nunca nos han querido a nosotros los indios. Indios somos, hijo, y nunca te avergüences de serlo. Nunca. Y no me preguntes nada de él. Para mí, como si no existiera. Se volvió a su tierra, y que allá se pudra, si es que no se pudrió ya.

Tu madre es una mujer amargada, envejecida prematuramente por la mala vida que le da su marido. Abundan las golpizas cuando él vuelve tomado de la cantina, golpizas que tú oye desde tu recámara, bofetadas seguidas de coitos brutales que te impiden dormir y que te llenan de odio hacia tu padre.

–Si te pega otra vez, lo mato. Te lo juro, mamá. Si te vuelve a pegar, lo remato a machetazos.

Nunca lo hiciste, y las palizas continuaron.

–Tenemos que irnos de aquí, mamá. Yo ya soy grande y puedo ganarme la vida para los dos. Vámonos a California, que dicen que allí siempre hay trabajo.

Tu madre te miró con ojos llenos de malos recuerdos.

–A California, nunca. Mira, mijo, no creas nada de lo que te dicen de que en los Estados Unidos se vive mejor que aquí. Allí no nos quieren, compréndelo. Son unos hijos de la chingada que no nos quieren a nosotros los mexicanos.

–Pues muchos están allí, y buena feria que mandan.

–La ganan a fuerza de tragarse su coraje. Créeme, hijo, que yo estuve en California y no quiero ni oír hablar de esos gringos de la chingada.

–La mamá grande está allí, y si no se volvió será porque bien le va. A la mención de la abuela la cara de tu madre se endureció.

–Tu abuela se murió. No hay mamá grande en California.

–El tío está allí, y puede ayudarnos. Un día se te escapó decirme que tengo un tío allá, pero nunca me has dicho cómo se llama.

Tu madre hizo un gesto de desprecio.

–Tu tío tiró su nombre a la basura. Tu tío se murió también.

–¿Cómo sabes que se murió?

–Se hizo gringo, que es peor. No quiere saber nada de nosotros. Ni yo de él. Que nunca se te ocurra ir a California, mijito, que allí hay mucha gente mala. Si quieres irte de esta casa, vete cuando quieras, yo no lo tomaré a mal, pero yo aquí me quedo.

–¿Aguantando las golpizas?

Tu madre no contestó, y su cara se cubrió de tristeza.

–Ya encontraré alguna feria para darte cuando te vayas, pero no salgas de México. Prométemelo.

Tú te quedaste callado, sin prometer nada, y fue entonces cuando empezaste a pensar en ir al Otro Lado, en dar el salto, en dejar atrás tu hermosa tierra de Oaxaca para venir a la dorada California que tus antepasados perdieron hace ya más de un siglo.

Dejaste San Martín de las Lomas, y el camión te llevó a la capital del estado, a esa Oaxaca llena de conventos y palacios coloniales que tú nunca habías visto, a esa ciudad construida por los antepasados de tu abuelo español.

Fue en el camión donde el único asiento vacío estaba al lado de una gringa algo mayor que tú, una importadora de artesanías, una de esas americanas que viajan solas para estudiar las artes populares, pero que en realidad buscan aventuras en tierras para ellas exóticas, una americana que hablaba español, no muy bien, pero que podía conversar con los que ella llamaba los nativos, y tú eras uno de ellos, aunque un poco, un bastante más guapo que otros jóvenes de tu edad.

Para la gringa aventurera, importadora de las artes populares de

Oaxaca y corruptora de menores, tú fuiste todo un hallazgo. Ella se sintió como un arqueólogo que encuentra una hermosa estatua, con la diferencia de que tú no eras una antigualla, sino un guapo joven de diecisiete años con su potencia sexual disponible y lista para ser utilizada, y ella preparó bien el terreno. En realidad, a ella no se le puede llamar corruptora de menores, pues aunque tú sólo tuvieras diecisiete años, no eras ningún angelito virginal.

—¿Tienes familia en Oaxaca?

—No, mi familia vive en un pueblito de este estado, pero en la capital yo no conozco a nadie.

La gringa sonrió con satisfacción.

—Y, ¿qué vas a hacer en Oaxaca?

—Pues buscar un jale. Yo soy buen trabajador.

Otra enigmática sonrisa.

—¿Dónde vas a vivr?

—Pues mi mamá me dio unos pesos, y rentaré un cuarto mientras busco trabajo.

Después de un corto silencio la gringa lanzó su primer anzuelo.

—Yo he rentado una casita, la misma que rento siempre cuando vengo aquí. Si quieres, puedes quedarte allí por unos días.

—Y, ¿cuánto me va a cobrar?

La sonrisa de la gringa tenía un deje burlón ante la inocencia de tu pregunta.

—Nada, muchacho, nada. Lo hago para ayudarte en lo que pueda.

Negocio completo. Tú aceptaste y pronto descubriste, con gran alegría por tu parte, la verdad sea dicha, que Beatriz, pues así se llamaba, te cobraría no en pesos sino en apasionadas noches que te hicieron recordar las que habías pasado con la maestra. No le pagaste en pesos, sino con el peso de tu cuerpo joven sobre el suyo, con tus kilos de carne todavía un poco adolescente, con tus litros de esperma que chocaron con el diafragma que ella usaba, aunque tú no sabías nada de diafragmas ni de medios anticonceptivos.

—La semana próxima me vuelvo a América —te dijo después de tenerte día y noche durante tres semanas.

Tú esperabas que añadiera que tú te irías con ella, pero no lo dijo. No te iba a llevar a ti junto con los sarapes, manteles bordados y cachivaches que había acumulado. Tú no entrabas en su negocio de importación de artesanías, y al sentirte rechazado te acordaste de tu madre y de lo que ella te había dicho sobre los gringos.

–Bueno, que tengas buen viaje. Yo ya me las arreglaré aquí.

Eso de arreglártelas iba a ser más difícil de lo que tú pensabas. Con la marcha de tu protectora terminaba una etapa muy fácil, demasiado fácil y agradable, de tu joven vida.

–Ella me dio de comer –pensaste– y yo le di de coger–, y una traviesa sonrisa te alegró la cara cuando, pensando en las variadas actividades sexuales de la gringa, completaste tu pensamiento: Y de beber, también.

–La casa está pagada por un mes más. Puedes quedarte en ella por ese tiempo –te dijo.

Sí, claro, quedarte en ella, pero ¿quién iba a pagar las cuentas en los restaurantes o las compras en el mercado?

La gringa era buena persona, e incluso se había encariñado contigo. Eso tú no lo sabías, pues estabas convencido de que a ella, como a la maestra, lo único que le interesaba era el plátano que tienes entre las piernas, pero fue gracias a ella que milagrosamente te apareció un trabajo en uno de los restaurantes que más habían frecuentado los dos, un pequeño restaurante cerca de la casita-nido de amor-sexo que habían compartido. La gringa habló con los dueños, a los que conocía desde su primer viaje a Oaxaca, y tuviste trabajo y un pequeño cuarto donde dormir, hasta que el patrón te dijo que el empleo se había terminado.

–Pues mira, Cuauhtémoc, que con tres empleados ya tenemos bastante, y el restaurante no da para más.

–Pero yo hago buen trabajo, ¿no?

–Sí, muchacho, eres buen trabajador, pero el dinero que dejó la señorita se acabó, y no podemos tenerte más.

–¿Qué dinero es ése que dejó la señorita?

Era la primera vez que hablabas de ella llamándola señorita. En la cama le habías llamado otras muchas cosas, pero no señorita.

–¿Que qué dinero? Pues el que ella dejó para que te diéramos trabajo por tres meses. ¿Es que no te lo dijo?

No, no te había dicho nada. La mujer independiente y libre que te había gozado tantas noches también tenía su vena de discreción, y te había ayudado aún después de su marcha, sin que tú lo supieras.

–Es muy buena la señorita –dijo el patrón– y sabe agradecer los servicios prestados –añadió con una sonrisa cómplice.

Tú te pusiste colorado.

–Este cabrón me está llamando puto –pensaste, pero cuando el cabrón es el patrón hay que tratarlo con respeto.

–¿Y no sabe usted de otro lugar donde pueda trabajar?

El patrón pensó un momento.

–Mi cuñado tiene una cantina en la zona, pero tú no puedes trabajar allí porque eres muy chamaco.

–Ya tengo dieciocho años –mentiste, sabiendo que tu cuerpo fuerte y musculoso te hacía parecer mayor de lo que eras.

No está claro si engañaste al patrón o si él se dejó engañar. Un buen trabajador mal pagado siempre resulta atractivo para quien lo emplee. El patrón fue al teléfono y habló con su cuñado.

–Dice que bueno, que vayas allá para hablar con él –y te dio una dirección en la pecadora zona roja de Oaxaca.

Así fue como empezaste a trabajar en una cantina de putas y de machos en celo.

–Cuauhtémoc, guapo, ven conmigo que esta noche no estoy ocupada.

–Cuauhtémoc, amorcito, ven a dormir conmigo, que tengo frío y no tengo cliente.

–Cuauhtémoc, machote, ven a darme un masaje, que me duele la espalda.

Te convertiste en el cantinero más popular entre el puterío de la zona, hasta que tu éxito puteril levantó celos entre algunos chulos que no toleran que su puta trabaje gratis.

–Si te encuentro con la Rosario, te capo.

–Si te metes con mi socia, te corto la verga.

–Si te encuentro aquí mañana, te mato.

No te encontró. Tú sabías perfectamente que sus amenazas no eran cosa de risa, y que ya no sólo tu verga, sino también tu vida, estaba en peligro. Te fuiste de la zona sin pena, y con tu pene intacto, y te fuiste también de Oaxaca, comenzando tu largo viaje hacia el Otro Lado, pues habías decidido marcharte a San Francisco.

–Estoy seguro que la gringa quiere que vaya a verla.

Luego te repetiste a ti mismo la frase, con una ligera variante que te hizo sonreír.

–Estoy seguro que la gringa quiere que vaya a cogerla–, y te alegraste de que ninguno de los chulos hubiera podido llevar a cabo sus amenazas. Nadie había arrancado el fruto del fuerte banano de tu cuerpo.

Con tus ahorros bien guardados en una bolsa, y con la bolsa bien escondida en tu pantalón, donde nadie podría meter la mano sin que tú lo notaras, hiciste el largo viaje de Oaxaca a Tijuana, varios días y varias noches en camiones donde también viajaban otros muchachos como tú, todos dispuestos a cruzar la frontera sin engorrosas molestias de papeles ni pasaportes. En la bolsa, junto con tu dinero, llevabas también el sobre de una de las cartas que la gringa había recibido en Oaxaca, sobre que tú habías rescatado del cubo de basura donde ella lo había tirado. En la esquina de arriba, a la izquierda, había un membrete: *Mayazteca. Arts and Crafts from Mexico and Central America,* con la dirección y el número de teléfono de la tienda, u oficina o lo que fuera.

Tú hiciste tu camino de Santiago, y el difícil paso de Roncesvalles tuvo para ti la forma de una cerca de alambre, cerca que tu abuela y tu madre habían pasado arrastrándose sobre la arena y que tú cruzaste también, siguiendo quizá la llamada ancestral de un pasado familiar que no conoces.

Tú no tuviste que cruzarla a rastras, sino que saltaste sobre ella como ágil cervato, como deportista escalador de verticales obstáculos, como alambrista de circo, como tantos otros miles de olímpicos saltadores de pértiga que cada día saltan y asaltan los muros de la fortaleza USA.

Tuviste también que vencer tu Paso Honroso, no derrotando a medieval caballero que con armadura y lanza en ristre cerrara el paso de un puente, sino esquivando el control de San Clemente donde la migra astuta espera a los que se creen seguros después de haber saltado la cerca fronteriza.

Un día llegaste, por fin, a tu Labacolla, esa colina desde la cual los romeros veían, Gaudeamus, las torres de su destino, los campanarios de Santiago de Compostela, meta de sus esfuerzos, fuente de indulgencias y perdones, puerta del cielo que les permitiría entrar en la gloria que para los nuevos peregrinos que saltan la barrera fronteriza es un paraíso verde de dólares, ya que no de plantas y árboles del paraíso terrenal.

Sí, tú viste por fin la silueta de San Francisco recortada sobre un cielo otoñal, y si no hay en ella torres barrocas cargadas de historia, sí hay rascacielos que harían parecer enana la catedral de Santiago, y calles rectas en lugar de revueltas rúas enlosadas.

El sobre con la dirección y el número de teléfono de Mayazteca estaba bien guardado en tu bolsillo. Ese numerito era tú único contacto en San Francisco, la única puerta a una posible ayuda, el lazo que tú, ingenuamente, creías que podría reanudar la relación vivida en Oaxaca.

Cuando llamaste por teléfono esperabas oír la voz de tu gringa-protectora-amante, pero fue la sonora y profunda voz de un hombre la que contestó tu llamada.

–*Hello!*

Tú te sentiste un poco desconcertado. No esperabas la voz de un barítono, sino la muy femenina voz de tu Beatriz.

–¿Está la señorita Beatriz?– preguntaste en español.

El barítono sólo comprendió el nombre de Beatriz.

–*Who is calling?*

Tu vocabulario inglés no daba para poder comprender la pregunta. Tu vocabulario inglés se limitaba a unas cuantas frases que habías llegado a aprender a fuerza de oírlas muchas veces en la cama con tu gringa.

–Do it again.

–Once more, just once more.

–Kiss me.

–Fuck me.

Ése era un vocabulario que no te servía para hablar por teléfono, y mucho menos con el dueño de una masculina voz de sonoras resonancias.

–Who is calling? –repitió la voz masculina con un ligero tono de impaciencia.

Tú no comprendiste la pregunta, pero la contestaste, sin saberlo, cuando lo único que se te ocurrió fue decir tu nombre.

–Soy Cuauhtémoc.

Tampoco comprendiste cuando oíste que la voz llamaba a Beatriz.

–Honey, an Aztec king is calling you.

Y su voz, por fin, la de Beatriz, la voz que tú reconociste enseguida aunque habló en inglés.

–Who is it?

–Soy Cuauhtémoc–repetiste.

Silencio.

–¿Cómo conseguiste mi teléfono?–preguntó en español

–Brujería. Con los hongos de Oaxaca se consigue todo.

Tu chistecito no pareció hacerle gracia.

–¿Dónde estás?

–Aquí, en San Francisco.

Otro silencio, esta vez un poco más largo.

–Me parece que no voy a poder verte.

La puerta entreabierta se estaba cerrando, y tú empezaste a sospechar por qué.

–¿Quién es el que contestó al teléfono?

Breve silencio.

–Es mi marido, Cuauhtémoc. Me casé hace seis meses.

Ahora el silencio fue tuyo.

–Bueno, entonces, nada.

Y ahora el silencio fue de los dos.

–Es mejor que no me llames más.

–Está bien.

–Adiós.

–Adiós.

Clic. Colgaste el teléfono y te quedaste un buen rato allí de pie, al lado de la cabina desde donde habías llamado. De nuevo estabas solo, y esta vez no en tu tierra, rodeado de gente que habla como tú, sino en una ciudad grande y extraña.

Tú no sabes nada de peregrinaciones a Compostela, ni de romeros que recorrían los caminos de Europa para llegar a la sagrada tumba de Santiago, su meta, su pasaporte para la gloria eterna, su puerta abierta pasada la cual no quedaría recuerdo de sus pecados anteriores. ¿Qué pensarían esos peregrinos si al llegar a su destino les dijeran que todo era una mentira, que allí no estaba enterrado Santiago, que su viaje habia sido inútil?

Tu eres joven, Cuauhtémoc, y sabes muy bien que siempre vas a sobrevivir y a superar las situaciones más difíciles. Ésta era una de ellas, pero no por esto te sentiste en el fondo de un pozo. Encontraste refugio en el barrio de la Misión, en esa parte de San Francisco más mexicana que gringa, en esas calles donde se oye más español que inglés, en ese barrio lleno de gente como tú, capaz de sobrevivir en un ambiente hostil, en una tierra extraña, en un país del cual en cualquier momento pueden echarte porque no tienes papeles, porque entraste ilegalmente, porque dicen que no tienes derecho a estar aquí.

Todo se arregla en esta vida, y tú tuviste suerte en la ciudad de los terremotos y de los puentes. No terminaste, como tantos de tus jóvenes compatriotas, en la esquina de Army y Misión esperando encontrar trabajo cada mañana, casi todos ellos bajos y fuertes, o bajos y delgados, refinado producto final de varias gcneraciones de progenitores hambrientos, pacientes y dóciles unos, protervos y malencarados otros que, relegados por sus camaradas a la esquina siguiente, buscan vender productos tropicales para los que siempre aparece algún cliente. Sí, tuviste suerte, muchacho, pues por lo menos hasta ahora no has tenido que ensuciarte las manos con pinturas a base de aceite, con la tierra de pequeños jardines urbanos ni con maderas llenas de astillas en las casas en construcción. Al contrario, tus manos están limpias, tan limpias que se han vuelto ásperas y escamosas después de horas y horas lavando platos en un restaurante, irritadas por el constante contacto con el agua caliente y jabonosa. Sin familia en la ciudad, tú no sabes que sí la tienes, sin hablar inglés, tú, aunque de carácter fuerte e independiente, buscaste entre otra gente hispana amistades y amores o, si no amores, por lo menos momentos de pasión que te ayudaran a desahogar tu potencia juvenil, y con uno de tus pocos amigos, un periodista que conociste en un café del barrio, hablaste una tarde a torrentes, no movido por la cerveza, pues no habías bebido mucha, sino por la necesidad de oírte a tí mismo contando tu propia historia, de afirmar tu identidad, que es algo más que la de un anónimo lavaplatos en la cocina de un restaurante, pobre ilegal buscador de míticos vellocinos de oro. Que eras, en fin, un hombre con un pasado agridulce, un presente difícil y un futuro incierto.

XIII

Cuauhtémoc

En menudo lío me he metido, ahora que parecía que todo me iba bien. Tengo un empleo de planta, que siempre es mejor que tener que ir a Army y Misión todas las mañanas. Tengo un cuarto para mí solo, y no como tantos chavalos como yo que duermen en el suelo, tres o cuatro en un cuarto o, peor aún, en un shelter de esos que tienen algunas iglesias, donde a las seis de la mañana te ponen en la pinche calle, y a las siete de la tarde hay que estar dentro, que si no no te dejan entrar. Hasta tengo ya algunos amigos, que yo le caigo bien a la gente, no sé por qué será. Uno de ellos, un periodista guatemalteco que se las arregla muy bien para darme cuerda y hacerme hablar, ¡y con lo que a mí me gusta hablar!, dejó de venir por el café ése de El Barrio Latino, y ahora hace ya mucho tiempo que no lo veo. De esto hace ya varios meses, y como ahora tengo mi jale en un restaurante de dauntaun, pues ando menos por el barrio. Durante el día, trabajando como un burro en el restaurante cerca de Union Square. Tarde por la tarde, a la clase de inglés ahí en la calle Bartlett, que queda cerca del café, pero cuando termina la clase estoy tan cansado que me voy a mi cuarto a estudiar inglés, y después a dormir.

Y ahí empezó el problema Ahora ya no vivo con el mexicano que me consiguió los papeles, y rento un cuarto en la casa de una señora portuguesa que está paralítica, y en otro cuarto vive una muchacha que la cuida, y ya se puede uno imaginar lo que pasó, que ella estaba muy sola y yo estaba muy solo, y los dos en la misma casa, y terminamos cambiando la ese por una eme y acabamos los dos en la misma cama, y así, por darme gusto entre las piernas, que bien lo necesitaba, y por no dormir solo, terminé metido en otro lío. Una noche, después de coger, y cuando iba a cogerla otra vez, va y me dice muy bajito, para que la portuguesa no nos oyera desde su cuarto.

–Ay, Cauhtémoc, que me parece que estoy preñada.

La verga se me bajó inmediatamente.

–¿Estás segura?

–Pues segura, segura, no, pero me parece que sí.

Yo me salí de la cama y me quedé parado en medio del cuarto, todo encuerado.

–Y, ¿qué vamos a hacer?

Ella se echó a llorar.

A ver qué vamos a hacer los dos, digo los tres, con unos empleos que malamente dan para comer, ella cuidando a la vieja y yo lavando platos, y cuando venga el beibi ella tendrá que ir al hospital, y a ver quién paga, porque yo no tengo un tostón, y ella menos.

Me puse los pantalones y me volví a mi cuarto descalzo, andando de puntillas.

Desde entonces ya no volví a su cuarto por varias noches. A lo mejor resulta que no, que no está preñada, y es mejor no hacer nada, no vaya a ser que después de una falsa alarma la empreñe de verdad, pero a mí no me gusta jalármela, y cuando volví llevaba en la mano un par de condones que compré en Walgreens.

Como todo lo hacemos sin hacer ruido, que es así como si estuviéramos en una película de la televisión, pero sin sonido, la vieja portuguesa no se ha dado cuenta de nada, pero mira tú que si lo nota y le entra un ataque de moralidad y nos pone a los dos en calle, ¿qué vamos a hacer?

Un mes más tarde me dijo:

–Me volvió la regla.

¡Qué alivio! Menudo susto me había llevado. Ya podía estar tranquilo, sin el peligro de encontrarnos los dos en la calle, ella bien embombada y los dos, los tres, sin tener a dónde ir. Claro que, a lo mejor, la portuguesa no nos echaba, que buena cuenta que le tiene, porque si la echa a ella, ¿quién la va a cuidar, y darle de comer, y a bañarla en la cama, y a limpiarla y todo eso que hay que hacerle? Porque ella sólo puede mover la cabeza que, eso sí, le funciona de maravilla, y además de portugués hasta habla inglés, y francés, mira tú para qué le servirá

tanto idioma si total se le está pasando la vida acostada panza arriba en
una cama, que si fuera posible yo le diría:

–Mire, señora, yo la cuidaré hasta el final de sus días a cambio de
que me dé su inglés, pues total para qué lo quiere, que casi no lo usa.

Con la muchacha que la cuida, que sólo habla español, tiene que
entenderse en portugués, que es casi como castellano con algunas cosas que no se comprenden aquí y allá.

Y si yo hablara inglés, otro gallo me cantara, porque entonces podría ir a esos bares elegantes donde se reunen las gringas solteritas o
divorciadas, y como yo sé muy bien que soy guapo, que muchas, y también algunos, me lo han dicho, que aquí hay mucho joto, pues ense-
guidita me encontraba una gringa para casarme con ella, y entonces sí
que tendría papeles de verdad, y no estos chuecos que tengo ahora.

Yo no voy a casarme con la cuidadora de la portuguesa, que si me
acosté con ella fue por darle gusto al cuerpo, o a los cuerpos, pues
buen gusto que le di a ella también, y porque la soledad me pesaba demasiado, como a ella, y además, viviendo en la misma casa, pues lo que
pasó tenía que pasar, que los dos somos jóvenes, y yo soy macho y ella
mujer, y es natural, ¿no?

Si yo supiera inglés, aunque no fuera del todo bien, sólo para poder atontar a una ruca gringa con unas palabritas románticas y unos
buenos revolcones en la cama, que yo sé clavar muy bien, mejor me iría
en esta tierra, que aquí oportunidades no faltan, y si uno no se anda
con babosadas de que esto se debe hacer y esto no, pues tienes aquí
más puertas abiertas que en una zona roja, que si yo me encuentro alguna vieja hambrienta como la maestra, o como la gringa, pues a dejarla contenta y a pisar todo lo que ella quiera, y si luego quiere invitarme
a los buenos restaurantes y comprarme ropa y todo eso, pues al tiro.

Pero mira que es mala suerte. La gringa no quiere saber nada de
mí, y eso que fui a rondarle la tienda, pero sin entrar en ella, que tampoco quiero hacerle líos con su esposo. La vi desde la calle, sin que ella
se diera cuenta de que yo estaba allí haciendo como que estaba esperando el camión, y me pareció que ella sí está preñada, que está más
gorda que cuando yo la montaba todas las noches allá en Oaxaca. Si

no fuera que pasó mucho tiempo, pues mira tú que a lo mejor su hijo era mío, y no de su esposo, pero no puede ser, que pasó más de un año desde que la cogí por la última vez.

Soy tan pendejo que en lugar de acostarme con una gringa rica me metí con una mexicana ilegal como yo, que está tan bruja como yo, sin un dólar en la bolsa, y aunque ahora estoy más tranquilo porque sé que no le prendió la vacuna, tengo que andarme con cuidado, no vaya a ser que le prenda de verdad, y a ver que haríamos, que la feria no crece en los árboles.

Esto de la feria es un lío. Yo no puedo quejarme, que tengo un trabajo fijo, aunque sea mal pagado, y no tengo que pasarme el día ahí parado, al sol y a la lluvia, en la esquina de Army y Misión. Claro que si quisiera ganar más siempre podría dedicarme a vender grifa, compras un guato, lo divides en bolsitas más pequeñas, y pues ya, que el mexicano con quien vivía yo me dijo que cuando quisiera asociarme con él, pues que ya mero, pero yo no quiero meterme en líos de la verde, que ya tengo bastante con andar con papeles chuecos y además, si cae placa y te agarran, pues a la cárcel vas, y se pasa muy mal. Y además, paqué meterse en eso si siempre se pueden ganar clavos de otras maneras.

Como yo no hablo inglés, ya empecé a ir a unas clases que dan gratis en la Bartlett y veintidós, aunque no sirven pa mucho porque hay treinta y tantos cuates por clase, y allí el único que habla es el maestro, y nosotros ni una palabra, pero yo estudio mucho en el poco tiempo que tengo libre, y cuando lo aprenda, que ganas no me faltan, pues bueno, todo va a ser muy diferente.

Al principio de llegar aquí, con esto de no hablar inglés, cuando estaba libre de los pinches platos del restaurante pues me iba a pasear por la calle de la Misión, que allí es como estar en el Zócalo de Oaxaca, que todo el mundo que anda por la banqueta va hablando español, y oír hablar inglés allí es más raro que ver una iguana con plumas, y en los cafés lo mismo, que parecen cafés de México.

Ahora, como trabajo dauntaun y ya sé algo de inglés, prefiero pasear por allá, por la calle Powell y por el Embarcadero, que allí también hay muchos cafés, y muy bonitos, con mesas y sombrillas en la banqueta, y todo lleno de gringos que hablan inglés, que es lo que yo quiero aprender.

Pues mira tú que en uno de esas mesas me senté yo, y me puse a estudiar en mi libro de inglés, y en la mesa de al lado allí nomás estaba un cuate como así de unos cuarenta años que leía una revista que se llama Time, y yo me di cuenta de que me miraba, y me miraba, joto tenemos, pensé, pero a mí eso no me importa, y cuando vio que yo estaba estudiando inglés, y quizá porque se me ve en la cara que soy mexicano, pues me habló en español.

–¿Estudiando inglés?

Yo me di cuenta de que el cuate buscaba un pretexto para empezar una conversación conmigo, pues la pregunta era bien tonta. Mi libro decía claramente *English as a Second Language. Elementary level,* y el otro libro que tenía encima de la mesa decía: *Exercise Book.*

Como yo conozco a tan poca gente, a veces siento la necesidad de hablar con alguien, sea quien sea, y le contesté.

–Sí, pero es muy difícil.

–¿De dónde eres?

Carajo, a mí no me gusta que me pregunte eso alguien a quien no conozco de nada, no vaya a ser que sea de la migra, pero el cuate tenía una cara simpática y yo tenía ganas de hablar.

–De Oaxaca.

–Yo estuve en Oaxaca hace dos años, en Mitla, en Monte Albán, en Puerto Escondido, un poco en todas partes.

–¿Le gustó?–. Yo le hablé de usted, que el cuate era mayor que yo y yo no lo conocía.

–Me gusta mucho Oaxaca. ¿De qué parte eres?

Caray, otro tipo preguntón, como el periodista. O quizá me hacía preguntas simplemente porque quería hablar conmigo, no sé con qué intenciones, que cuando dijo eso de me gusta mucho Oaxaca me miró de una manera que me hizo pensar que lo que quería decir era: Me gustas mucho tú.

–Soy de un pueblito de las montañas. Estoy seguro de que usted no lo conoce. Es muy pequeño, y los turistas no van nunca por allí.

El tipo siguió haciéndome preguntas y terminó sentándose a mi mesa. Hablamos por quién sabe cuánto tiempo, y como él me hacía tantas preguntas yo empecé a hacérselas también a él.

—Usted habla muy bien el español. ¿Dónde lo aprendió?

—Es que yo nací en España, pero llevo aquí tantos años que ya soy más de aquí que de allá. Llevo aquí más años que los que tú tienes. ¿Cuántos años tienes?

Yo soy muy joven, pero ya sé mucho de la vida, y sé que los jotos, cuando hablan con un chavalo joven como yo, pues siempre encuentran la manera de preguntar cuántos años tienes, no vaya a ser que seas un menor y les puedas traer líos con la policía.

—Tengo veinte años —le contesté mirándole bien a la cara para ver cómo reaccionaba, y me pareció ver en él un gesto así como si se sintiera tranquilo al saber que tenía más de dieciocho.

A mí no me importaba que el cuate fuera joto, o lo que le diera la gana, y además me parecía buena persona, a pesar de ser español. No era como tantos gachupines abarroteros que hay en México, que se creen que son Hernán Cortés.

Pasó el tiempo volando y entonces me invitó a tomar una cerveza en su casa y yo me dije por qué no, y si es joto y me mete mano ya me las arreglaré, que a la fuerza no va a poder hacer nada.

Resultó que su casa no era en realidad una casa, él me dijo que era su estudio de pintor, y era una habitación enorme en un edificio que por fuera parecía como un almacén, y por dentro los techos eran altísimos, y con tuberías al aire como si no hubieran tenido dinero para terminar los cuartos, y había ventanas hasta en el techo y cuadros por todas partes, pinturas de flores, de gente vestida, de gente desnuda, de montañas, de todo, cuadros colgados de las paredes de ladrillo, cuadros apoyados contra la pared, amontonados unos encima de otros, y montones de papeles con dibujos muy bonitos, y él vivía solo en medio de todo aquel desorden.

Después de un par de coronas él va y me dice:

—Tengo que proponerte algo.

Ya está, la mariconada, pensé.

–Quiero que poses para mí.

¿Qué querría decir con eso de posar para él?

–¿Qué es lo que quiere que haga? –le pregunté.

–Pues eso, que poses para mí. Tú te pones ahí de pie, encima de esa tarima, delante de esa cortina, y yo te dibujo.

Yo me levanté, subí a la tarima y me puse delante de la cortina.

–¿Así? Pues ya está, ya puede dibujarme.

Él se sonrió, como si yo no hubiera comprendido lo que quería decir.

–Así, pero desnudo. Yo hago dibujos de la figura humana, estudios de anatomía artística.

Se levantó y trajo una carpeta enorme. La abrió y empezó a enseñarme dibujos de gente encuerada.

–¿Ves? Esto es lo que yo hago. Dibujo de desnudos, y también los pinto. Mira todos los que hay por aquí.

Era verdad. En las paredes había cuadros muy bonitos de hombres y mujeres desnudos, parados, acostados, sentados, en todas las posturas.

Yo pensé que a lo mejor resultaba que el cuate no era joto, que era eso, un pintor de gente desnuda, y esto me convenció.

Al principio me dio un poquito de pena, pero me encueré yo allí subido a la tarima y él puso unas luces que vinieron muy bien, pues daban calorcito, que si no me hubiera quedado tieso de frío.

Me dijo en qué postura tenía que ponerme, y él empezó a hacer dibujos con unos lápices que eran así como barritas de carbón, y los hacía pero que bien rápido, que me hacía cambiar de postura cada diez minutos, y era de ver lo de prisa que dibujaba, que cada vez que terminaba uno y me lo enseñaba yo me quedaba asombrado, y además dejó de darme vergüenza de estar allí encuerado porque total la cara no la dibujaba, y nadie iba a saber que yo me había encuerado delante de él, y yo no sabía que tenía un cuerpo así, cómo decir, pues qué carajo, tan bonito, que yo sabía que soy guapo pero nunca me había fijado en mi cuerpo, y entonces él va y me dice:

–Pareces un modelo de Goguén.

– No soy de Goguén, que soy de Oaxaca.

Él se rió, pero de buena manera, quiero decir que no se rió de mí, pero yo no sabía por qué lo que yo dije se le hizo tan chistoso.

–Hay un pintor francés muy famoso, que se llamaba Gauguin, que pintó muchos retratos de mujeres y hombre jóvenes y morenos como tú, allá en unas islas del Pacífico, y tú pareces uno de esos jóvenes que él pintó.

Se levantó y fue a buscar un libro con muchas fotos.

–Descansa un rato. Voy a enseñarte algunos cuadros de ese Gauguin.

Yo me bajé de la tarima y me senté, así encuerado como estaba, en una especie de sofá que había allí.

–Mira, ¿ves todos estos cuerpos morenos que él pintó? Por eso te dije que pareces uno de sus modelos.

Aparte de lo del color de la piel, yo no le veía el parecido por ninguna parte. Lo que sí me gustó fue ver las mujeres con las chichis al aire y flores en el pelo.

–Pero usted no pinta así. Usted pinta mejor. Hay que ver, algunos de sus dibujos parecen como fotografías.

Me pareció que eso de que sus dibujos eran como fotografías no le gustó.

–Bueno, te parece que pinto mejor porque mis dibujos son más realistas.

Yo no dije nada, porque no entendí muy bien lo que él quería decir con eso de realistas.

Como si me adivinara el pensamiento, va y dice:

–Yo pinto con más detalle.

Cerró el libro y lo puso en su sitio, en una estantería.

–Hala, vamos a seguir trabajando. Súbete a la tarima otra vez.

Yo me subí y él se me quedó mirando, como si yo fuera una estatua del parque. Me miró así un buen rato, y luego me dio una camisa vieja que estaba por allí tirada en el suelo, y me dijo que la agarrara con la mano izquierda y que me la echara por encima del hombro, y que dejara el brazo derecho colgando al lado del cuerpo.

Cuando me puse en esa postura él se quedó mirándome así como embobado y me dijo que yo era un David tropical, vete tú a saber lo que quería decir con eso, pero después de lo del goguén yo no quise preguntar nada para que no pensara que soy un ignorante.

Me pagó muy bien el trabajo de modelo, y yo pensé que aunque era un poco aburrido eso de estar quieto como una estatua, era mejor que estar lavando platos en el restaurante. Fui varias veces más para servirle de modelo y me cae muy bien el cuate, que es buena gente, y nunca intentó tocarme ni nada.

Un día, cuando yo estaba descansando entre postura y postura, poses las llama él, y estaba acostado en el sillón, o más bien cama, que tiene allí, bien relajado, pues él se sentó a mi lado y empezó a darme un masaje. A mí nadie me había dado masaje nunca, y me sentía muy bien después de haber estado tanto tiempo con los brazos así, los brazos asá, que a veces algunas de las posturas eran difíciles de mantener y me dolía todo el cuerpo.

Él no decía nada mientras me daba el masaje, primero en la espalda, luego por delante, y yo no decía nada tampoco. Me dio masaje en los hombros, luego en el pecho, y cuando llegó al estómago y ya cerca de la verga, pues como yo no soy de piedra, la verga se me paró y en un par de minutos me vine como si fuera una fuente del parque, que saltó todo por el aire y me cayó en el pecho.

El me miró como asombrado y a mí me dio mucha vergüenza, y no sabía si él se iba a encabronar. Nos quedamos así un momento mirándonos sin decir nada, pero yo no estaba enojado, apenado, sí, pero enojado, no, y además yo necesitaba desahogarme, que hacía ya más de una semana que no me acostaba con la que vive en la casa de la portuguesa, por eso de que yo quería empezar a cortar con ella. Entonces, después de haber puesto aquella cara de asombro, él se echó a reír y me dijo que yo era una fuerza de la naturaleza, y ahora somos buenos amigos, que me cae bien el artista ése, que es buena gente.

Lo de que él vive solo es un decir, porque resulta que aquella casa, o estudio o como quieras llamarla es algo así como el centro de reunión de mucha gente y de muchos españoles como él y, por cierto, de unas españolitas de chuparse los dedos, casi todos gente joven, estudiantes y artistas medio locos como el dueño de la casa.

Me invitó a varias fiestas que dio allí, y yo nunca lo hubiera creído que me iba a llevar tan bien con un montón de gachupines, yo siempre había creído que eran todos unos orgullosos de la chingada y resulta que no, que son muy simpáticos, y hay uno que se llama César que me cae muy bien, como si nos hubiéramos conocido de toda la vida, y su novia, de España, como él, debe de ser su novia porque siempre vienen juntos, es muy bonita y me gusta muchísimo. A lo mejor, con un poco de suerte me las arreglo para acostarme con ella, aunque después me daría un poco de vergüenza hablar con él, que es una cabronada ponerle los cuernos a un amigo, pero si ella quiere, pues mira, por qué no. Además, tengo ganas de coger a una gachupina y luego dejarla, para vengarme, aunque sólo sea un poco, del abuelo ése español que abandonó a mi abuela y a mi mamá cuando yo todavía no había nacido. Aunque a lo mejor ya no sería justo hablar de venganzas, pues debo reconocer que todo ese grupo de la casa del pintor me cae pero que muy bien, que hay gachupines y hay españoles, y no todos son tan cabrones como dice mi mamá.

XIV

El pintor

Cuauhtémoc es, fue, mi modelo favorito, mi David tropical, no de mármol blanco sino de una cálida piel color tabaco, una piel que yo muchas veces acaricié con mis ojos cuando su hermoso cuerpo llenaba mi estudio de un aire caluroso y húmedo como el de su lejana Oaxaca, una cálida piel dorada que yo todavía rozo suavemente en mis recuerdos, con los ojos cerrados, cuando él no está conmigo, una piel que aún ahora está presente en mi memoria, que aún ahora siento con agridulce nostalgia. Pensando en él, en mi David tropical, recuerdo lo que el David de la Biblia dijo de su amigo Jonathán en el Libro de Samuel: Que me fuiste muy dulce. Más maravilloso me fue tu amor que el amor de las mujeres.

Ya pasó mucho tiempo desde aquel día en que Cuauhtémoc entró por primera vez en mi estudio. Luego lo frecuentó muchas veces como modelo o invitado a unas fiestas que a él, a quien yo creía un tímido y dócil campesino de Oaxaca, quizá le parecían escenas de otro mundo, tan diferente del que había dejado allá en el sur de México. Él se adaptó, o parecía adaptarse, con una ingenua naturalidad que tan atractivo lo hacía a los ojos de todas y todos los que en mi estudio lo conocieron, superficialmente primero, y después en un sentido bien bíblico más de una vez, y dos, y muchas, bíblicos conocimientos creadores de –por qué no decirlo– mis celos, pues yo pensaba que Cuauhtémoc era mío. Yo lo había descubierto, yo lo había conquistado, yo le estaba enseñando a hablar con propiedad en español, sin los pos y los truje que se le escapaban de vez en cuando; yo lo llevaba a museos y a exposiciones de pintura; yo era la llave que le estaba abriendo las puertas de un mundo nuevo para él, el mundo de la pintura, de la música, de los libros; yo le estaba enseñando a hablar inglés, yo era su mentor, su guía, su maestro, su amigo, su amante, yo era todo para él, o eso creía ser, ingenuo de mí, sin darme cuenta de que mi hermoso modelo-amigo-discípulo-amante no iba a dejarse dominar tan fácilmente, y no sólo eso, sino que, en cierto modo, terminaría dominándome él a mí.

A mi estudio venía toda clase de gente, artistas de variados talentos, poetas de verso libre, más fácil que el rimado, naturalmente; pintores abstractos, que lo representativo no me sale, y además no está de moda; escritores en busca de editor; gente que hablaba inglés con toda clase de acentos diferentes, y entre ellos o, en este caso, ellas, yo noté como una pintora holandesa que por aquí venía acechaba a mi Cuauhtémoc, cual barco pirata a la espera de un galeón de Indias cargado con los tesoros de las minas de Guanajato y Potosí, abordaje que no sé si consiguió, espero que no, pues yo hice lo posible para que así no sucediera.

Al mismo tiempo, y en cierto modo de una manera contradictoria, yo sentía una gran satisfacción al verlo zambullirse de cabeza, como clavadista de Acapulco, en el total, pagano y completo disfrute de su juventud y de su hermosura, juventud y hermosura que él entregó generosamente si no a todo quien las deseó, sí a más de dos, tres, cuatro y cinco adoradoras del joven dios tarasco-zapoteco-español, mi hermoso modelo. Para él los misioneros españoles que habían cristianizado, o parecido cristianizar, a sus antepasados, habían predicado en vano. Sin saberlo, pues mi amigo no se preocupaba de discusiones teológicas, él mantenía un ancestral concepto de la sexualidad, sana y natural, sin inhibiciones importadas de Europa. En pocas palabras, para él no existía la asociación entre sexo y pecado.

Que los celos y los cuernos abundan por estos pagos sanfrancisqueños es bien conocido de todos, y la cursi cancioncilla ésa de *"I left my heart in San Francisco"* habría que interpretarla en el sentido de que aquí muchos corazones se han separado de sus legítimos dueños, entregados primero en apasionadas relaciones y tirados luego a la basura de los amores marchitos, de las aventuras promiscuas y de los lazos disueltos por otros lazos que pronto serán desenlazados a su vez. Y en esto de arrancar corazones, Cuauhtémoc traía consigo las viejas tradiciones precolombinas practicadas por cientos de años en lo alto de las pirámides de su tierra. Su belleza, la de Cuauhtémoc, no la de su tierra, era como una hoja de oxidiana, afilada y cortante, capaz de abrir un pecho de una sola y experta cuchillada para extraer luego el corazón sangrante que, si bien no pasaba inmediatamente a las hambrientas fauces de una estatua del sanguinario Huizilopochtli, sí caía a la vera del camino para secarse al sol hasta convertirse en un repelente nudo de músculos obscuros. Como una boñiga reseca, vamos, como una ennegrecida caca de caballo cubierta de moscas, como una bola negruzca que gongorinamente se convertiría en tierra, en humo, en polvo, en sombra, en nada. Polvo que eches, en polvo se convertirá, molido bien fino y aventado luego por el paso del tiempo.

A Cuauhtémoc yo debería llamarle Huizilopochtli, un Huizilopochtli redivivo vengador de pasadas ofensas, conquistador de descendientes de conquistadores, paladín de la contraconquista salido de las selvas de Oaxaca, surgido misteriosamente de las ruinas de Mitla o Monte Albán para rajar cuerpos españoles con su erecto y duro pene de oxidiana. ¿Cuántas españolitas estudiantes de Berkeley, frecuentadoras de mi estudio y de mis fiestas, fueron descubiertas, seducidas y cubiertas, montadas, abiertas, rajadas, entradas, y penetradas, en una palabra, folladas por él?

Quizá debiera comenzar la lista con Catalina, la amiga, novia, amante o lo que fuera de César, el estudiante de asuntos hispanoamericanos, simpático e inteligente muchacho que desde que conoció a Cuauhtémoc en mi estudio sintió por él una extraña atracción, como si algún lazo ancestral los uniera. Yo no sé si César estaba enamorado o no de Catalina, pues el que siempre vinieran juntos cuando había alguna fiesta en mi casa no garantiza que fueran novios, ni sé si se acostaba o no con ella, pero lo que sí sé, pues sucedió bajo mi techo y ante mis ojos, es que en poco tiempo Cuauhtémoc, que al principio no había mostrado, o había fingido no mostrar, particular interés por ella, comenzó a ponerle sitio, sutilmente al principio, descaradamente después, usando como artillería las superiores armas de su masculina belleza, explotando las ventajas que le daba su exótico atractivo, y el cerco se fue cerrando hasta que Catalina se rindió, como se había rendido Tenochtitlan ante la superioridad de la artillería y de los caballos de Hernán Cortés. Y así como Bernal Díaz del Castillo fue testigo del sitio y de la caída de la capital azteca, y celoso narrador de lo que ante sus ojos ocurrió, celoso testigo fui yo, y celoso por razones diferentes, del cerco y conquista de la guapa españolita, rendida ante los encantos de mi hermoso David oaxaqueño, a quienes una tarde en que volví a mi estudio inesperadamente encontré desnudos, sudorosos y exhaustos sobre la cama turca que antes había sido campo de pluma para mis batallas de amor. Yo le había dado a Cuauhtémoc la llave de mi estudio sin saber, inocente de mí, que con ella le daba la posibilidad no ya de abrir la puerta de mi casa, sino también la puerta de un infierno de celos que tardó mucho tiempo en apagarse.

Ahora, contemplando el pasado sin amor ni odio, y hasta con el sentido del humor que en aquellos días me faltó, encuentro cómica la reacción que tuve cuando al entrar en mi estudio, en mi casa, en mi habitación, me di de golpe con la visión de aquellos dos hermosos cuerpos jóvenes abrazados, ya no copulados, que la copulación, o las copulaciones, ya habían tenido lugar. En la situación creada por mi inesperada irrupción, el papel de toda chica decente sorprendida en total desnudez en brazos de su novio, amigo, amante o lo que fuera, sería, según las reglas clásicas, el de dar un gritito de susto mezclado con vergüenza, saltar ágilmente de la cama, cubrir sus pechos y pubis con la ropa tirada en el suelo, y salir corriendo camino del cuarto de baño donde, lejos de mis ojos, púdicamente se vestiría para marcharse luego sin despedirse, o dando unos balbucientes adioses, pero no fue así. Catalina me miró sonriente, cruzó los brazos tras la nuca y se estiró lánguidamente cual reencarnación de la maja desnuda, esta vez no sola en la cama sino acostada al lado de un hermoso tahitiano, formando un cuadro creado por un pintor que yo inventé allí mismo: Goya + Gauguin = Goyén.

Mi sentido estético triunfó sobre mis celos, sobre mi furia, sobre la mordedura que sentí en mi corazón, un corazón que en aquel momento mi David-Huizilopochtli arrancaba con fuerte tirón como si en lugar del lavaplatos ilegal que era fuera un sacerdote sobre la pirámide

del Templo Mayor de Tenochtitlan, y en lugar de echarla a ella a la calle, desnuda como estaba, tirándole luego su ropa por la ventana
mientra le gritara puta, puta, puta, no vuelvas nunca más por aquí, y
en vez de lanzarme después sobre él para golpearlo y abrazarlo con toda la rabia que en aquel momento sentía, agarré mi cartapacio y un
carboncillo y los dibujé así como estaban, y como eran, dos bellos jóvenes desnudos y abrazados en una escena digna de Fellini, con un Romeo tropical fuerte y moreno y una Julieta europea, que a su lado parecía más pálida y blanca de lo que era, un dibujo que luego convertí
en cuadro al óleo al que di un título que muchos encontraron enigmá-
tico: La reconquista.

Mi Huizilopochtli no sabe mucho de la historia de su país, aunque
sin saberlo estaba escribiendo un capítulo nuevo que desfacía pasados
entuertos y reparaba antiguas ofensas, y al montarse repetidamente sobre Catalina, y digo repetidamente porque yo conocía muy bien su
bien probada capacidad sexual, cabalgaba, por coincidencia de nombres, sobre Doña Catalina, la esposa de Hernán Cortés, Marqués del Valle de Oaxaca, el vencedor de sus antepasados tarascos y zapotecas, el
depredador de tierras y tesoros, el conquistador ahora cornupetado
por un joven lavaplatos ilegal sin permiso de trabajo, pero con todos los
derechos que le daba su exótica belleza de macho tropical.

Cuando terminé el dibujo, Catalina se vistió lentamente, en una
especie de strip-tease al revés, mirándome con una sonrisa inocente
tras la cual yo creí ver un deje de burla, como si ella pudiera leer mis
pensamientos, e incluso tuvo el descaro de darle a mi Huizilopochtli
un apasionado beso de despedida, la grandísima zorra, mientras me
miraba con el rabillo del ojo diciéndome en silencio que ella era la
conquistada conquistadora, la seducida seductora, la hembra que tomaba para sí los derechos que la pasión le había dado mientras yo la
miraba reconcomido de celos, derrotado ante la fuerza de su femenina belleza, desplazado de lo que yo creía mi reino por un húmedo y
cálido coño.

Cuando ella salió, Huizilopochtli me miró y me lanzó una de sus
devastadoras sonrisas, no de triunfo ni de burla, sino una sonrisa de ni-

ño sorprendido haciendo algo prohibido, una sonrisa que yo conocía muy bien, una sonrisa que pedía perdón y que invitaba al abrazo apasionado, una sonrisa que yo evité fingiendo estar muy ocupado recogiendo mis papeles y carboncillos, y cuando me volví de espaldas a él para demostrarle así que no iba a ser tan fácil olvidar lo que acababa de ver, sentí como él se acercaba a mí sin ruido, sobre sus pies descalzos, con su cuerpo desnudo y flexible como el de un jaguar de los bosques de su tierra oaxaqueña. Cuando sus brazos me rodearon como trampa de cazador, en una reversión de papeles en la que el jaguar caza al hombre, en una escena en la que la jungla tropical envuelve al inocente explorador, en una recreación del momento en el que el arrogante conquistador es domado y devorado por la exuberante selva americana, me sentí hundiéndome en un cálido pantano donde flotan embriagadores flores tropicales, y me dejé llevar por él hasta el sofá de su traición donde me retuvo abrazado mientras me decía que yo era su único amigo en el mundo, y que el acostarse con Catalina era algo que había hecho en memoria de su abuela, mira tú qué idea, como si montar a la españolita, la muy puta, fuera algo así como llevar flores a la tumba de la que había sido abandonada por su abuelo español.

Aquella fue la primera vez, pero no la última, para desgracia mía, en la que tuve que aceptar que en mi virreinato había caudillos indígenas que me aceptaban y a la vez me traicionaban, dándome el mensaje de que la conquista no era completa, de que bajo la apariencia de una dócil sumisión seguía viva y pujante una feroz independencia. Repetidamente me mostró Huizilopochtli que él era más fuerte que yo, que yo era el conquistador conquistado, domado, devorado por sus fauces hambrientas de corazones, no sólo devoradoras del mío sino de cuantos otros se ponían a su alcance, de todos los que se cruzaban en su camino para ser seducidos por una sonrisa de dientes muy iguales y blanquísimos, para ser aprisionados por unos brazos de fuerte guerrero azteca, para quedar paralizados por los ojos obscuros de una serpiente emplumada experta en el arte de atraer, de aprisionar y envolver en mortífera espiral.

A partir de aquel día, cada vez que yo entraba en mi estudio, lo hacía con el temor y, debo confesar, el perverso deseo de que la escena se repitiera, de que yo iba a encontrar a mi Huizilopochtli sembrando las perlas de su masculinidad en el cuerpo rubicundo de Catalina, pero nunca más volvió a suceder, no sé si porque encontraron otro templo para sus sacrificios o porque mi hermoso oaxaqueño encontró otras jacas, y otros potreros, para sus ejercicios ecuestres.

Durante unos meses volvió a ser el cariñoso compañero de mis días, y cuando venían los estudiantes españoles, César y Catalina entre ellos, a tomar unas copas, yo observaba entre divertido y curioso como el Romeo y la Julieta de mi cuadro hablaban entre sí de cosas indiferentes, como si nada hubiera ocurrido, o quizá estuviera ocurriendo todavía, entre ellos, como si el sofá en el que se sentaban no hubiera sido el testigo de sus revolcones y de mis enfurecidos celos, como si las caras de los dos jóvenes amantes de mi cuadro no fueran sospechosamente parecidas a las suyas.

Yo no sé si fue el cuadro el que sembró la sospecha en el áureo César, o si él captó miradas o gestos que a mí se me escapaban, ni sé si Catalina, despechada porque Huizilochtli daba la impresión de haber olvidado lo ocurrido entre ellos, le había contado a César vaya usted a saber qué historias del joven oaxaqueño, el caso es que entre los dos muchachos empezó a surgir una tensión que, aunque al principio parecía cortésmente controlada, iba a estallar un día, una malhadada tarde en la que César apareció inesperadamente en mi estudio y después de un par de más o menos secos saludos se lió a puñetazos con mi modelo sin previa declaración de guerra, como hispánica invasión de indígenas tierras americanas realizada sin el requisito de la lectura del requerimiento, tal como mandaban las Leyes de Indias.

Debo confesar que al principio encontré la pelea estéticamente fascinante. Sólo faltaba, para que el cuadro fuera completamente satisfactorio, que aquellos dos cuerpos jóvenes y fuertes rodando por el suelo estuvieran desnudos, como luchadores griegos de una antigua olimpiada. Pero vestidos estaban, y cuando sus camisas empezaron a desgarrarse y las primeras gotas de sangre aparecieron en sus narices tuve que intervenir cual Zeus justiciero para impedir que se hirieran de verdad y que, antes de hacerlo, convirtieran mi estudio en sembrado después de una batalla.

La pelea tuvo como banda de sonido la más completa colección de insultos étnicos lanzados como artilleras andanadas.

—Gachupín de la chingada

—Indio de la mierda.

Chocaban los gachupines de la chingada a medio camino con los indios de la mierda en estrepitosa colisión que reverberaba en mi estudio como moderna versión de los gritos de guerra de los sitiados aztecas en competición con los Santiago y cierra España de los sitiadores. Pero ahí se terminaba el paralelo con la caída de Tenochtitlan, pues aunque los dos contrincantes sí cayeron por el suelo, nadie ganó ni perdió, excepto un par de lienzos míos, destrozados como banderas después de una derrota, y un ánfora griega sobre la que estaba pintada la lucha entre Héctor y Aquiles, rota en cien pedazos.

—Mirad lo que habéis hecho, no os da vergüenza, parecéis dos niños en el patio de una escuela.

Empezaron a calmarse.

—Y estos cuadros, vaya, parece que los pisoteó un rebaño de elefantes. Y esta ánfora griega, antiquísima, que vale un dineral, cómo ha quedado.

Con mis exageradas lamentaciones por la pérdida de los dos lienzos y de la falsa y turística ánfora que yo les dije era auténtica, no sólo conseguí calmarlos sino también hacerlos colaborar en la tarea de poner un poco de orden en el desordenado estudio y, a cuatro patas los tres, como arqueólogos en una zona de excavaciones, recogimos cuidadosamente los trozos del destrozado vaso convertido en rompecabezas que, les dije con falsos lamentos de anticuario, ahora yo tendría que restaurar, aunque la verdad es que lo tiré todo a la basura en cuanto ellos se fueron, cada uno por su lado.

César y Catalina no volvieron nunca más por mi estudio, y lo lamenté de verdad porque el muchacho me caía bien, y sobre Catalina había empezado yo a tener unas ideas que, si a los que me conocían bien les habrían parecido sorprendentes, a mí me resultaban atracti-

vas porque iban a ser mi manera de vengarme de la traición de Huizilopochtli, de la simbólica cornamenta que me había puesto cual azteca penacho de plumas, de los celos que me había hecho sentir aquella
tarde en la que los había dibujado, desnudos y abrazados. En pocas palabras, aunque yo le doblaba la edad y podría haber sido su padre, soñaba con seducir a Catalina, acostarme con ella, entrar donde Huizilopochtli había entrado, hurgar con mi sexo en sus más recónditos rincones buscando las huellas que de su placer hubieran quedado, como
arqueólogo que en una cueva prehistórica busca trozos de hueso, pun-
tas de flecha, puñados de ceniza. La desaparición de Catalina hizo imposible mi expedición espeleológica, pero pronto tuve la sospecha de
que habían surgido otras Catalinas que mi modelo, más discreto ahora, se beneficiaba no sé dónde, pues nunca más volvió a usar mi estudio como su picadero particular.

Mi Cuauhtémoc-David-Huizilopochtli tenía un problema, no físi-
co, pues su salud y su cuerpo eran perfectos, ni sicológico, pues nada-
ba muy seguro de sí mismo por el proceloso mar de sus amoríos, sino,
simplemente, un prosaico problema legal: era ilegal, era un mojado,
sus papeles eran más falsos que sus promesas de fidelidad, su tarjeta
verde que te quiero verde era una burda verde imitación de las que el
tío Sam entrega a los inmigrantes que antes de llegar han pasado por
todos los aros consulares, y los nueve números de su tarjeta de la seguridad social no eran sino nueve mentiras, nueve perjuras adulteracio-
nes, una novena de fraudes, una ilusoria identificación de un joven de
carne y hueso sin existencia legal.

Decidido a no regresar a su tierra, contento con la vida que llevaba en San Francisco y con su papel de devorador de españoles corazones, papel que él representaba a la perfección sin saber que lo estaba
haciendo, vengador Huizilopotchli de sus vencidos antepasados tarascos y zapotecas, hermosa y sonriente causa de disensiones y luchas entre mis jóvenes amigos españolitos, el devastador oaxaqueño empezó a
explorar las posibilidades de legalización de su ilegalísima presencia
en la California de los USA.

–Oye, Fernando, ¿tú como conseguiste la residencia legal aquí?

–Nunca tuve que hacer nada. Ya te conté un día que soy hijo de padre norteamericano y madre española, y aunque nací y viví de niño en España, soy americano por mi padre.

Al parecer él ya llevaba algún tiempo pensando en legitimar sus falsísimos documentos, había hablado de esto con otros ilegales como él, y había llegado a la conclusión de que tendría que encontrar una ciudadana norteamericana que se casara con él de verdad, camino seguido por tantos otros alambristas saltadores de vallas fronterizas, seductores luego de ingenuas gringas que irían con ellos a Reno o a Las Vegas contentísimas de haber encontrado un Latin lover, un buen amante latino de inagotable capacidad sexual. El otro método, también muy popular, aunque más prosaico y caro, era el de pagar dos o tres mil dólares por un matrimonio de mentira, cantidad que muchas estarían dispuestas a cobrarles por un sí de mentirijillas que daría al novio los ansiados papeles sin que adquiriera los derechos conyugales de todo marido, es decir, un falso matrimonio que tornaría sus falsos papeles en legítimas tarjetas de residencia.

Ésta fue la ruta seguida por el mojado Huizilopotchli, camino que tomó sin consultarme, y cuyas accidentadas etapas me contó cuando ya todo estaba consumado, y digo consumado con conocimiento de causa, pues la solución a su problema fue una ecléctica posición intermedia entre las dos mencionadas antes: falso matrimonio pagado seguido de verdadera noche de bodas en un motel de Reno.

Yo nunca llegué a conocer a su falsa-verdadera esposa, pues sólo sé de esta historia lo que mi modelo me contó, ni sé cuáles fueron las intenciones o cuáles los motivos que movieron a su mujer a convertir una operación comercial en apasionada coyunda que, para hacer la situación más compleja todavía, sólo duró dos semanas. Lo único que sé de ella es que se llamaba Marina, y que era una mexicana nacida en Estados Unidos, ciudadana, por lo tanto, del país de leche y miel cuyas puertas ella estaba dispuesta a abrir para Cuauhtémoc, lo mismo que abrió sus piernas después de su bodorrio.

Todo empezó, según él, cuando después de haber intercambiado los perjuros síes en una capilla de bodas rápidas, teniendo por testigo a la suegra, una cuarentona divorciada, los tres decidieron que, por lo menos, debían cenar juntos aunque solo fuera una vez, y ahí comenzaron las complicaciones. Con su fino olfato de seductor, con su misteriosa capacidad de leer mentes ajenas, con la perspicacia de un shaman indio adivino de recónditos secretos ajenos, Cuauhtémoc, y ahora le llamo otra vez Cuauhtémoc porque su mágico poder sobre mí ya ha terminado, Cuauhtémoc se dio cuenta de que su falsa esposa estaba empezando a caer víctima de su masculino atractivo, comenzaba a embriagarse no con el vino de Napa que estaban bebiendo, sino con el olor a macho en celo que él, Cuauhtémoc, no el vino, exhalaba, y cuando los tres volvieron al motel donde tenían dos habitaciones, una para las dos mujeres y otra para él, fue la novia la que, después de unos cuchicheos con su madre, propuso dar el cambiazo y dejar a la cuarentona divorciada en el cuarto individual mientras ella y su flamante marido convertían la otra habitación en tálamo nupcial o, por lo menos, en cuarto de hotel por horas.

Conociendo como conozco a mi muchacho, no tengo que hacer ningún esfuerzo para imaginarme lo que allí pasó. Lo que sí, en cambio, se me hace difícil de comprender es el capítulo siguiente de esta sórdida historia, tal como él me la contó cuando vino a verme después de una ausencia de varias semanas. El sensual amante latino, el Huizilopotchli, y aquí le doy otra vez este nombre, devorador de corazones, el vengador de todas las indias violadas, explotadas, seducidas y abandonadas por los pálidos europeos, el joven dios tarasco-zapoteca con su ligero toque de español se convirtió en el seductor seducido y, según me contó con una cara muy seria y compungida, después de aquella noche se enamoró de su mujer, de su Marina, de su Malinche, diría yo, no por la tarjeta verde que ella traía como dote, sino por sus encantos femeninos.

Si todo hubiera acabado ahí, la historia tendría un final feliz de blanducha película hollywoodesca pero, como se dice por aquí, *the plot thickened y,* al hacerse más complicado el argumento lo que llevaba camino de ser una edificante historia romántica se convirtió en tragicomedia, no con muertes y suicidios al estilo de Calixto y Melibea, pero sí por lo menos con un corazón roto, es un decir, pues yo no me lo creo pero, en fin, roto me dijo que quedó el corazón de mi ex-modelo, tan quebrado como mi ánfora griega y tan necesitado como ella de un paciente restaurador que pegara los trozos.

La ruptura de su corazón fue consecuencia de la ruptura de su recién estrenado matrimonio, descalabro que ocurrió en menos de dos semanas cuando su mujercita, quizá calmadas ya sus calenturas después de quince días o, mejor dicho, de quince apasionadas noches pasadas con Cuauhtémoc, le dijo que aquello no era lo convenido, y que en realidad ella seguía enamorada de un antiguo novio, un hispano de Nuevo México que se decía descendiente de inmigrantes extremeños, para más señas, que quería reconciliarse con ella y que además, y oír esto fue lo más le dolió a Cuauhtémoc, estaba mejor dotado que él, es decir, tenía un mango más grande.

Herido en su amor propio, despechado ante aquella mujer, su mujer, que se atrevía a rechazar lo que tantas otras habían buscado y deseado, Cuauhtémoc se fue a Sacramento, donde vivía la testigo del bodorrio, su suegra, para pedirle que lo ayudara a convencer a su hija de que no volviera con el otro. La divorciada cuarentona lo recibió con los brazos abiertos, le secó las lágrimas, falsas lágrimas de submarino habitante del Nilo, me supongo, le acarició sus fuertes y negrísimos cabellos peinándolos con sus dedos, lo abrazó contra su pecho y, para hacer breve la historia, lo consoló llevándolo a su cama, intentando así hacerle olvidar con sus apasionados abrazos el dolor que su veleidosa hija le había causado.

Reforzados así los lazos de familia, Cuauhtémoc hizo feliz a su suegra durante un par de semanas. Consolado su corazón y, cosa increíble, agotado su sexo, pues la suegra resultó ser insaciable, Cuauhtémoc regresó a San Francisco después de que la diplomática intervención de la madre ante su hija hiciera que la infiel esposa consintiera en seguir casada con Cuauhtémoc, si no ante Dios sí, por lo menos, ante la migra. Unos meses más tarde, tras no sé cuántos trámites burocráticos, la tarjeta verde llegó por correo, y después de un discreto lapso de tiempo Cuauhtémoc y su mujer se divorciaron amigablemente en el mismo estado de Nevada donde habían atado sus falsos lazos matrimoniales.

Con sus papeles en regla, sin miedo ya a que el examen de un experto de la migra descubriera que eran falsos, Cuauhtémoc pudo abandonar el espumoso trabajo de lavaplatos para ascender, gracias a su buena facha y a que, además, no tiene un pelo de tonto, a camarero en un restaurante griego de la calle veinticuatro, frecuentado por yuppies de Noe Valley, y donde Cuauhtémoc se mueve entre las mesas con la elegancia de una estatua clásica y la silenciosa agilidad de un jaguar. Cuando yo voy a cenar allí mi David, convertido ahora en mi Ganimedes, me hace no muy discretos guiños de connivencia cuando me escancia el vino, connivencia, en realidad, de algo pasado pues, no sé si debo decirlo con pena o con alivio, ahora no estamos unidos más que por unos lazos de tranquila amistad.

No duró mucho de camarero. Un día en que fui a cenar allí con mi amiga Elizabeth, una inglesa de profesión fotógrafo de modas, ¿o hay que decir fotógrafa?, y con la cual yo había tenido un largo affaire hace ya bastante tiempo, después de mucho observar sus idas y venidas entre las mesas, me repitió hasta la saciedad:

–¡Pero qué guapo es tu amigo!

Ella le dio su teléfono.

–Ven a verme. Quiero hacerte unas pruebas– le dijo sonriente, sin especificar qué clase de pruebas iban a ser.

Yo conozco a Elizabeth muy bien, no en vano me he acostado con ella muchas veces.

–Ya sé qué pruebas le vas a hacer.

No sé si notó en mi voz un deje de sarcasmo, pues me miró con un gesto de curiosidad.

–¿Estás celoso?

–¿Celoso yo? ¿De quién? No de ti, Elizabeth, que nuestros revolcones ocurrieron hace tanto tiempo que casi se me han olvidado.

–Que manera tan indirecta de decirme que tus celos son por él.

–Puedes pensar lo que quieras– le dije un poco bruscamente.

La inglesa Elizabeth podía llevárselo, si él se dejaba llevar, como isla de Jamaica o de Trinidad cedidas ya sin lucha por un cansado rey de las Españas. Yo había aceptado que mi Cuauhtémoc, mi David, mi hermoso modelo a quien yo había tutelado y protegido, a quien yo había guiado por los vericuetos idiomáticos del inglés hasta que lo hablara con soltura, como hacía ahora, ya no era mío, si es que lo fue algún día. Aquí viene a cuento la manida frase de que él ya no me necesitaba, ya volaba con sus propias alas, ya vivía su vida, otro tópico, sin contar conmigo para nada.

Yo no sé si Elizabeth llegó a acostarse con él, aunque me imagino que sí. Lo que sí sé es que su amistad fue muy buena para él, pues mi ex-amante Elizabeth convirtió a mi ex-amante Cuauhtémoc en uno de los modelos masculinos más cotizados de San Francisco. ¡Y qué modelo! Empezó apareciendo en la publicidad que Macy's hace en el periódico del domingo, un modelo entre otros muchos, una foto pequeña entre cuatro o seis fotos más, cada una con un modelo diferente, que llenaban la página. En poco tiempo pasó a ocupar toda la página, y yo, que había admirado la belleza de su cuerpo desnudo cuando posaba para mí, admiré luego la belleza de su cuerpo vestido luciendo elegantes trajes de Giorgio Armani, veraniegos atuendos de Cole-Haan, sugestivos trajes de baño, y hasta calzoncillos de Calvin Klein, ya no sólo en el periódico sino también en grandes fotos que adornaban las carteleras de las paradas de autobuses y los enormes carteles publicitarios a lo largo de las autopistas. ¡Y qué guapo estaba el condenado! Una noche en que, cosa rara en mí, fui a un bar gay con unos amigos, allí me lo encontré, no en persona, pues a él no le gustan esos bares, sino en una de sus más populares poses, una gran foto en blanco y negro, anuncio de un minúsculo traje de baño, y no supe si sentirme orgulloso, incomodado o celoso –¿celoso de qué, a estas alturas?– al oír los comentarios que la imagen de mi Cuauhtémoc provocaba entre los que estaban sentados a la barra del bar, más que comentarios detalladas descripciones de lo que cada uno de ellos hubiera hecho si el modelo de la foto se les pusiera a tiro.

En realidad, siento una gran satisfacción ante su éxito en ese caprichoso y cruel mundo de la moda. Y cruel sí sé que lo es, pues en mi vida he visto aparecer, triunfar y desaparecer a muchos y muchas modelos que en un brevísimo tiempo pasan de las portadas de las revistas al más silencioso de los olvidos en cuanto sus agentes, o el público, se cansan de ver siempre la misma cara y el mismo cuerpo, o tan pronto como aparecen las más ligeras patas de gallo, espolones que acaban con una carrera lo mismo que los espolones de un gallo de pelea acaban con la vida de su contrincante. De momento mi Cuauhtémoc es el rey de las revistas y los carteles y, por lo menos en cuanto a mí se refiere, no se le ha subido a la cabeza su espectacular encumbramiento. Viene a verme con frecuencia, y hasta sigue posando en mi estudio de vez en cuando, unas poses llenas para mí de una agridulce nostalgia mezclada con la satisfacción de saber que él es, en cierto modo, mi creación, mi mejor obra de arte.

Con él fui años más tarde, convertidos los dos en buenos amigos, con él fui una mañana soleada de otoño al Aquatic Park de San Francisco, donde la ciudad iba a celebrar una vez más la llegada de Colón a las tierras americanas. Es una ceremonia que la colonia italiana ha repetido año tras año, desde hace ya muchos, para conmemorar la llegada de su quizá compatriota, representado por un popular personaje de North Beach que, vestido con un traje vagamente renacentista, llega a la playa en un barco de motor disfrazado de carabela y, pendón de Castilla en italiana mano, toma posesión del continente. Luego es recibido por una siempre muy guapa jovencita, italiana como él, vestida de reina Isabella, no Isabel, rodeada de damas de honor, otras jovencitas italianas como ella que no hablan ni una palabra de castellano.

El ir allí fue idea de Cuauhtémoc, no porque le interesara esa ridícula pantomima, a la que nunca había ido durante su ya ahora larga estancia en San Francisco, sino porque aquel mes y aquel año, octubre de 1992, tenían para él, y para otros muchos como él, me dijo, un significado muy especial. Cuando dijo aquello de "otros muchos como yo" pensé en sus colegas profesionales, y me sentí intrigado ante la idea de ver al falso Colón desembarcar para caer en brazos de un grupo de jóvenes modelos, ellos y ellas la gente más guapa de California, lo cual sería, ciertamente, un hermoso espectáculo que no había que perder. Luego me di cuenta de que cuando dijo "otros muchos como yo" no se refería a la gente guapa de su oficio, sino a los miles de americanos que sienten correr en sus venas una sangre no mezclada, o sólo ligeramente tocada, con glóbulos europeos.

Mi Cuauhtémoc, demasiado ocupado con sus aventuras y con su nueva carrera, nunca se había interesado por la historia ni la política, pero en esta ocasión me sorprendió por su insistencia, no sólo en ir allí, sino en llevarme con él. Me dijo que lo hacía por su abuela –caray, otra vez la abuela en cuya memoria había montado a Catalina– y que quería estar allí conmigo, su único amigo, su amigo medio gringo y medio gachupín.

–Ven conmigo –insistió– para ayudarme a comprenderme a mí mismo.

Cuando llegamos a Aquatic Park comprendí lo que él había querido decir. La dársena donde se encuentra la playa, acuático camino por el cual debía llegar el falso Colón en su falsa carabela, estaba llena de barcos y piraguas cuyo perverso y protestatario objetivo era impedir el tradicional desembarco, y en el parque contiguo a la playa varios miles de personas, de todas las razas y colores, esperaban al almirante con música de broncos tantanes comanches, dulces flautas anasazis, sonoros tambores cakchiqueles y tristes quenas quechuas que en discorde concierto daban todos el mismo mensaje: *Columbus, go home*, y la falsa carabela motorizada viró en redondo y se perdió en la niebla que entraba por la Golden Gate.

En medio de aquella atmósfera de carnaval Cuauhtémoc estaba muy serio. Cuando ya era claro que el desembarco no iba a tener lugar, Cuauhtémoc me abrazó muy fuertemente, cosa que había hecho antes muchas veces, y luego me dijo algo que no me había dicho nunca, y me lo dijo en inglés y en español: I love you, Fernando. Te quiero mucho.

Al oírlo, y me agradó mucho oírlo, no comprendí por qué me decía esto precisamente en aquel lugar y en aquel momento, como si fuéramos a empezar una amorosa relación que, en realidad, ya para entonces estaba terminada. Sentí la tentación de decirle tarde piache, pero había en su cara un gesto tan serio que comprendí que no era aquél el momento de responder con una broma. Su seriedad se borró en pocos minutos, sonrió y cuando me volvió a abrazar llamándome su querido gringo gachupín, comprendí el porqué de sus amorosos gestos y palabras.

Para entonces ya se estaba formando una manifestación, y con ella recorrimos la larguísima Avenida Van Ness hasta llegar al Civic Center. Banderas, banderolas y pancartas identificaban a los grupos que formaban parte de aquel desfile, mayas de Guatemala y de Chiapas, karuks y paiutes de California, inuits de Alaska y Canadá, negros del barrio de Hunters Point y de la Western Addition, chicanos de la Misión, rubios, trigueños y morenos euroamericanos de los barrios hippies y yuppies, y hasta un grupo de italianos, sí, de italianos, clamando todos, no contra la invasión europea de las Américas –que, por cierto, había hecho posible la presencia de muchos de ellos en aquella manifestación, y además a lo hecho, pecho– sino contra el trato, el maltrato, que se sigue dando a los derrotados de ayer, a los despreciados de hoy, a los que fueron dueños de estas tierras y para quienes la conquista todavía no ha terminado. En aquel desfile sólo faltaba Fray Bartolomé de las Casas. Y allí estaba yo, blancucho californiano, resultado de la coyunda entre un norteamericano de origen inglés y una madrileña, caminando al lado de mi querido tarasco-zapoteco-español nacido en las montañas de Oaxaca.

Mientras tanto, en las esferas oficiales, se celebraba con sevillanas exposiciones y retóricos discursos el Quinto Centenario del Encuentro de Dos Mundos.

XV

Catalina

Cuando vine a estudiar Económicas a Berkeley me pasó como a tantos miles de estudiantes extranjeros: me sentí perdida en una universidad enorme, con un sistema de selección de cursos y de matrícula que al principio me pareció complicadísimo, y como tantos miles de estudiantes extranjeros terminé recalando en la International House, puerto de refugio, centro de reunión, club y paño de lágrimas de los perplejos recién llegados estudiantes de todas las culturas y de todos los países y colores del mundo. Fue allí, más que en mis clases, donde conocí a Ahmeds paquistaníes, Yokos japonesas, Vincenzos italianos, Ingrids noruegas y montones de sudacas, bueno, de hispanoamericanos que, junto con los españoles, pronto mostramos la tendencia a formar rancho aparte en aquella internacionalísima casa. Así conocí a César, castellano como yo que, aunque era de un pueblo de provincias, había estudiado y vivido muchos años en Madrid, donde yo nací. Él ya llevaba aquí algún tiempo y estaba muy bien adaptado a la vida norteamericana, aunque iba con frecuencia a la Casa Internacional para conocer a otros españoles.

Con César simpaticé desde el primer momento. Aunque él, ya estudiante post-graduado, era unos años mayor que yo, teníamos mucho en común, desde la manera de hablar hasta un pasado madrileño que nos hacía ver el mundo de una manera bastante parecida. De provinciano no tenía nada. Sólo había entre él y yo una cuestión que nos colocaba en dos polos opuestos. Él estaba fascinado por la historia de la guerra civil del 36, y sobre todo por la emigración republicana a Méjico, mientras que a mí esas dos etapas de la historia de España me importaban un pito. De esa maldita guerra yo no quería ni oír hablar, harta de tópicos repetidos por la generación de mis abuelos. A veces, cuando alguno de los mayores hablaba de "la guerra" yo me divertía preguntándoles ¿de qué guerra? sólo por fastidiarlos.

César, por el contrario, se las sabía todas sobre esa maldita matanza nacional. Constantemente me hablaba de los libros que había encontrado en la biblioteca de Berkeley, magnífica biblioteca, por cierto, donde había leído todo cuanto mamotreto encontró que tratara de ese tema, no ya el famoso de Hugh Thomas, que ése lo han leído hasta los gatos, sino otros raros y olvidados publicados en Méjico por los exiliados republicanos, libros de memorias, novelas de guerra y libros de poesía escritos a fuerza de nostalgia, poemas que a mí me parecían lacrimosas jeremiadas bíblicas. Muy bien, de acuerdo, perdieron la guerra y tuvieron que irse a las quimbambas, pero que no den la lata, caray, que ya está bien de hablar de ese tema.

Su interés por todo eso le venía, según me contó, de que su abuelo había sido uno de esos exiliados. El viejo, que había vuelto a España cuando César era niño, nunca le había hablado directamente de la guerra ni del exilio, pero sí mucho de Méjico, y de ahí el interés de mi amigo por todos los libros que trataban de esa guerra y de ese exilio sobre los cuales su abuelo nunca había dicho nada, y su interés por Méjico, del cual sí le había hablado mucho, y como Méjico está ahí al lado él pensaba visitarlo tan pronto como pudiera, no sólo por la historia de su abuelo sino también porque lo que estaba estudiando en Berkeley era, precisamente, eso que aquí llaman Latin American Studies.

En Berkeley yo estudié de verdad, no como en Madrid, donde hay mucho cachondeo, pero no por eso nos privamos de hacer un poco de turismo, sobre todo en San Francisco, ahí enfrente, al otro lado de la bahía, ciudad que para todos los estudiantes extranjeros de Berkeley tiene un aura de leyenda que va desde la famosa película del terremoto, que yo vi en un cineclub de Madrid, hasta la era hippy, cuando la esquina de Haight y Ashbury parecía el centro del mundo de los jóvenes de todos los países.

Muchos sábados, cuando no teníamos clases, yo iba a San Francisco con un grupo de otros estudiantes, o con César nada más, y él me guiaba por los nada misteriosos callejones de Chinatown, los cafés italianos de North Beach o los mugrosos, pero interesantes, o así me parecieron al principio, cafés de artistas del barrio de la Misión. En uno de esos cafés, adornado con pésimas pinturas, y donde no había ninguna mesa ni silla que fuera igual a otra, conocimos a Fernando, o Fred, como le llaman sus amigos norteamericanos, un pintor a quien, en el primer momento, no supe dónde colocar. Él dice que es español, pero sólo a medias, de padre norteamericano y madre española. Aunque asegura que se crió en España con su madre, regresó a California hace ya un montón de años, y me parece que de España tiene unas ideas bastante folclóricas y un poco confusas. Como en el café las mesas son grandes y hay que compartirlas con otros, aunque no se les conozca de nada, él nos habló cuando nos oyó hablar español, y después de mucha cháchara nos invitó a ir a su estudio, que resultó estar en un barrio donde hay más almacenes que viviendas, un barrio que debió haber sido industrial y que ahora la gente bohemia ha ocupado porque los alquileres son bajos y los locales enormes, ideales para estudios de artistas.

Aquella tarde intercambiamos números de teléfono, y él prometió invitarnos al próximo party que diera. Cumplió su promesa, y allá fui con César, muy contenta de salir del gueto extranjero de la International House, dispuesta a tener mi primer contacto con intelectuales y artistas sanfrancisqueños.

Eso de intelectuales y artistas es un decir. Algunos de ellos me parecieron bastante mediocres. Bebedores, sí, pues todos chupaban de lo lindo. Fumadores de marijuana casi todos, y pronto el aroma de la cannabis se palpaba en el aire. Más tarde también salieron a relucir algunos espejitos a los cuales algunos acercaban mucho la cara, y no precisamente para ver si sus lentes de contacto estaban en su sitio. Me sorprendió la falta de vivacidad que mostraban en su conversación. Yo estaba acostumbrada a la charla animada y simpática de mis amigos madrileños, demasiado animada, según una amiga inglesa, para quien los españoles hablamos todos a la vez y nadie escucha a nadie. Algunos de los invitados de Fernando, por muy intelectuales y artistas que fueran, dejaban ver su ignorancia del mundo que existe más allá de los Estados Unidos. Les parecía muy natural que César y yo habláramos inglés, y perfectamente normal que ellos no hablaran ninguna lengua extranjera. Los únicos que lo hacían eran unos amigos de Fernando, holandeses, franceses y alemanes trasplantados a California hacía poco tiempo. En una palabra, me parecieron bastante provincianos, por muy liberados que estuvieran en todos los sentidos. Estaban convencidos de que San Francisco es el ombligo del mundo, igual que los parisinos, los provincianos por excelencia, lo están de que París es no ya el ombligo del mundo, sino el ombligo de Buda. Posiblemente cualquier sociólogo diría que la provinciana soy yo, incapaz de comprender una sociedad tan diferente de la mía, pero creo que no hay excusa cultural que justifique el ser unos desaboríos y unos desangelaos aunque, la verdad sea dicha, no todos eran así, Fernando entre ellos.

Fernando presidía todo el cotarro, yendo de grupo en grupo sonriente y parlanchín, reanimando la conversación cuando a algunos de los otros se les caía de las manos, tolerando pacientemente que algún poeta leyera sus versos, que a mí me parecieron muy malos; aguantando con buen humor que una pintora abriera un enorme cartapacio que había traído, para mostrarnos sus dibujos, horribles chafarrinadas que ella llamaba arte abstracto en el cual expresaba, nos dijo, su liberación de la línea y del dibujo clásico, a lo que Fernando comentó, muy serio pero con gran recochineo, que lamentablemente él no era capaz de dibujar así, pues por desgracia todavía seguía encadenado a la disciplina del arte representativo y a la técnica del dibujo.

Y dibuja y pinta bien el Fernando, con líneas seguras y un dominio del color que ahora muchos llamados críticos de arte consideran passé. Fernando me contó, riéndose mucho, cómo un día envió a una exposición de pintura una tela toda pintada de blanco, con un puntito rojo en el centro, a la que tituló "Cosmogonía espacial", tela que un crítico local elogió por las nubes y ante la cual el público se paraba embobado buscando un significado secreto y existencial a la tomadura de pelo de Fernando. Creo que llegué a conocerlo bastante bien, y terminó pareciéndome una mezcla de sensible poeta y cínico y refinado esteta, capaz de hablar de arte como el mejor de los críticos, coronando luego sus inteligentes comentarios con una grosería, como si quisiera burlarse de su propia sensibilidad. Así lo hizo un día cuando, al hablar de no recuerdo qué famosa estatua de un atleta griego, después de haber hecho una descripción casi poética de su belleza, soltó al final:

–Es lástima que tenga la polla tan chica.

¡Qué ordinariez!

César estaba muy a gusto en aquella fiesta. Él entiende muy bien a toda esta gente, quizá porque lleva aquí más tiempo que yo, y ya no le espanta que, cuando menciona que es estudiante de asuntos latinoamericanos, algunos le pregunten que qué lengua hablan en Brasil, o confundan Uruguay con Paraguay. De Méjico saben un poco más, quizás porque muchos han ido a emborracharse en Tijuana, o a nadar en Acapulco o en Cancún. No sé por qué soy tan crítica con ellos.

Cuando ya llevábamos un par de horas en el estudio de Fred, llegó un último invitado. Yo no lo vi entrar, pero me llamó la atención cuando se acercó a Fernando, pues era muy diferente de todos los que estaban allí. No me fijé en él simplemente porque fuera muy joven y muy guapo, que lo era de verdad, sino porque con su piel morena y su pelo negrísimo resaltaba entre tanta rubicundez nórdica que predominaba en aquella fiesta, aunque también allí había dos negros, él y ella, guapísimos los dos.

El guapetón moreno, y digo moreno en sentido español, pues descubrí que en Hispanoamérica moreno quiere decir negro, el guapetón moreno, digo, se acercó a Fernando, lo abrazó con gran efusión y le dio un par de besos, uno en cada mejilla, como si fuera su hijo, y por la edad podría serlo, besos a los que Fernando respondió con otros dos no menos sonoros que los de su amigo. Luego le puso la mano derecha en la espalda y lo guió hacia donde estábamos César y yo.

–Este es Cuauhtémoc, mi modelo y amigo. Todavía no habla mucho inglés, pero se entenderá muy bien con vosotros en su español de Oaxaca.

No sé por qué dijo aquello de su español de Oaxaca, como si fuera tan diferente del nuestro, aunque luego sí aprendí que había algunas diferencias, sobre todo cuando, un par de meses más tarde, me cogió en sus brazos y me dijo:

–Voy a cogerte como nunca te cogió nadie.

–¡Pero si ya me tienes bien cogida! No sé cómo vas a poder cogerme más.

¡Cómo se rió!

–Voy a enseñarte español de Oaxaca, y ya verás como te va a gustar.

En aquella fiesta César y Cuauhtémoc se hicieron muy amiguetes, como si se hubieran conocido de toda la vida, quizá porque a César le fascinaba todo lo que fuera mejicano, y tanto hablaron de Méjico por aquí, Méjico por allá, que llegaron a aburrirme. Como en estas fiestas cada uno navega a su aire y deriva de un lado para otro, yo los dejé y me uní a la cháchara ligera e inconsecuente de otros grupos que, si no me interesaba, por lo menos me permitía practicar mi inglés. Desde lejos, sin prestar demasiada atención a lo que decía aquella gente, me entretuve observando a César, que ya entonces, sospechaba yo, empezaba a pensar en mí como algo más que simple amiga, y al joven mejicano, tan diferentes los dos y, al mismo tiempo, con un algo misteriosamente común que yo no podría definir. Puestos el uno al lado del otro, la piel morena del mejicano, una piel morena y dorada a la vez, y su pelo negrísimo, contrastaban con el rubiales de César como si los dos fueran dos fotografías de un libro de antropología. En el mejicano se notaba que había algo de sangre española. No tenía pinta de indio puro, o lo que yo me imaginaba que sería un indio puro, pues nunca había visto ninguno en mi vida, y le calculé que tendría más o menos mi edad. Luego supe que tenía un par de años menos que yo, pero aparentaba ser mayor de lo que era, quizá por su aspecto tan de hombre, tan machote. En pocas palabras, el niño estaba como un tren.

En uno de los grupos estaba una holandesa, de unos treinta años ella, con pinta de mujer bien vivida, yo hasta diría que con facha de devoradora de hombres, y aunque parecía estar hablando con los que estaban a su lado, pronto me di cuenta de que sus ojos buscaban y seguían al modelo de Fernando con una insistencia que a nuestro anfitrión no se le escapó. Se acercó a la holandesa, y con aire ligero, que malamente cubría una gran seriedad, le dijo:

– Ni lo pienses, que Cuauhtémoc es mío, mío y de nadie más, querida pirata holandesa, ni lo sueñes.

Y se lo dijo con lo que yo llamaría una sonrisa muy seria.

Yo siempre me he considerado una mujer sofisticada, y si por mi juventud no tengo todavía mucha experiencia, tampoco soy una santita, ni mucho menos una virgen de los altares, y digo lo de virgen en todos los sentidos. En aquel momento, sin embargo, me sentí tontísima por no haberme dado cuenta antes del tipo de relación que unía a Fernando con Cuauhtémoc. Yo ya sé que un tópico es un tópico, y que ser gay o, en buen castellano, ser maricón, no necesariamente significa ser mariquita, lo cual no lo era ninguno de los dos, pero me sentí un poco provinciana, un bastante paleta, un mucho ingenua por no haber visto en poco minutos lo que ellos los dos ni siquiera intentaban ocultar, y que todos los invitados de Fernando sabían, sin que, naturalmente, les importase un comino.

Se me ocurrió entonces una de esas majaderías inexplicables que más tarde, ya en frío, son difíciles, si no imposibles, de justificar, y tuve la idea disparatada de poner a prueba mi capacidad de seducción engatusando a Cuauhtémoc o, poniéndolo más claro, llevándomelo a la cama, a ver qué pasaba. Seducir a un hombre es la cosa más fácil del mundo. Seducir a un marica ya presenta más dificultades, pero en esta historia que tan mal terminó yo me encontré con la horma de mi zapato, y lo que empezó siendo un capricho mío, una especie de apuesta que me hice a mí misma, acabó de mala manera, y hasta diría que trágicamente.

Cuauhtémoc resultó no ser homosexual, ni heterosexual ni bisexual, sino simplemente sexual, la persona más sensual y apasionada que yo he conocido nunca. Aunque aquel primer día de nuestra amistad no me hizo puñetero caso, ocurrió que después, como si estuviéramos sincronizados, mis intentos de seducirlo a él se encontraron a medio camino con sus intentos de seducirme a mí, y resultó un juego muy divertido pues, sospecho, él se quedó convencido de que me había conquistado a mí, cuando en realidad fui yo quien lo conquistó a él, o eso creí. Cuando por fin me acosté con él, o cuando él se acostó conmigo, pues no está claro quién sedujo a quién, él me hizo el amor como nadie me lo había hecho antes, y yo me quedé enganchada, como les sucede a los que prueban por primera vez alguna droga fuerte, esperando con impaciencia un segundo encuentro que nunca ocurrió.

Nunca comprendí por qué él no quiso repetir nuestra aventura sexual, pues me parece que de sentimental no había tenido nada para ninguno de los dos. Quizá Fernando le hiciera una escena después de habernos sorprendido en la cama, en su propio estudio, bajo su propio techo, traidores Cuauhtémoc y yo a las más elementales reglas de la hospitalidad; o quizá porque él no quisiera dar el paso que yo, tonta de mí, sí di, pasando de lo sexual a lo sentimental, enamoriscándome del mejicanito quien, después de nuestra primera y última aventura, no volvió a mostrar el más mínimo interés por mí, convirtiéndome así de seductora, lo que yo había creído ser, en seducida, seducida por todo lo alto y luego abandonada, para mayor inri.

Creo que llegué a odiarlo, al sudaca ése que se había permitido el lujo de usarme, sí, de usarme, para luego dejarme en la cuneta dedicando sus atenciones a otras de las chicas madrileñas, andaluzas, catalanas, lo que fuera, como si estuviera haciendo colección de españolas. No podía vengarme diciéndole a Fernando lo que había hecho su amiguito, pues él lo sabía de sobra después de habernos sorprendido, si no con las manos en la masa, sí con las manos y otras partes del cuerpo donde no debían estar. Y por cierto, yo ya había clasificado mentalmente a Fernando como un tipo excéntrico y raro, pero nunca había esperado la reacción que tuvo cuando me pilló en la cama con su amiguete. En lugar de ponerse furioso, de echarme de su casa o de hacernos una escandalera primero a los dos, y luego toda una escena a Cuauhtémoc después de mi marcha, no se le ocurrió otra cosa, al muy cornudo, que agarrar unos carboncillos y ponerse a dibujarnos como si estuviéramos posando para una escena de Adán y Eva después de la expulsión del Paraíso, que dicen que es cuando por fin descubrieron los placeres de la sexualidad, que antes dicen que ni siquiera sabían que estaban desnudos, los muy panolis.

Yo no recuerdo quién fue el griego que dijo eso de que no hay furia peor que la de una mujer despechada, pero lo que sí sé es que yo fui la prueba viviente de la verdad de ese dicho. Sentí tal rabia cuando me di cuenta de que yo había sido para Cuauhtémoc un objeto sexual más en su vida, una aventura pasajera olvidada después del orgasmo, yo, la que iba a ser su seductora, la que había pensado que el objeto sexual era él, no yo, sentí tal rabia, digo, que cometí entonces una de esas malas acciones que luego nos persiguen por muchos años, una de esas maldades y bajezas que, una vez cometidas, no hay arrepentimiento que las borre. Nunca me perdonaré a mí misma por la mentira, la calumnia que lancé contra Cuauhtémoc cuando le dije a César que el mejicanito de marras me había violado. Así como suena, violarme, cuando yo había pensado ser la violadora. Violada yo, que no sólo me había entregado voluntariamente sino que lo había buscado, acosado y seducido, o eso pensaba, seducido por apuesta conmigo misma, seducido él por probarme a mí misma que yo podía jugar con cualquier hombre, cualquiera, por macho o por marica que fuera el objeto de mi capricho. Y se lo dije a César, no sé por qué, sin saber que al decirle mi mentira iba a herir sus sentimientos, los de César, pues los de Fernando me traían sin cuidado.

Yo creía conocer bien a César, incluso me gustaba, y creo que yo no le era indiferente, aunque la atracción que él sentía hacia mí y que yo sentía hacia él hubiera tenido el paréntesis de mi aventura sudaca, pero no sospechaba lo mucho que iba a herirle con mi falsa confidencia. ¡Pobre César! Yo creía conocerlo bien, pero ahora sé que yo entonces ni siquiera sospechaba los tesoros de sensibilidad que había en él, sensibilidad que yo había tomado por timidez. ¡Cuánto me arrepentí de haberle dicho aquella mentira! Después de todo, si César hablaba con Fernando se enteraría de que lo que yo había llamado violación había sido una consumación voluntaria, y además, ¿de qué servía decirle aquella mentira? ¿Es que yo esperaba que él se convirtiera en mi caballero vengador de doncellas ofendidas, y retara a Cuauhtémoc a un decimonónico duelo, o que se liara con él a bofetadas? Y lo de doncella es un decir, porque yo, de eso, nada.

No sé si César y Cuauhtémoc se vieron después de mi infame calumnia ni, si se vieron, sé nada de lo que ocurrió entre ellos, si es que algo pasó. César nunca mencionó el asunto ni sé si a lo mejor, o a lo peor, habrá sospechado que mi confidencia, hecha fríamente, sin llantos ni aspavientos, no era más que lo que de verdad era, una mentira, o que, peor todavía, sospechara que lo que yo llamaba violación había sido una entrega voluntaria, con lo cual habría acertado y lo habría dejado convencido de que yo era una fantasiosa enredadora.

Cuando terminaron las clases en la universidad César me propuso que lo acompañara en un viaje por Méjico, la meta de sus deseos, producto de las historias de su abuelo el exiliado.

–Iremos como camaradas –me dijo–. No te estoy proponiendo que te acuestes conmigo en el primer cuarto de hotel donde paremos.

Nuestros respectivos padres, y sobre todo nuestras madres, se horrorizarían si supieran que íbamos a viajar juntos, pues todavía no han aceptado que sus retoños ya no somos los pacatos españolitos que ellos fueron a nuestra edad. Lo de camaradas, sin embargo, no duró mucho tiempo.

Mi querido César, mi buen amigo, tú debías haberte llamado Ángel, pues cuando ahora pienso en ti como ángel te veo. No nos acostamos juntos en el primer cuarto de hotel donde paramos, pero sí en el tercero, cuando yo me entregué a ti y pasé contigo una verdadera noche de amor, no de pasión ni de sensual sexualidad.

Juntos vagabundeamos por Méjico, viajando en trenes y autobuses, y aún ahora recuerdo el entusiasmo con el que César absorbía los paisajes y los pueblos, todos maravillosos, según él, secos y pobretones muchos de ellos, en mi opinión. Yo veía a Méjico con ojos críticos, él con ojos llenos de amor por el país que su abuelo tanto había añorado después de su regreso al poblachón castellano de donde había salido. A veces César reconocía, o creía reconocer, lugares de los que su abuelo le había hablado, como si recordara con todo detalle, cosa imposible, lo que le había oído cuando todavía era niño. César veía lo que quería ver, un Méjico fantástico que, en mi opinión, no era lo que teníamos delante. Era como si estuviéramos viajando juntos por dos países diferentes, pero esto no nos llevó a discusiones ni conflictos pues, en realidad, lo que era importante para mí era viajar con César, ya fuera en un Méjico real o en un Méjico imaginario.

Aunque nuestro itinerario dependía más o menos de nuestro capricho, César había decidido que cuando regresáramos hacia el norte iríamos a Mazatlán, donde tomaríamos el ferry para ir a La Paz, en Baja California.

–Mi abuelo vivió en La Paz –me dijo– y quiero ver las calles por donde anduvo, el puerto por donde me dijo que solía pasear, los pelícanos que vuelan sobre el mar de Cortés y el desierto que él me describió como un lugar de desolada belleza.

Ir a Baja California en el mes de junio a mí me pareció un soberano disparate, con el calor que haría, pero sería un disparate mayor intentar convencerlo de que no fuera a lo que para él era algo así como un lugar de peregrinación. Terminamos no yendo allí, ni él ni yo, no porque yo me opusiera, sino por otras y tristes razones que aún ahora me hacen llorar.

No, yo no tengo un buen recuerdo de Méjico, el país al que César tanto quiso. Yo me he jurado que jamás volveré a poner los pies allí, y hago lo posible por olvidarlo, por convencerme a mí misma de que nunca he andando por las estrechas calles de Guanajuato, de que nunca he visto las aguas verdes del lago de Chapala, de que nunca he pasado por pueblos con exóticos nombres, Teocuitatlán, Zapotiltic, Chihuatlán, de que nunca he ido a Puerto Vallarta, donde hay una playa de nombre fatídico: la Playa de los Muertos.

Fue allí donde se ahogó César. Sí, se ahogó tontamente, estúpidamente, si es que uno puede morirse de una manera tonta o estúpida. Allí se ahogó una noche calurosa precursora de tormenta. Se lo llevó la resaca, a él, que no era gran nadador. Se lo llevó mar adentro y nunca más lo devolvió. Se lo tragó el Océano Pacífico y me dejó a mí sola gritando histéricamente en la playa, llamando a gritos a mi amigo y compañero, a mi amor, mi único y primer amor, yo, que había tenido ya para entonces tantos amoríos. Aquella noche fue mi noche triste.

Al día siguiente llamé desde el hotel al consulado español en

Guadalajara y les di la dirección de los padres de César. Un representante del consulado llegó un día más tarde, aunque en realidad no había mucho que hacer, pues el mar seguía sin devolver el cadáver y no había cuerpo que enterrar, incinerar o enviar a España. Yo contesté a todas las preguntas que me hicieron el del consulado y los de la policía mejicana, y en cuanto pude tomé un avión y me volví a Berkeley, sin pasar por la Baja California, sin ir a La Paz, sin ver las calles por donde había caminado el abuelo de César, ni el puerto por donde había paseado, ni la desolada belleza del desierto.

¡Pobre César! Tanto había querido a Méjico que se quedó allí para siempre, aunque no como él hubiera querido quedarse. Bien merecido tiene su nombre la Playa de los Muertos, de mi muerto, de mi puerto, que en eso se había convertido César para mí.

Cuando volví a Madrid decidí ir a su pueblo para ver a sus padres. Yo no sabía si ellos habrían ido a Puerto Vallarta después de mi marcha. Cuando los vi me dijeron que ésa había sido su primera reacción, tomar un avión e ir allá, pero ¿para qué, si de César no había quedado ni rastro, excepto su mochila, que el representante del consulado se había llevado a Guadalajara para luego enviarla a España? Fueron, de todos modos, y lo único que pudieron hacer fue contemplar desde la playa el mar que se había llevado a su hijo, su único hijo, y volverse a España, maldiciendo el país donde lo habían perdido, el país que su hijo y el abuelo de su hijo habían querido tanto.

La abuela de César me pareció una mujer amargada, una vieja arrugada y reseca que apretaba los labios cada vez que yo pronunciaba el nombre de Méjico. En un momento en que la conversación languideció, y en el que yo me sentí incómoda y con ganas de marcharme, la vieja murmuró como hablando consigo misma:

–Ese país no me ha traído más que desgracias, y mejor habría sido que Hernán Cortés nunca lo hubiera conquistado.

La salida de la vieja me hizo recordar lo que César me había contado de ella, que su abuela era una mujer que estaba siempre incomodada porque el mundo no era como ella quería que fuese, y se puso todavía más seria y casi grosera conmigo cuando le dije que César había querido mucho a Méjico porque su abuelo le había contado muchas cosas de ese país.

¡Nunca lo hubiera dicho! La vieja se alteró tanto que empezó a toser y a tartamudear, diciendo algo que yo no pude comprender bien. Los padres de César la rodearon intentando calmarla.

–No te pongas así, mamá, que te va a dar algo, y muchas gracias, Catalina, pero es mejor que te vayas, yo te llevaré a la estación, y gracias por haber venido a vernos, hija, nos ha consolado mucho, pero ya ves, mamá se pone mala cuando le hablan de ciertas cosas. La pobre ha sufrido mucho en su vida y es mejor no hablar de Méjico delante de ella, ya ves como se pone.

Me despedí de ellos agradeciéndoles la oferta de llevarme en su coche a la estación.

–No es necesario – les dije –. No queda tan lejos y yo puedo ir hasta allí dando un paseo para despejarme un poco.

Despejarme ¿de qué? No para borrar el recuerdo de César, que es ahora un recuerdo que conservo sin tristeza y con amor. Quería, quizá, escaparme de la atmósfera opresiva que se respiraba en aquella casa, tal como César me había contado. Él ya no tendría que volver allí nunca más. Se ha quedado en Méjico, en su Méjico, y para siempre, no en tierra mejicana, sino en su mar, y quizá las corrientes lo hayan llevado suave y lentamente hacia el norte, hasta el Mar de Cortés, el mar que su abuelo había contemplado tantas veces desde los muelles y las playas de La Paz. Y ahora, como en un poema sobre un marinero ahogado que él me leyó un día, no sé si escrito por él, ahora, digo, los ojos muertos de César verán ese mar desde abajo, teniendo el azul cobalto del agua por cielo, y por nubes la espuma de las olas.

San Francisco, agosto de 1999

Verbum  ⊞ NARRATIVA

Títulos publicados:

WITHDRAWN